余光中作品集 15

青青边愁

余光中

新版前言

《青青邊愁》是我中年的散文集，所收幾乎全是我香港時期前三年的作品，有的抒情，有的議論，有的是長文，有的是小品，體例相當龐雜。當時是由林海音主持的純文學出版社印行，銷路不惡，可惜該社於一九九五年結束後，此書就未再重印。飄零這許多年，才像秦俑出土，轉由九歌展出。

這三十多篇作品，按其性質分成四輯，其背景在純文學版的後記裏已經詳述。書出之後，也曾引起一些反應。例如〈高速的聯想〉、〈沙田山居〉、〈尺素寸心〉三篇抒情文，都常入選散文選集，甚至譯成英文或納入課本。評析戴望舒、聞一多、郭沫若、朱自清等民初作家的幾篇，傳入大陸以後，也曾引起不少的討論，正反兩面都有，反面的尤為激烈，甚至說我的動機是出於政治意識。其實我對早期的作家與學者，例如沈從文、卞之琳、辛笛、陸蠡、朱光潛、錢鍾書等一向都有好評，甚至自承臧克家的《烙印》也曾啓發過我。

〈想像之真〉一篇，是一九七六年國際筆會年會的議題，典出濟慈致友人的書簡。我原來是用英文寫的，事後回到香港，才改寫為中文，與原文稍有出入。其實我還有一些文章，例如為第十五屆世界詩人大會寫的主題演講詞：〈繆思未亡〉，也是先有英文稿而後譯成中文的。

至於書名《青青邊愁》，則是因為當時我在香港，等於從後門遠望故鄉，乃有邊愁。邊愁而云青青，乃是聯想到蘇軾隔水北望之句：「青山一髮是中原」。

余光中

二〇一〇年二月二十三，西子灣

目錄

第二輯

第四輯

第一輯

不朽，是一堆頑石？

那天在悠悠的西敏古寺裏，衆鬼寂寂，所有的石像什麼也沒說。遊客自紐約來，遊客自歐陸，左顧右盼，恐後爭先，一批批的遊客，也嚇得什麼都不敢妄說。岑寂中，只聽得那該死的嚮導，無禮加上無知，在空廳堂上指東點西，製造合法的噪音。十個嚮導，有九個進不了天國。但最後，那卑微斷續的噪音，亦如歷史上大小事件的騷響一樣，終於寂滅，在西敏古寺深沉的肅穆之中。遊客散後，他兀自坐在大理石精之間，低迴久不能去。那些石精銅怪，百魄千魂的噤嘿之中，自有一種冥冥的雄辯，再響的噪音也辯它不贏，一層深似一層的陰影裏，有一種音樂，灰樸樸地安撫他敏感的神經。當晚回到旅舍，他告訴自己的日記：「那是一座特大號的鬼屋。徘徊在幽光中，被那樣的鬼所祟，卻是無比的安慰。大過癮。大感動。那樣的被祟等於被祝福。很久。沒有流那樣的淚了。」

說它是一座特大號的鬼屋，一點也沒錯。在那座嵯峨的中世紀古寺裏，幢幢作祟的鬼魂，可分三類。掘墓埋骨的，是實鬼。立碑留名的，是虛鬼。勒石供像的一類，有虛有實，無以名之，只好叫它做石精了。而無論是據墓爲鬼也好，附石成精也好，這座古寺裏的鬼籍是十分雜亂的。帝王與布衣，俗衆與僧侶，同一拱巍巍的屋頂下，鼾息相聞。高高低低，那些嶙峋的雕像，或立或坐，或倚或臥，或鍍金，或敷彩，異代的血肉都化爲同穴的冷魂，一礦的頑塊。李白所說「屈平詞賦懸日月，楚王台榭空山丘」，在此地並不適用。在西敏寺中，詩人一隅獨擁，固然受百代的推崇，而帝王的墓穴，將相的遺容，也遍受四方的遊客瞻仰。一九六六年，西敏寺慶祝立寺九百年，宣揚的精神正是「萬民一體」。

西敏寺的位置，居倫敦的中心而稍稍偏南，詩人史賓塞筆下的「風流的泰晤士河」在其東緩緩流過，華茲華斯駐足流連的西敏寺大橋凌乎波上，在寺之東北。早在公元七世紀初年，這塊地面已建過教堂。一〇六五年，敕建西敏寺的英王，號稱「懺悔的愛德華」。次年諾曼第公爵威廉北渡海峽，征服了大不列顚，那年的耶誕節就在西敏寺舉行加冕大典，成爲法裔的第一任英王。從此。在西敏寺加冕，成了英國宮廷的傳統，而歷代的帝王卿相高僧名將皇后王子等等，也紛紛葬在寺中。不葬在此地的，也往往立碑勒銘，以誌不忘。西敏寺，是一座大理石砌的教堂，七色的玻璃窗開向天國，至今仍是英國人每日祈禱的聖殿。但同時是一座石氣陰森陽光罕見的博物巨館，石槨銅棺，拱門迴廊，無一不通向死亡，無一不通向幽闇的過去。

對於他，西敏古寺不止是這些。坐在南翼大壁畫前的古木排椅上，兩側是歷代詩人的雕像，凌空是百呎拱柱高舉的屋頂，遠眺北翼，歷代將相成排的白石立像盡處是所羅門的走廊，其上是直徑廿呎的薔薇圓窗，七彩斑斕的薔瓣上，十一使徒的繪像，染花了上界的天光——這麼坐著，仰望著，恍恍惚惚，神遊於天人之際，西敏寺就是一部立體的英國歷史，就是一部，尤其是對於他，石砌的英國文學史。

不敢高聲語，恐驚天上人。詩人之隅，他是屏息斂氣，放輕了腳步走進來的。忽然他已經立在詩魂蠢動的中間，四周，一尊尊的石像，頂上，一方方的浮雕，腳下，一塊接一塊的紀念碑平嵌於地板，令人落腳都爲難。天使步躊躇，妄人踹莫顧，他低吟起頗普的名句來。似曾相識的那許多石像，逼近去端詳，退後來打量，或正面瞻仰，或旁行側望，或碑文喃喃以沉吟，或警句津津而冥想，詩人雖一角，竟低迴了兩個小時。終於在褐色的老木椅上坐下來，背著哥德斯密司的側面浮雕，仰望著崇高的空間怔怔出神。六世紀的英詩，巡禮兩小時。那麼多的形象，聯想，感想，疲了，眼睛，酸了，肩頸，讓心靈慢慢去調整。

最老的詩魂，是六百多歲的喬叟。詩人晚年貧苦，曾因負債被告，乃戲筆寫了一首諧詩，向自己的阮囊訴窮。亨利四世讀詩會意，加賜喬叟年俸。不到幾個月，喬叟卻病死在寺側一小屋中，時爲一四〇〇年十月二十五日。寺方葬他在寺之南翼，屍體則由東向的側門抬入。但身後之事並未了結。原來喬叟埋骨聖殿，不是因爲他是英詩開卷的大師，或什麼「英詩之父」之類的名義——那都是後來的事——而是因爲他做過朝官，當過宮中的工務總監，死前的寓所又恰是寺方所賃。七十多年後，凱克斯敦在南翼牆外裝置了英國第一架印刷機。才向寺方請准在喬叟墓上刻石致敬。說明墓中人是一位詩人。又過了八十年的光景，英國人對自己的這位詩翁認識漸深，乃於一五五六年，把喬叟從朱艾敦此時立像的地點，遷葬於今日遊客所瞻仰的新墓。當時的詩人名布禮根者，更爲他嵌立一方巨碑，橫於碩大典麗的石棺之上，赫赫的詩名由是而彰。其後又過百年，大詩人朱艾敦提出「英詩之父，或竟亦英詩之王」之說，喬叟的地位更見崇高。所謂寂寞身後事，看來也眞不簡單。蓋棺之論難定，一個民族，有時要看上幾十年幾百年，才看得清自己的詩魂。

喬叟死後二百年，另一位詩人葬到西敏寺來。一五九八年的耶誕前夕，史賓塞從兵燹餘燼的愛爾蘭逃來倫敦，貧病交加，不到一月便死了。親友遵他遺願，葬他於喬叟的墓旁，他的棺木入寺，也是經由當年的同一道側門。據說寫詩弔他的詩友，當場即將所寫的詩和所用的筆一齊投入墓中陪葬。直到一六二〇年，杜賽特伯爵夫人才在他墓上立碑紀念，可見史賓塞死時，詩名也不很隆。

其實盛名即如莎士比亞，蓋棺之時，也不是立刻就被西敏寺接納的。英國最偉大的詩人，死於一六一六年，卻要等到一七四〇年，在寺中才有石可託。一六七四年米爾頓死時，清教徒的革命早已失敗，在政治上，米爾頓是一個失勢的叛徒。時人報導他的死訊，十分冷淡，只說他是「一個失明的老人，書寫拉丁文件維生」。六十三年之後，他長髮垂肩的半身像才高高俯臨於詩人之隅。

西敏寺南翼這一角，成爲名詩人埋骨之地，既始於喬叟與史賓塞，到了十八世紀，已經相沿成習。一七一一年，散文家艾迪生在《閱世小品》裏已經稱此地爲「詩人之苑」，他說：「我發現苑中或葬詩人而未立其碑，或有其碑而未葬其人。」至於首先使用「詩人之隅」這名字的，據說是後來自己也立碑其間的哥德斯密司。

詩人之隅的形成，是一個緩慢的傳統而且不規則。說它是石砌的一部詩史吧，它實在建得不夠嚴整。時間那盲匠運斤成風，鬼斧過處固然留下了駭目的神工，失手的地方也著實不少。例如石像羅列，重鎮的詩魁文豪之間就繚繞著一縷縷虛魅遊魂。有名無實，不，有石無名，百年後，猶飄飄浮浮沒有個安頓。雪萊與濟慈，有碑無像。柯立基有半身像而無碑。相形之下，普賴爾（Matthew Prior）不但供像立碑，而且天使環侍，獨據一龕，未免大而無當了。至於謝德威爾（Thomas Shadwell）不但浮雕半身，甚且桂冠加頂，帷飾儼然，乍睹之下，他不禁啞然失笑，想起的，當然是朱艾敦那些斷金削玉冷鋒凜人的千古名句。朱艾敦的諷刺詩猶如一塊堅冰，謝德威爾冥頑的形象急凍冷藏在裏面，透明而凝定。謝德威爾亦自有一種不朽，但這種不朽不是他自己光榮掙來的，是朱艾敦給罵出來的，算是一種反面的永恆，否定的紀念吧。跟天才吵架，是沒有多大好處的。

詩人之隅，不但是歷代時尚的紀錄，更是英國官方態度的留影。拜倫生前名聞全歐，時譽之隆，當然有資格在西敏寺中立石分土，但是他那叛徒的形象，法律，名教，朝廷，皆不能容，注定他是要埋骨異鄉。浪漫派三位前輩都安葬本土，三位晚輩都魂遊海外，葉飄飄而歸不了根。拜倫死時，他的朋友霍普浩司出面呼籲，要葬他在西敏寺裏而不得。其後一個半世紀，西敏寺之門始終不肯爲拜倫而開。十九世紀末年，又有人提議爲他立碑，爲住持布瑞德禮所峻拒，引起一場論戰。直到一九六九年五月，詩人之隅的地上才算爲這位浪子奠了一方大理石碑，上面刻著：「拜倫勳爵，一八二四年逝於希臘之米索朗吉，享年三十六歲」。英國和她的叛徒爭吵了一百多年，到此才告和解。激怒英國上流社會的，是一個魔鬼附身的血肉之軀，被原諒的，卻是一堆白骨了。

本土的詩人，魂飄海外，一放便是百年，外國的詩客卻高供在像座上，任人膜拜，是詩人之隅的另一種倒置。莎士比亞、米爾頓、布雷克、拜倫，都要等幾十年甚至百年才能進寺，新大陸的朗費羅，死後兩年便進來了。丁尼生身後的柱石上，卻是澳洲的二流詩人高登（A. L. Gordon）。頗普不在，他是天主教徒。洛里爵士也不在，他已成爲西敏宮中的冤鬼。可是大詩人葉慈呢，他又在哪裏？

甚至詩人之隅的名字，也發生了問題。南翼的這一帶，鬼籍有多麼零亂。有的鬼實葬在此地，墓上供著巍然的雕像，像座刻著堂皇的碑銘，例如朱艾敦、約翰遜、江森。至於葬在他處的詩魂，有的在此只有雕像和碑銘，例如華茲華斯和莎翁，有的有像無碑，例如柯立基和史考特，有的有碑無像，例如拜倫和奧登。生前的遭遇不同，死後的待遇也相異，這些幽靈之中，除詩魂之外，尚有散文家、小說家、戲劇家、批評家、音樂家、學者、貴婦、僧侶，和將軍，詩人的一角也不盡歸於詩人。大理石的殿堂，碑接著碑，雕像凝望著雕像，深刻拉丁文的記憶英文的玄想。聖樂繞梁，猶繚繞韓德爾的雕像。哈代的地碑毗鄰狄更司的地碑。麥考利偏頭側耳，聽遠處，歷史迂緩的迴音？巧舌的名伶，賈禮克那樣優雅的手勢，掀開的絨幕裏，是哪一齣悲壯的莎劇？

而無論是雄辯滔滔或情話喃喃，無論是風琴的聖樂起伏如海潮，大理石的聽衆，今天，都十分安寧，冷石的耳朵，白石的盲瞳，此刻都十分肅靜。遊客自管自來去，朝代自管自輪替，最後留下的，總是這一方方、一稜稜、一座座，堅冷凝重的大理白石。日磋月磨，不可磨滅的石精石怪永遠崇著中古這廳堂。風晚或月夜，那邊的老鐘樓噹噹敲罷十二時，遊人散盡，寺僧在夢魘裏翻一個身，這時，石像們會不會全部醒來，可驚千百對眼瞳，在暗處矍矍眈眈，無聲地旋轉。被不朽罰站的立像，這時，也該換一換腳了。

因爲古典的大理石雕像，在此地正如在他處一樣，眼雖睜而無瞳如盲。傳神盡在阿堵，畫龍端待點睛。希臘人放過這靈魂的穴口，一任它空空茫茫面對著大荒，眞是聰明，因爲石像所視不是我們的世界，原不由我們向那盈寸間去揣摩，妄想。什麼都不說的，說得最多。倚杜支頤，莎翁的立姿，俯首沉吟，華茲華斯的坐像，朱艾敦的儒雅，米爾頓的嚴肅。詩人之隅大大小小的石像，全身的，半身的，側面浮雕的，全盲了那對靈珠，不與世間人的眼神灼灼相接。天人之間原應有一堵牆，哪怕是一對空眶。

死者的心聲相通，以火焰為舌，
活人的語言遠不可接。

所以隱隱他感到，每到午夜，這一對對僞裝的盲睛，在暗裏會全部活起來，空廳裏一片明滅的青燐。但此刻正是半下午，寺門未閉，零落的遊客三三兩兩，在廳上逡巡猶未去。

也就在此時，以爲覽盡了所有的石魂，一轉過頭去，布雷克的青銅半身像卻和他猛打個照面！剛強堅硬的圓頭顱光光，額上現兩三條紋路像鑿在絕壁上，眉下的巖穴深深，睁，兩隻可怖的眼睛，瞳孔漆漆黑，那眼神驚愕地眺出去，像一層層現象的盡頭驟見到，預言裏駭目的遠景，不忍注目又不能不逼視。雕者亦驚亦怒，銅像亦怒亦驚，鼻脊與嘴唇緊閉的稜角，陰影，塑出瘦削的頰骨沉毅的風神。更瘦更剛是肩胛骨和寬大的肩膀，頭顱和頸項從其上挺起矗一座獨立的頑崗。先知就是那樣。先知的眼睛是兩個火山口，近處的空氣都怕被灼傷。惶惶然他立在那銅像前，也怕被灼傷又希望被灼傷。於是四周的石像都顯得太馴服太乖太軟弱太多脂肪，鎖閉的盲瞳與盲瞳之間唯有這銅像瞋目而裂眥。古典脈脈。現代眈眈。

銅像是艾普斯坦的傑作。千座百座都兢兢仰望過，沒一座令他悸慄震動像這座。布雷克默默奮鬥了一生，老而更貧，死後草草埋彭山的荒郊，墓上連一塊碑也未豎。生前世人都目他爲狂人，現在，又追認他爲浪漫派的先驅大師，既歎其詩，復驚其畫。艾普斯坦的雕塑，粗獷沉雄出於羅丹，每出一品，輒令觀者駭怪不安。這座青銅像是他死前兩年的力作，那是一九五七年，來供於詩人之隅，正是布雷克誕生的兩百週年。承認一位天才，有時需要很久的時間。

詩人之隅雖爲傳統的聖地，卻也爲現代而開放。現代詩人在其中有碑題名者，依生年先後，有哈代、吉普林、梅士菲爾、艾略特、奧登。如以對現代詩壇的實際影響而言，則尚有布雷克與霍普金斯。除了布雷克立有雕像之外，其他六人的長方形石碑都嵌在地上。年代愈晚，詩人之隅要供置石像便愈少空間，鬼滿爲患，後代的詩魂只好委屈些，平鋪在地板上了。哈代的情形最特別：他之入葬西敏寺，小說家的身分恐大於詩名，同時，葬在寺裏，是他的骨灰，而他的心呢，卻照他遺囑所要求，是埋在道且斯特的故鄉。艾略特和奧登，死後便入了詩人之隅，足證兩人詩名之盛，而英國的政教也不厚古人而薄今人，奧登是入寺的最後一人。他死於一九七三年九月，葬在奧地利。第二年十月，他的地碑便在西敏寺揭幕，由桂冠詩人貝吉曼獻上桂冠。

下一位可輪到貝吉曼自己？奧登死時才六十六歲，貝吉曼今年卻已過七十。他從東方一海港來喬叟和莎翁的故鄉，四十多國的作家也和他一樣，自熱帶自寒帶的山城與水港，濟慈的一箋書，書中的一念信仰，群彥倜儻要仔細參詳。七天前也是一個下午，他曾和莎髯的詩苗詩裔分一席講壇；右側是白頭怒髮鷹顏矍然的史班德，再右，是清瘦而易慍的羅威爾，半被他擋住的，是貝吉曼好脾氣的龍鍾側影。羅威爾是美國人，雖然西敏寺收納過朗費羅，亨利・詹姆斯，艾略特等幾位美國作家，看來詩人之隅難成爲他的永久戶籍。然則史班德的鷹隼，貝吉曼的龍鍾，又如何？兩人都有可能，貝吉曼的機會也許更大，但兩人都不是一代詩宗。史班德崛起於三十年代，一度與奧登齊名，並爲牛津出身的左翼詩人。四十年的文壇和政局，塵土落定，憤怒的牛津少年，一回頭已成歷史——出征時那批少年誓必反抗法西斯追隨馬克斯，到半途旗摧馬蹶壯士齊回頭，遙揮手，別了那眩目而不驗的神。The God That Failed! 奧登去花旗下，作客在山姆叔叔家，佛洛伊德，祈克果，一路拜回去回到耶穌。戴路易斯繼梅士菲爾做桂冠詩人，死了已四年。麥克尼斯做了古典文學教授，進了英國廣播公司，作古已十三載。牛津四傑只剩下煢煢這一人，老矣。白髮皚皚的詩翁坐在他右側，喉音蒼老遲滯中仍透出了剛毅。四十年來，一手揮筆，一手麥克風，從加入共黨到訣別馬列，文壇政壇耗盡了此生。而繆思呢是被他冷落了，二十年來已少見他新句。詩名，已落在奧登下，傳誦眾口又不及貝吉曼，史班德最後的地址該不是西敏寺。詩人之隅，當然也不是繆思的天秤，銖兩悉稱能鑑定詩骨的重輕，裏面住的詩魂，有一些，不如史班德遠甚。詩人死後，有一塊白石安慰荒土，也就算不寂寞了，有一座大教堂峥嶸而高，廣蔽歷代的詩魂把栩栩的石像縈繞，當然更美好。但一位詩人最大的安慰，是他的詩句傳誦於後世，活在發燙的脣上快速的血裏，所謂不朽，不必像大理石那樣冰涼。

可是那天下午，南翼那高挺的石柱下坐著，四周的雕像那麼寧靜地守著，他回到寺深僧肅的中世紀悠悠，緩緩地他仰起臉來仰起來，那樣光燦華美的一扇又一扇玻璃長窗更上面，猗猗盛哉是倒心形的薔薇巨窗天使成群比翼在窗口飛翔。耿耿詩魂安息在這樣的祝福裏，是可羨的。十九世紀初年，華茲華斯的血肉之身還沒有僵成冥坐的石像，丁尼生，白朗寧猶在孩提的時代，這座哥德式的龐大建築已經是很老很老了——煙薰石黑，七色斑斑黑線勾勒的厚窗蔽暗了白晝。涉海來拜的伊爾文所見的西敏寺，是「死神的帝國：死神冠冕儼然，坐鎮他宏偉而陰森的宮殿，笑傲人世光榮的遺蹟，把塵土和遺忘滿布在君王的碑上。」今日的西敏寺，比伊爾文憑弔時更老了一百多歲，卻已大加刮磨清掃：雕門鏤扉，銅像石碑，色彩凡有剝落，都細加髹繪，玻璃花窗新鑲千扇，燭如複瓣的大吊燈，一蕊蕊一簇簇從高不可仰的屋頂拱脊上一落七八丈當頭懸下來，隱隱似空中有飄渺的聖樂，啊這永生的殿堂。

對詩人自己說來，詩，只是生前的浮名，徒增擾攘，何足療飢，死後即使有不朽的遠景如蜃樓，墓中的白骸也笑不出聲來。正如他，在一個半島的秋夜所吟：

倘那人老去還不忘寫詩
燈就陪他低誦又沉吟
身後事付亂草與繁星

但對於一個民族，這卻是千秋的盛業，詩柱一折，文廟岌岌乎必將傾。無論如何，西敏寺能闢出這一隅來招詩魂，供後人仰慕低迴，挹不老桂枝之清芳，總是多情可愛的傳統。而他，迢迢自東方來，心香一縷，來愛德華古英王的教堂，頂禮的不是帝后的陵寢與偃像，世冑的旌旗，將相的功勳，是那些漱齒猶香觸舌猶燙的詩句和句中吟嘯歌哭的詩魂。悵望異國，蕭條異代，傷心此時。深閱隔世的西敏古寺啊。寺門九重石壁外面是現代。衛星和巨無霸，Honda 和 Minolta 的現代。車塞於途，人囚於市，魚死於江海的現代。所有的古蹟都陷落，蹂躪於美國的旅行團去後又來日本的遊客。天羅地網，難逃口號與廣告的噪音。月球可登火星可探而有面牆不可攀有條小河不可渡的現代。但此刻，他感到無比的寧靜。一切亂象與噪音，紛繁無定，在詩人之隅的永寂裏，都已沉澱，留給他的，是一個透明的信念，堅信一首詩的沉默比所有的擴音器加起來更清晰，比機槍的口才野砲的雄辯更持久。堅信文字的冰庫能冷藏最燙的激情最新鮮的想像。時間，你帶得走歌者帶不走歌。

西敏寺乃消滅萬籟釋盡衆嫌的大堂，千載宿怨在其中埋葬，史家麥科利如此說。此地長眠的千百鬼魂，碑石相接，生前爲敵爲友，死後相伴相鄰，一任慈藹的遺忘覆蓋著，渾沌沌而不分。英國的母體一視同仁，將他們全領了回去，冥冥中似乎在說：「唉，都是我孩子，一起都回來吧，願一切都被饒恕。」米爾頓革命失敗，死猶盲眼之罪人。布雷克歿時，忙碌的倫敦太忙碌，渾然不知。拜倫和雪萊，被拒於家島的門外，悠悠遊魂無主，流落在南歐的江湖。有名的野鬼陰魂總難散，最後是母土心軟，一一招回了西敏寺去。到黃昏，所有的鴉都必須歸塔。詩人的南翼對公侯的北堂，月桂擎天，同樣是爲棟爲梁，西敏寺兼容的傳統是可貴的。他想起自己的家渺渺在東方，崑崙高，黃河長，一百條泰晤士的波濤也注不滿長江，他想起自己的家裏激辯正高昂，仇恨，是人人上街佩戴的假面，所有的擴音器蟬噪同一個單腔單調，桂葉都編成掃帚，標語貼滿屈原的額頭。

出得寺來，倫敦的街上已近黃昏，八百萬人的紅塵把他捲進去，匯入浮光掠影的街景。這便是肩相摩踵相接古老又時新的倫敦，西敏寺中的那些鬼魂，用血肉之身愛過，咒過，鬧過的名城。這樣的街上曾走過孫中山，邱吉爾，馬克斯，當倫敦較小較矮，滿地是水塘，更走過女王的車輦和紅氅披肩的少年。四百年後，執節戴冕的是另一個伊麗莎白在白金漢宮，但誰是錦心繡口另一個威廉？在一排猶青的楓樹下他回過頭去。那灰樸樸的西敏寺，和更爲魁偉的國會，夕照裏，俊拔的鐘樓，高高低低的尖塔纖頂，正托著天色迴藍和雲影輕輕。他向前走去，沿著一排排黑漆的鐵柵長欄，然後是斑馬線和過街的綠燈，紅圈藍槓的地下車標誌下，七色鮮麗的報攤水果攤，紀念品商店的櫥窗裏，一列列紅衣黑褲的衛兵，玻璃上映出的卻是兩個警伯的側像，高盔岌岌而束頸。他沿著風車堤緩緩向南走，逆著泰晤士河的東流，看不厭堤上的榆樹，樹外的近橋和遠橋，過橋的雙層紅巴士，遊河的白艇。

——水仙水神已散盡，
泰晤士河啊你悠悠地流，我歌猶未休。

從豪健的喬叟到聰明的奧登，一江東流水奶過多少代詩人？而他的母奶呢，奶他的汨羅江水飲他的淡水河呢？那年是中國大地震西歐大旱的一年，整個英倫在喘氣，惴惴於二百五十年未見的苦旱。聖傑姆斯公園和海德公園的草地，枯黃一片，恰如艾略特所預言，長靠背椅上總有三兩個老人，在亢旱的月份枯坐待雨。而就在同時一場大颱風，把小小的香港笞成旋轉的陀螺，暴雨急湍，沖斷了九廣鐵路。那晚是他在倫敦最後的一晚，那天是八月最後的一天。一架波音七〇七在蓋特威克機場等他，不同的風雲在不同的領空，東方迢迢，是他的起點和終點。他是西征倦遊的海客，一顆心惦著三處的家：一處是新窩，寄在多風的半島，一處是舊巢，偎在多雨的島城，多雨而多情，而眞正的一處那無所不載的后土，倒顯得生疏了，縱鄉心是鐵砧也經不起卅載的搥打搥打，怕早已忘了他吧，雖然他不能忘記。

當晚在旅館的檯燈下，他這樣結束自己的日記：「這世界，來時她送我兩件禮物，一件是肉身，一件是語文。走時，這兩件都要還她，一件，已被我用壞，連她自己也認不出來，另一件我愈用愈好，還她時比領來時更活更新。縱我做她的孩子有千般不是，最後我或許會被寬恕，欣然被認作她的孩子。」

——一九七六年十月追記

卡萊爾故居

一九七六年八月，香港暴雨成災，我卻在苦旱正長何草不黃的倫敦，作客一旬。對我，倫敦這地方既陌生又親切。陌生，是不消說了，倫敦之大，我認識的人不上一打。鬼呢，倒是認得很多，最多的一群是在西敏寺裏。也許認識得太多了，只覺得整個倫敦幢幢盡是鬼影，像一座記憶深遠的古屋。幸好我所認識的那許多鬼，大半都是美麗的靈魂，且已不朽。卡萊爾（Thomas Carlyle, 1795-1881）正是這樣的一位。

到倫敦後第四天的早晨，在周榆瑞先生的嚮導下，瞻仰了這位蘇格蘭文豪的故居。屋在倫敦西南齊而西區的沿河地帶，與河堤相距，不到半盞茶的工夫。兩人從地下車站冒了上來，沿著泰晤士河，施施朝西而行。正是夏末秋初，久旱不雨的倫敦，天藍得不留餘地，左手的一排堤樹，綠中帶黃，叢葉已疏，樹外是齊而西河堤僕僕的車塵，再外面，便是緩緩東流的泰晤士河了。向裏看，是一排維多利亞式的三層樓屋，紅磚黑柵，白漆窗框，藤蘿依依，雀噪碎細，很有一種巷閭深寂的情調。乾燥的季節，人家院子裏的玫瑰卻肆無忌憚地綻著紅艷。

榆瑞停了下來，隔著疏疏的鐵欄，為我指點一座顯經修葺的老屋。門側的牆上掛著一塊白牌。走上前去，才看清上面寫著「喬治．艾略特故居，一八八〇年艾略特在此逝世」。向前再走數戶，又有一家牆上掛著白牌，上書「羅賽蒂與史雲朋舊宅」。

我說：「這條街可不簡單，住過三位大師。」

榆瑞笑起來：「裏面的陳設早就改了。新主人不甘寂寞，掛塊名牌自我炫耀一番，可不像紀念館那樣任人參觀的。」

再往前走了百多碼，背著泰晤士河向右一轉，我們就站在倩尼路（Cheyne Row）口了。這是一條僻靜的短街，一眼可以望到街尾。面西的一排樓房，都建於十八世紀初年，格式大致相仿：無非是白石紅磚砌成的三層樓，拱形的門，狹長的窗子，斜起的屋頂下面是閣樓，上面則豎著煙囪和一排排整齊的通風罩子。臨街的矮鐵欄內，可以窺見半蔽在街面下的地下室，通常是用來做廚房。我們朝北走去，在一座懸著「卡萊爾故居」長方橫牌的屋前停了下來。

眼前這十八世紀的古屋，正是倩尼路二十四號，百年前的舊制則是倩尼路五號。從一八三四年六月十日到一八八一年二月五日，也就是說，從遷入的那一天起到逝世的那一天止，左右維多利亞一代文壇的哲學家、史學家，兼批評大師卡萊爾，就在這屋裏消磨了他後半生的悠悠歲月。

卡萊爾是蘇格蘭人，與濟慈同年誕生，但由於成名頗晚，且又長壽，在文學史上卻被劃入維多利亞時代，成爲十九世紀中葉的核心人物。他漫長的一生可以分爲兩個階段，而以一八三四年遷入這古屋爲其分界。前半生他窮困潦倒，默默無聞，一直埋沒在蘇格蘭的故鄉。遷來倫敦定居的那年，他已經三十九歲。出版過《席勒傳》，譯介過德國浪漫文學，因而受知於哥德，又剛剛發表了他的哲學鉅著《裁縫新製》（*Sartor Resartus*）。儘管如此，英國的文壇仍然不識卡萊爾其人。先是三十一歲那年，卡萊爾和美麗而多才的珍・威爾希結了婚，兩年之後，他們遷去蘇格蘭的克瑞根普塔克，隱居在一個荒僻的農莊上，一住便是六年。據說好客而又聰慧的卡萊爾夫人，在這一段日子裏很不快樂，便慫恿她的丈夫南征倫敦。卡萊爾自己也感到，要爲倫敦的刊物撰稿，最好是能和那些編輯經常來往。他們終於告別了故鄉，遷來英國的文化之都；而當時，住在相連的上倩尼街的，正是獎掖後進不遺餘力的名編輯李衡。搬進倩尼路五號的新居之後，卡萊爾不但生活穩定，而且把住了英國文化生命的脈搏，他的文學事業立刻改觀，《法國革命》一出版，他便成名了。

榆瑞按了門鈴。一位衣著樸素笑容可親的中年婦人出來應門，帶我們到臨街的客廳，向我們收了參觀費後，笑說：「樓下樓上，隨意參觀，恕我不奉陪了。」像倩尼路其他的西向樓房一樣，卡萊爾的故居也是三樓一閣，地下另有廚房。偌大的一幢房子，屋後還有一個小小的天井和花園，當年卡萊爾付的租金，卻是每年三十五鎊。卡萊爾和夫人在裏面住了那麼多年，房東數易其人，房租卻始終不變，也可見得維多利亞時代的生活有多安定，比起我在倫敦朋達旅館每天十八鎊的租金，眞是隔世之別了。

我和榆瑞從前廳到後廳，又從後廳到毗連後院的瓷器貯藏室，在底層巡禮了一周。客廳相當寬敞，每間約有四百多方英尺，印有花葉的牆紙令四壁在秀雅之中別具溫暖之感，典麗的花氈覆蓋前後客廳的地板，後客廳的長窗外，園中的樹影扶疏可見。當日卡萊爾夫婦搬進來後，僱了三個木匠，在卡萊爾夫人的監督之下，足足擾攘了一個星期，才把這幾層樓的內部刮垢磨光，修整一新，卡萊爾和他的夫人都勤於寫信，且以書簡的文采見稱。他們對新居的滿足之情，在給親友的信上充分流露。卡萊爾在給家人的信中說：「新居眞令人驚喜不置：這房子十分寬大，空氣流動，房間整潔，一切都充足有餘。樣式的不合時髦是到了極點，但住來舒服適用，也到了極點……我實在當不起這種福氣。」卡萊爾夫人定居後不久，在信裏這樣告訴朋友：「諾，我居然來了倫敦，而且在泰晤士河畔新租的屋裏若無其事地坐著，眞是好妙吧？我們找到的新居眞正不凡，格式是極爲古色古香，很合我們的脾氣；牆上都鑲著壁板，雕著花紋，看起來有點古怪，一切都很寬敞，結實，合用，而壁櫥之多，尤能令藍鬍子之流感到滿足。兩星期前，屋子前面還有一排老樹，卻來了幾個神經病的倫敦佬，把它們連根拔走了。屋後有一個花園（姑美其名而已），零亂不堪，卻也有兩樹葡萄，當令的時候可產葡萄兩串，據云『可食』，更有胡桃一株。我從樹上摘下來的胡桃，幾乎可值六個便士。」

前餐廳頗富歷史的價值。大壁爐前的扶手椅，爲卡萊爾夫人所慣坐。李衡來訪，她便從椅上站起，迎吻貴賓。以前在大學裏讀李衡的名句：

珍妮吻我當我們見面，
從椅上她跳起身來吻我。

總以為珍妮是李衡的什麼情人，現在才發現竟是卡萊爾夫人的暱稱。卡萊爾夫人很有才氣，文筆之美雖不能和她丈夫歌嘯跌宕的雄風相侔，卻也有她自己的諧趣、靈氣，與眞情。這樣美慧的女主人，本身原就有吸引四方才彥與豪俠的魅力，何況男主人更是名滿文壇的大師？於是在夫妻兩人的共同朋友之外，她更吸引了自己特有的一群賓客，其中尤為佼佼者，應推意大利的志士馬志尼和法國革命家賈維尼亞克。兩人都是流亡英國的政治犯，他們那種先憂後樂肩負國難的壯懷熱血，最能贏得倩尼路五號女主人的青睞。另一位國破罔依的傷心人，也曾經來她家作客。那便是蕭邦。據說前餐廳一角的那架鋼琴，便曾經他有名的十指撫弄。

一八六五年，前餐廳改裝，成為卡萊爾晚年的書房。至於後餐廳，則是卡萊爾夫婦沐著晨曦共進早餐的地方。後來書籍累積愈多，兩邊壁上也就倚滿了書架和書櫃。在這間房裏，壁爐邊的榆木靠背椅，桃花心木的便椅，和置放鳥籠的小圓几，都是她的遺物。前後餐廳的牆上，掛滿了大大小小的畫像、照片，和浮雕，共有四十多件。其中卡萊爾自己的畫像和照片當然最多，大致面容清癯，稜角突兀，神情十分嚴肅，不但眉下目光炯炯，而且鷹隼之下嘴唇緊閉。意志顯得非常堅定。卡萊爾早年英俊無鬚，到了晚年，他便蓄起滿腮滿頦的鬚來。世人習見的卡萊爾，是美國畫家惠斯勒所繪「卡萊爾像」中的老人。那時卡萊爾已經七十七歲，寂寞鰥居也已六年，圖中的老作家側面而坐，一身黑色大衣，高頂的黑呢帽覆在膝頭，右手拄杖，左手壓在交疊的股上。此時的卡萊爾鬚髮鬅鬙，神色黯澹，顯已垂垂老去。其他人像之中，最引我注意的，是歌德與愛默森。這兩位文豪，一位是卡萊爾的前輩，一位是他的晚輩，和他的關係都很密切。歌德的作品傳入英國，卡萊爾是最早的譯介人之一，卡萊爾的作品傳入美國，則是愛默森的首功。經過這位晚輩的宣揚，卡萊爾早年在美國的聲譽甚至超過國內，作品的銷路也是美國領先。

其實愛默森只比卡萊爾小八歲。他曾經兩訪卡萊爾：第一次是在蘇格蘭那幽僻清冷的農莊上，那時愛默森才三十歲，卡萊爾剛發表了他最傑出的論文「論本色」，最重要的哲學大著《裁縫新製》也甫脫稿，但還不能算已成名。年輕的愛默森卻已慧眼獨具，覷識他行將領袖文壇的潛力。那時華茲華斯和柯立基都已逾花甲，在政治上成爲保守分子，浪漫派少壯的一輩，拜倫、雪萊、濟慈，均已早夭，而比愛默森更年輕的丁尼生和白朗寧當然還未成氣象；青黃不接的英國文壇，可謂無人。愛默森在卡萊爾對教會、議會、工業社會的猛烈批評裏找到了一位先知，感奮之餘，便帶了經濟學家米爾的介紹信，迢迢北征，去蘇格蘭拜訪卡萊爾。做主人的很喜歡這位美國來客，事後在給米爾的覆信中說：「你介紹的愛默森，在寂靜的星期天午後，我們正用膳的時候，乘車來了。這個人眞是溫和、可嘉、可親，而又熱心，我們眞要感謝他那麼風趣地解除了我們的寂寞……我眞正喜歡此人的一點，便是他的健康，他的怡然自得。」十四年後，愛默森已經成名，在倫敦講學十分轟動，再訪卡萊爾於倩尼街五號。這時卡萊爾當然早成了英國文壇的大師，但他的胃疾和脾氣卻似乎愈來愈壞。對於愛默森的再度來訪，他似乎頗不耐煩。事後他寫信給貝靈夫人說：「和他對談，眞把我累垮了；他似乎有一條美國佬的倒楣規矩，就是，除了睡覺之外，談話必須無休無止地進行：眞是恐怖的規矩。確是一個心地純潔而崇高的人；『崇高』而不博大，就像柳樹和蘆葦那樣，從他那兒是採不到什麼果實的。一張精緻而瘦薄的三角臉，沒有牙床也沒有嘴唇，只有削彎的鷹鉤鼻子；公雞特有的那種臉：驚天動地的大事不是這種人做的。」

二樓臨街的房間，是藏書室兼客廳，來此拜訪的賓客，包括狄更司、薩克瑞、丁尼生、布朗寧、羅斯金、達爾文，和馬志尼那一群流亡的愛國志士。一八八一年二月五日清晨八點半鐘，卡萊爾便死在這間房裏。開始的十年，卡萊爾用這裏做書房，他的成名作《法國革命》便完稿於此。該書第一卷的初稿，被米爾借閱，不愼焚燬；當日也就是在這間房裏，卡萊爾看著米爾臉色蒼白神情驚恐地衝進來，帶來令人傷心的噩耗。從一八四三年起，卡萊爾夫人便將此室改爲客廳，不但房間加大，窗戶也予以拓寬，壁上也裱以美麗的牆紙。今日室內所陳，多爲當年舊物。除了近千冊的那一櫥藏書之外，我認爲最動人懷古之情的，有三件遺物。第一件是那四褶的屏風。一八四九年，卡萊爾夫人在上面貼滿了版畫和人物犬馬的圖片。她死後，卡萊爾思人憐物，倍加珍愛，後來甚至在自己的遺囑中，把屏風贈給甥女瑪麗・艾特金。第二件是圓桌上葫蘆形古檯燈旁供著的長方木盒，當日卡萊爾新婚，歌德寄贈的賀禮數件便珍存盒中：其中的一件是歌德的五卷詩集，上題「卡萊爾伉儷新婚留念」。第三件是卡萊爾坐讀用的綠皮扶手椅。椅極寬大，左邊扶手上並裝有一具閱讀架，書本可以翻開斜置於架上，架也可以作九十度的推移，十分便於學者安坐久讀，椅前還放著一個圓形的厚墊子讓坐者擱腳。這一張體貼入微的安樂椅，是卡萊爾八秩大慶時約翰・福斯特獻贈的賀禮。正如情人應該有一張好床，作家也應該有一張宜於久坐的好椅。我在卡萊爾的安樂古椅上坐了好幾分鐘，感到十分欣羨。

卡萊爾的胃病是有名的。在愛丁堡大學苦讀的時代，他就患上了消化不良症，後來一直苦於此疾，以致時常脾氣急躁，情緒不穩，甚至影響到他的文體。論者常說卡萊爾師承歌德，其實卡萊爾堅毅而沉鬱的風格，和歌德的清逸倜儻大異其趣。歌德難於了解卡萊爾的精神困境，正如卡萊爾之難於欣賞歌德的風流自喜。歌德出入宮廷，周旋於帝王卿相之間，卡萊爾卻無意於迎合當道。卡萊爾暮年覲見維多利亞女皇，女皇以為他會侍立應對，不料卡萊爾倚老，只說了一聲對不起，便逕自坐了下去。卡萊爾是一位悲觀的先知，蘭姆的諧趣與怪誕他往往不能欣賞。他在筆記裏感歎說：「哀哉蘭姆，哀哉英國，如此可鄙的畸胎兒竟有天才之名！」我相信福斯特送給卡萊爾的這張扶手椅，是特為一位久患胃疾的老人設計的。

三樓是卡萊爾夫婦的臥室，目前由守屋人居住，不對外開放。再上去，便是閣樓了。卡萊爾既苦於胃疾，又兼寢不安枕，總覺得鄰近街坊的雜音太吵，使他難於專心寫作。先是有一架鋼琴叮咚，繼而又有一隻鸚鵡在饒舌，最後又是哪家院子裏有一群「鬼鳥」在厲鳴磔磔，害得卡萊爾不斷換書房逃難。終於在一八五三年，他痛下決心，在屋頂加蓋一間隔音的閣樓——他著匠人特殊設計，屋頂的天窗特別大，臨街的長窗特別窄，屋頂的石板瓦和天花板之間隔成一層氣漕，天花板和地板上，更裝上可以調節的鐵條通風窗。閣樓蓋好後，卡萊爾欣然搬進新書房去，卻發現泰晤士河的水聲傳來，這間密室竟有擴音的特效，而附近那些「鬼鳥」的磔磔，仍然隔之不絕。儘管如此，他卻在這間密室裏，爲撰寫《腓特烈大帝》（*History of Frederick the Great*）的皇皇鉅著，前後工作了十二年。一八六五年，六卷的《腓特烈大帝》全部出版之後，卡萊爾遷回底樓的書房，這間閣樓便改爲女僕的臥室了。

榆瑞端詳著壁上懸掛的德國歷史人物的肖像，和室中陳列的一些遺物，諸如作者的手稿、護照、短簡，和手杖等等。我則坐在卡萊爾的寫字檯前，設想文豪當日，坐在這張椅上，聽著泰晤士河東流的波聲，時而閉目冥想，時而奮筆疾書的情況。十二年！羽筆都不知寫禿了幾枝？早夭的作家如蔡特敦（Thomas Chatterton, 1752-1770）和濟慈，一生創作的歲月，加起來也不過這一半長。要完成這樣的鉅著，必須時代和作家合作，才能終底於成；如果時代動亂，或是作家命短，就難竟全功了。維多利亞時代太平，文人又多長壽，這樣的鉅著鴻篇也就不少。卡萊爾動手寫《腓特烈大帝》時，年紀已近六十，文名早著，經濟無憂，自不必汲汲爲稻粱謀，所以才能沉下氣來，高樓小閣，一棲便是悠悠一十二載，再下樓來，已成古稀老翁了。不禁想起另一位史學家陳寅恪，後半生流離失所，抗戰時期不但營養不良，要門人送奶粉療飢，就連書寫的稿紙也難以爲繼——比起卡萊爾在這幢華屋裏近半世紀的安居長吟，眞是令人感歎了。

《腓特烈大帝》全書既出，卡萊爾在學界聲譽更隆；就是這一年，他繼格拉德斯東之後，被選爲他母校愛丁堡大學的校長。這是他一生事業的巔峰。在凱歸的心情下，他回到故鄉去發表就任演說，卻傳來噩耗，說卡萊爾夫人病故。老年喪偶，卡萊爾一慟欲絕，從此感傷不振。最後的十五年鰥居，他絕少寫作，只是讀書自娛，或是接見四方來訪「齊而西聖人」的賓客。七十九歲那年，他接受了俾士麥頒贈的普魯士大成勳章，卻拒絕了英相狄士瑞禮封他的從男爵號。卡萊爾死後，並未埋於西敏寺，國人從他遺願，埋他在故鄉艾克里費城（Ecclefechan）。

兩人飽覽了近三小時，在「齊而西聖人」偌大的故宅裏，更未遇見第三位朝聖的香客。十九世紀的沉默包圍著我們，除了自己的跫音，也未聞當日聖人畏聞的琴聲、禽聲。兩人從樓梯上下來，榆瑞說：

「我就料到不會有什麼遊客，所以特別帶你來，可以從容低迴——」

「眞是太好了！是要這麼沉思冥想，歎鳳傷麟，才能進入情況，恍若與古人踵武相接。不像前天去參觀狄更司的故居——」

「那可是擠！」榆瑞舉眉睜眼，戲作驚愕之狀。

「可不是，三輛遊覽車停在門外，遊客列隊而入，接踵而出，人多口雜，不到半個鐘頭，已經催著上車，說，不然就錯過下一個節目了。因爲遊客太多。狄更司館裏的一几一椅都有圍繩攔護，只覺得一切都有距離，既緊張，又拘束。想像沒有迴旋的餘地，很難投入狄更司的世界裏去。所謂遊客，大概是世界上最討厭的東西了。本地人血汗的現實裏，偏有一批批遊客來尋夢，東張西望，亂拍照片，不知所云。遊客呼嘯過處，風景蒙羞，文化跌價。千古興亡不付給漁樵卻付給曉曉的嚮導。」

「你自己不也是一個遊客？」榆瑞笑道。

「所以覺得自己也討厭。英國這地方，應該住下來慢慢咀嚼。一座西敏古寺，兩小時要一覽無餘，簡直是開玩笑。」

在西敏寺的詩人之隅，卡萊爾並沒有塑像，只有一塊平面的地碑，位置並不顯眼，且爲排椅所蔽。卡萊爾生前享名之盛，影響之廣，儼然倫敦文壇的盟主，如今他的聲譽不再像百年前那樣顯赫，汗牛充棟的鉅著也少人閱讀。卡萊爾和狄更司並爲維多利亞時代的文豪；卡萊爾長十七歲，可稱前輩，狄更司的小說《艱難歲月》便是獻給這位先驅的。百年之後，狄更司的故居遊客摩肩，卡萊爾的舊址卻香火冷落，對照一何鮮明。

卡萊爾是歷史家也是傳記家，他在《英雄與英雄崇拜》裏曾說：「世界史不過是偉人合傳。」傳斯年稱爲「滑稽之雄」的蕭伯納，深受卡萊爾的啓發。卡萊爾陰鬱的警告，到蕭伯納筆下成了嬉笑怒罵；卡萊爾的英雄，蕭伯納筆下叫做超人。狄更司是小說家，他寫的大半是中下層社會的匹夫匹婦，但是虛構的小說卻似乎比實傳的歷史更爲眞實，更接近人性，更垂之永久。卡萊爾在十九世紀中葉的英國，扮演的是告警報憂的先知，捧著那時代一顆不安的良心，對於重量而不重質的工業文明和議會政制，對於機械的壓倒人性、宗教的流於形式等等，無不猛施攻擊。在政治上，他是一位富於貴族氣質的激進分子，一方面不信任紜紜黔首，另一方面又不屑趨附當道。他對於人民的福利極爲關心，但認爲拯救之道不在人人爭取權利，而在人人盡到責任。這當然是一種理想主義，很難見容於錙銖必較的工業社會。卡萊爾那種一士諤諤、獨排衆議的膽識，在當時固然折服了多少才彥，但他載道的方式，是聖經舊約裏先知的大聲疾呼，當頭棒喝。他曾經批評同代的另一位歷史家麥可利說：「麥可利偶爾一讀亦無妨，但誰也不願住在尼亞加拉大瀑布之下。」話固說得俏皮，但是也可以反施於卡萊爾自身。下面是卡萊爾典型的嘯吟文體：

英勇的海上船長，北方的海上王哥倫布，我的英雄啊，忠誠的大海王！你面臨的不是順境，在這荒涼的深海：你的四周是受挫的舟子在譁變，後面是羞辱與毀滅，前面是看不透的海之面紗。

英國現代作家克勒敦·布洛克對這段的評語是：「如果一位作家長期使用這樣的風格，就像一個人聲嘶力竭在說話，終使我們感到疲倦。」卡萊爾雄勁突兀的筆鋒，當然也不盡如此，不過他確是以詩爲文，以文爲史，可謂史家中之散文詩人。

下得樓來，榆瑞和我又輕推通道的紗門，步入屋後的花園。約莫五十多坪的面積，比起榆瑞寓所的後院，只得一半大小的光景，但也足夠一代文豪行吟流連的了。花園實分兩部。近屋的一邊是石板鋪砌的天井，卡萊爾生前常愛來這裏坐讀；盛夏的日子，他會搬一張小書桌，到涼翠的樹陰裏去寫作。遠屋的一邊有石板路相通，草地和樹木修護得十分整潔，可惜天旱，無緣目飫芳草的鮮碧。除了卡萊爾夫人給朋友信中提到的葡萄和胡桃，還有櫻桃、山楂、茉莉、薄荷、紫丁香之屬。園中原有兩張瓷凳子，現在只剩一張，卡萊爾卻愛搬一張廚房的椅子來坐。文豪的弟弟從蘇格蘭送來一把鐮刀，他便用來刈草芟藤，然後掛在那櫻桃樹上。櫻桃雖然豐收，群雀卻先來偷嘗。卡萊爾生前很喜歡這園子，常常親自來修護。他在信裏說：「我可以像從前（在家鄉）那樣，便裝草帽，在園中徘徊。安安靜靜抽我的煙斗……我買了三株果樹，栽在這一方可憐的多煙的花園裏；那些老果樹已是一百五十年前某位善人的功德，不是死了，便是需要拔除；只剩下一樹梨一樹櫻桃，似乎是今年水果收成的唯一指望了。或許下一代有位可憐的饞嘴倫敦佬，會比我收成好些。」

先知的預言似乎是落空了。我所見到的英國，不但豐收無著，連綠油油的芳草也枯黃欲萎了。「一老人在乾旱的月份，等待下雨，」艾略特的音調在心裏響起。甘霖在何處呢？這民族最後的一位英雄，啣著雪茄，已經像先知一樣，「與洪荒的巨人長眠在一起」。只留下一位白髮的老孀，在荒旱的歲月，拍賣那英雄的顏色維生。

我們走上街去。倩尼路二十四號的大門關上，厚沉沉地，像闔上維多利亞那時代，黑封面的一部巨書。堤外只有泰晤士河還流著，那波聲，不知是訴說時間，還是永恆。

——一九七七年三月十八日追記

高速的聯想

那天下午從九龍駕車回馬料水，正是下班時分，大埔路上，高低長短形形色色的車輛，首尾相銜，時速二十五哩。一隻鷹看下來，會以爲那是相對爬行的兩隊單角蝸牛，單角，因爲每輛車只有一根收音機天線。不料快到沙田時，莫名其妙地塞起車來，一時單角的蝸牛都變成了獨鬚的病貓，廢氣曖曖，馬達喃喃，像集體在腹誹狹窄的公路。熄火又不能，因爲每隔一會，整條車隊又得蠢蠢蠕動。前面究竟在搞什麼鬼，方向盤的舵手誰也不知道。載道的怨聲和咒語中，只有我沾沾自喜，欣然獨笑。俯瞥儀表板上，從左數過來第七個藍色鈕鍵，輕輕一按，我的翠綠色小車忽然離地升起，升起，像一片逍遙的綠雲牽動多少愕然仰羨的眼光，悠悠揚揚向東北飛逝。

那當然是眞的：在擁擠的大埔路上，我常發那樣的狂想。我愛開車。我愛操縱一架馬力強勁反應敏靈野蠻又柔馴的機器，我愛方向盤在掌中微微顫動四輪在身體下面平穩飛旋的那種感覺，我愛用背肌承受的壓力去體會起伏的曲折的地形山勢，一句話，我崇拜速度。阿剌伯的勞倫斯曾說：「速度是人性中第二種古老的獸慾。」以運動的速度而言，自詡萬物之靈的人類是十分可憐的。褐雨燕的最高時速，是二百九十點五英里。狩獵的鷹在俯衝下撲時，能快到每小時一百八十英里。比賽的鴿子，有九六點二九哩的時速。獸中最速的選手是豹和羚羊：長腿黑斑的亞洲豹，綽號「獵豹」者，在短程衝刺時，時速可到七十哩，可惜五百碼後，就降成四十多哩了；叉角羚羊奮蹄疾奔，可以維持六十哩時速。和這些相比，「動若脫兔」只能算「中駟之才」：英國野兔的時速不過四十五哩。「白駒過隙」就更慢了，騎師胯下的賽馬每小時只馳四三點二六哩。人的速度最是可憐，一百碼之外只能達到二六點二二哩的時速。

可憐的凡人，奔騰不如虎豹，跳躍不如跳蚤，游泳不如旗魚，負重不如螞蟻，但是人會創造並駕馭高速的機器，以逸待勞，不但突破自己體能的極限，甚至超邁飛禽走獸，意氣風發，逸興遄飛之餘，幾疑可以追神跡，躡仙蹤。高速，爲什麼令人興奮呢？生理學家一定有他的解釋，例如循環加速，心跳變劇等等。但在心理上，至少在潛意識裏，追求高速，其實是人與神爭的一大慾望：地心引力是自然的法則，也就是人的命運，高速的運動就是要反抗這法則，雖不能把它推翻，至少可以把它的限制壓到最低。賽跑或賽車的選手打破世界紀錄的那一刹那，是一閃宗教的啓示，因爲凡人體能的邊疆，又向前推進了一步，而人進一步，便是神退一步，從此，人更自由了。

滑雪，賽跑，游泳，賽車，飛行等等的選手，都稱得上是英雄。他們的自由和光榮是從神手裏，不是從別人的手裏，奪過來的。他們所以成爲英雄，不是因爲犧牲了別人，而是因爲克服了自然，包括他們自己。

若論緊張刺激的動感，高速運動似乎有這麼一個原則：就是，憑藉的機械愈多，和自然的接觸就愈少，動感也就減小。賽跑，該是最直接的運動。賽馬，就間接些，但憑藉的不是機械，而是一匹汗油生光肌腱勃怒奮鬣揚蹄的神駒。最間接的，該是賽車了，人和自然之間，隔了一隻鐵盒，四隻輪胎。不過，愈是間接的運動，就愈高速，這對於生就低速之軀的人類說來，實在是一件難以兩全的事情。其他動物面對自己天生的體速，該都是心安理得，受之怡然的吧？我常想，一隻時速零點零三哩的蝸牛，放在跑車的擋風玻璃裏去看劇動的世界，會有怎樣的感受？

許多人愛駕敞篷的跑車，就是想在高速之中，承受、享受更多的自然：時速超過七十五哩，八十哩，九十哩，全世界轟然向你撲來，髮交給風，肺交給激湍洪波的氣流，這時，該有點飛的感覺了吧。阿剌伯的勞倫斯有耐性騎駱駝，卻不耐煩駕駛汽車：他認爲汽車是沒有靈性的東西，只合在風雨中乘坐。從沙漠回到文明，才下了駝背，他便跨上電單車，去拜訪哈代和蕭伯納。他在電單車上，每月至少馳騁二千四百哩，快的時候，時速高達一百哩，終因車禍喪生。

我騎過五年單車，也駕過四年汽車，卻從未駕過電單車，但勞倫斯馳騾生風的豪情，我可以髣髴想像。電單車的驍騰驃悍，遠在單車之上，而衝風搶路身隨車轉的那種投入感，更遠勝靠在桶形椅背踏在厚地毯上的方向舵手。電影「逍遙遊」（Easy Rider）裏，三騎士在美國西南部的沙漠裏直線疾馳的那一景，在搖滾樂亢奮的節奏下，是現代電影的高潮之一。我想，在潛意識裏，現代少年是把桀驁難馴的電單車當馬騎的：現代騎士仍然是戴盔著靴，而兩腳踏鐙雙肘向外分掌龍頭兩角的騎姿，卻富於浪漫的誇張，只有馬達的厲嘯逆人神經而過，比不上古典的馬嘶。現代車輛引擎，用馬力來標示電力，依稀有懷古之風。準此，則敞篷車可以比擬遠古的戰車，而四門的「轎車」（sedan）更是復古了。六〇年代的中期，福特車廠驅出的「野馬」（Mustang）號擬跑車，頸長尾短，驃悍異常，一時縱橫於超級公路，逼得克萊斯勒車廠只好放出一群修矯靈猛的「戰馬」（Charger）來競逐。

我學開車，是在一九六四年的秋天。當時我從皮奧瑞亞去愛奧華訪葉珊與黃用，一路上，火車誤點，灰狗的長途車轉車費時，這才省悟，要過州歷郡親身去縱覽惠特曼和桑德堡詩中體魄雄偉的美國，手裏必須有一個方向盤。父親在國內聞言大驚，一封航空信從松山飛來，力阻我學駕車。但無窮無盡更無紅燈的高速公路在敻闊自由的原野上張臂迎我，我的邏輯是：與其把生命交託給他人，不如握在自己的手裏。學了七小時後，考到駕駛執照。發那張硬卡給我的美國警察說：「公路是你的了，別忘了，命也是你的。」

奇妙的方向盤，轉動時世界便繞著你轉動，靜止時，公路便平直如一條分髮線。前面的風景爲你剖開，後面的背景呢，便在反光鏡中縮成微小，更微小的幻影。時速上了七十哩，反光鏡中分巷的白虛線便疾射而去如空戰時機槍連閃的子彈，萬水千山，記憶裏，漫漫的長途遠征全被魔幻的反光鏡收了進去，再也不放出來。「歡迎進入內布拉斯卡」，「歡迎來加里福尼亞」，「歡迎來內華達」，闖州穿郡，記不清越過多少條邊界，多少道稅關。高速令人興奮，因爲那純是一個動的世界，擋風玻璃是一望無饜的窗子，光景不息，視域無限，油門大開時，直線的超級大道變成一條巨長的拉鍊，拉開前面的遠景蜃樓摩天絕壁拔地倏忽都削面而逝成爲車尾的背景被拉鍊又拉攏。高速，使整座雪山簇簇的白峰盡爲你回頭，千頃平疇旋成車輪滾滾的輻輳。春去秋來，多變的氣象在擋風窗上展示著神的容顏：風沙雨露和冰雪，烈日和冷月，沙漠的飛蓬，草原夏夜密密麻麻的蟲屍，撲面踹來大卡車輪隙踢起的卵石，這一切，都由那一方弧形大玻璃共同承受。

從海岸到海岸，從極東的森林洞（Woods Hole）浸在大西洋的寒碧到太平洋暖潮裏浴著的長堤，不斷的是我的輪印橫貫新大陸。坦蕩蕩四巷並驅的大道自天邊伸來又沒向天邊，美利堅，捲不盡展不絕一幅橫軸的山水只爲方向盤後面的遠眺之目而舒放。現代的徐霞客坐遊異域的煙景，爲我配音的不是古典的馬蹄得得風帆飄飄，是八汽缸引擎輕快的低吟。

廿輪轟轟轟地翻滾，體格修長而魁梧的鋁殼大卡車，身長數倍於一輛小轎車，超它時全身的神經緊縮如猛收一張網，胃部隱隱地痙攣，兩車並馳，就像在狹長的懸崖上和一匹犀牛賽跑，眞是瘋狂。一時小車驚竄於左，重噸的貨櫃車奔騰而咆哮於右，右耳太淺，怎盛得下那樣一漩渦的騷音？一九六五年初，一個苦寒凜冽的早晨，灰白迷濛的天色像一塊毛玻璃，道奇小車載我自芝加哥出發，輾著滿地的殘雪碎冰，一日七百哩的長征，要趕回蓋提斯堡去。

出城的州際公路上，遇上了重載的大貨車隊，首尾相銜，長可半哩，像一道絕壁蔽天水聲震耳的大峽谷，不由分說，將我夾在縫裏，挾持而去。就這樣一直對峙到印地安那州境，車行漸稀，才放我出峽。

後來駛車日久，這樣的超車也不知經歷過多少次了，渾不覺廿輪卡車有多威武，直到前幾天，在香港的電視上看到了史匹爾伯格導演的悚慄片「決鬥」（Duel）。一位急於回家的歸客，在野公路上超越一輛龐然巨物的油車，激怒了高據駕駛座上的隱身司機，油車變成了金屬的恐龍怪獸，挾其邪惡的暴力盲目的衝刺，一路上天崩地塌火雜雜銜尾追來。反光鏡裏，驚瞥赫現那油車的車頭已經是一頭狂獸，而一進隧道，車燈亮起，可駭目光灼灼黑凜凜一尊妖牛。看過史匹爾伯格後期作品「大白鯊」，就知道在「決鬥」裏，他是把那輛大油車當作一匹猛獸來處理的，但它比大白鯊更兇頑更神祕，更令人分泌腎上腺素。

香港是一個彎曲如爪的半島旁錯落著許多小島，地形分割而公路狹險，最高的時速不過五十哩，一般時速都在四十哩以下，再好的車再強大的馬力也不能放足馳驟。低速的大埔路上，蝸步在一串慢車的背影之後，常想念美國中西部大平原和西南部沙漠裏，天高路邈，一車絕塵，那樣無阻的開闊空曠。雖說能源的荒年，美國把超級公路的速限降爲每小時五十五哩，去年八月我駛車在南加州，時速七十哩，也未聞警笛長嘯來追逐。

更念煙波相接，一座多雨的島上，多少現代的愚公，亞熱帶小陽春豔陽下在移山開道，開路機的履帶軋軋，鏟土機的巨螯孔武地舉起，起重機硌硌地滾著轆轤，爲了鋪一條巨氈從基隆到高雄，迎接一個新時代的駛來。那樣壯闊的氣象，四衢無阻，千車齊轂並馳的路景，鄭成功，吳鳳沒有夢過，阿眉族，泰耶魯族的民謠從不曾唱過。我要揀一個秋晴的日子，左窗亮著金豔豔的晨曦，從台北出發，穿過牧神最綠最翠的轄區，騰躍在世界最美麗的島上；而當晚從高雄馳回台北，我要馳速限甚至縱一點超速，在亢奮的脈搏中，寫一首現代詩歌詠帶一點汽油味的牧神，像陶潛和王維從未夢過的那樣。

更大的願望，是在更古老更多迴聲的土地上馳騁。中國最浪漫的一條古驛道，應該在西北。最好是細雨霏霏的黎明，從渭城出發，收音機天線上繫著依依的柳枝。擋風窗上猶浥著輕塵，而渭城已漸遠，波聲漸渺。甘州曲，涼州詞，陽關三疊的節拍裏車向西北，琴音詩韻的河西孔道，右邊是古長城的雉堞隱隱，左邊是青海的雪峰簇簇，白耀天際，我以七十哩高速馳入張騫的夢高適岑參的世界，輪印下重重疊疊多少古英雄長征的蹄印。

——一九七七年元月

思台北，念台北

隱地從台北寄來他的新書《歐遊隨筆》，並在扉頁上寫道：「爾雅也在廈門街一一三巷，每天，我走您走過的腳步。」一句話，撩起我多少鄉愁。龍尾蛇頭，接到多少張耶誕卡賀年片，沒有一句話更撼動我的心弦。

如果腳步是秋天的落葉，年復一年，季復一季，則最下面的一層該都是我的履印與足音，然後一層層，重重疊疊，舊印之上覆蓋著新印，千層下，少年的屐跡車轍，只能在彷彿之間去翻尋。每次回到台北，重踏那條深長的巷子，隱隱，總踏起滿巷的迴音，那是舊足音醒來，在響應新的足音？廈門街，水源路那一帶的彎街斜巷，拭也拭不盡的，是我的腳印和指紋。每一條窄弄都通向記憶，深深的廈門街，是我的迴聲谷。也無怪隱地走過，難逃我的聯想。

那一帶的市井街坊，已成爲我的「背景」甚至「腹地」。去年夏天在西雅圖，和葉珊談起台灣詩選之濫，令人窮於應付，成了「選災」。葉珊笑說，這麼發展下去，總有一天我該編一本《古亭詩選》，他呢，則要編一本《大安詩選》。其實葉珊在大安區的腳印，寥落可數，他的鄉井當然在水之湄，在花蓮。他只能算是「半山」的鄉下詩人，我，才是城裏的詩人。十年一覺揚州夢，醒來時，我已是一位台北人。

當然不止十年了。清明尾，端午頭，中秋月後又重九，春去秋來，遠方盆地裏那一座島城，算起來，竟已住了二十六年了。這其間，就算減去旅美的五年，來港的兩年，也有十九年之久。北起淡水，南迄烏來，半輩子的歲月便在那裏邊攘攘度過，一任紅塵困我，車聲震我，限時信，電話和門鈴催我促我，一任杜鵑媚我於暮春，蓮塘迷我於仲夏，雨季霉我，溽暑蒸我，地震和颱風撼我搖我。四分之一的世紀，我眼見台北長高又長大，腳踏車三輪車把大街小巷讓給了電單車計程車，半田園風的小省城變成了國際化的現代立體大都市。鏡頭一轉，前文提要一樣的跳速，台北也驚見我，如何從一個寂寞而迷惘的流亡少年變成大四的學生，少尉編譯官，新郎，父親，然後是留學生，新來的講師，老去的教授，毀譽交加的詩人，左頰掌聲右頰是噓聲。二十六年後，台北恐已不識我，霜髮的中年人，正如我也有點近鄉情怯，機翼斜斜，海關擾擾，出得松山，迎面那一叢叢陌生的樓影。

曾在那島上，淺淺的淡水河邊，遙聽嘉陵江滔滔的水聲，曾在芝加哥的樓影下，沒遮沒攔的密西根湖岸，念江南的草長鶯飛，花發蝶忙。鄉愁一縷，恆與揚子江東流水競長。前半生，早如斷了的風箏落在海峽的對面，手裏兀自牽一縷舊線。每次填表，「永久地址」那一欄總教人臨表踟躕，好生為難。一若四海之大，天地之寬，竟有一處是穩如磐石，固如根柢，世世代代歸於自己，生命深深植於其中，海嘯山崩都休想將它拔走似的。面對著天災人禍，世局無常，竟要塡表人肯定說出自己的「永久地址」，眞是一大幽默，帶一點智力測驗的意味。儘管如此，表卻不能不塡。二十世紀原是塡表的時代，從出生紙到死亡證書，一個人一輩子要塡的表，疊起來不會薄於一部大字典。除非你住在烏托邦，表是非塡不可的。於是「永久地址」欄下，我暫且塡上「台北市廈門街一一三巷八號」。這一暫且，就暫且了二十多年，比起許多永久來，還永久得多。

正如路是人走出來的，地址，也是人住出來的。生而爲閩南人，南京人，也曾經自命爲半個江南人，四川人，現在，有誰稱我爲台北人，我一定欣然接受，引以爲榮。有那麼一座城，多少熟悉的面孔，由你的朋友，你的同學，同事，學生所組成，你的粉筆灰成雨，落濕了多少講台，你的藍墨水成渠，灌溉了多少畝報刊雜誌。四個女孩都生在那城裏，母親的慈骨埋在近郊，父親和岳母皆成了常青的喬木，植物一般植根在那條巷裏。有那麼一座城，錦盒一般珍藏著你半生的腳印和指紋，光榮和憤怒，溫柔和傷心，珍藏著你一顆顆一粒粒不朽的記憶。家，便是那麼一座城。

把一座陌生的城住成了家，把一個臨時地址擁抱成永久地址，我成了想家的台北人，在和中國母體土接壤連的一角小半島上，隔著南海的青煙藍水，竟然轉頭東望，思念的，是二十多年來餐我以蓬萊的蓬萊島城。我的陽台向北，當然，也儘多北望的黃昏。奈何公無渡河，從對河來客的口中，聽到的種種切切，陌生的，嚴厲的，迷惑的，傷感的，幾已難認后土的慈顏，哎，久已難認。正如賈島的七絕所言：

客舍并州已十霜　歸心日夜憶咸陽
無端更渡桑乾水　卻望并州是故鄉

如果十霜已足成故鄉，則我的二十霜啊多情又何遜唐朝一孤僧？

未回台北，忽焉又一年有半了。一小時的飛程，隔水原同比鄰，但一道海關多重表格橫在中間，便感煙波之闊了。願台北長大長壯但不要長得太快，願我記憶中的島城開路機鏟土機的挺進下保留一角半隅的舊區讓我循那些曲折而玄祕的窄弄幽巷步入六十年代五十年代。下次見面時，願相看嫵媚如昔，城如此，哎，人亦如此。

祖籍閩南，說來也巧，偌大一座台北城，二十多年來只住過兩條閩南風味的小街；同安街和廈門街。同安街只住了兩年半，後來的二十四年就一直在廈門街。如果台北是我的「家城」（英文有這種說法），廈門街就是我的「家街」了。這家，是住出來的，也是寫出來的。八千多個日子，二十幾番夏至和秋分，即連是一片沙漠，也早已住成家了。多少篇詩和散文，多少部書，都是在臨巷的那個窗口，披一身重重疊疊深深淺淺的綠陰，吟哦而成。我的作品既在那一帶的巷閭孕化而成，那條小街，那些曲巷也不時浮現在我的字裏行間，成爲現代文學裏的一個地理名詞。螢塘里、網溪里，久已育我以靈感，希望掌管那一帶的地靈土仙能知曉，我的靈感也榮耀過他們。廈門街的名字，在我的香港讀者之間，也不算陌生。

有意無意之間，在台北，總覺得自己是「城南人」，不但住在城南，工作也在城南。國內最具規模的三座學府全在城南，甚至南郊；北起麗水街，南迄指南山麓，我的金黃歲月都揮霍在其中。思潮文風，在杜鵑花簇的迷錦炫繡間起伏迴盪。當時年少，曾饜過多少稚美的青睞青眼，西去取經，分不清，身是唐吉珂德或唐僧。對我而言，古亭區該是中國文化最高的地區，記憶也最密。即連那「家巷」的左鄰右舍，前翁後媼，也在植物一般悠久而遲緩的默契裏，相習而相忘，相近相親。出得巷去，左手是裁縫舖子、理髮店、豆漿店然後是電料行，右手是西藥行、雜貨店、花店、照相館……閉著眼睛，我可以一家家數過去，夢遊一般直數到汀州街口。前年夏天從香港回台北，一天晚上，去巷口那家藥行買藥。胖胖的老闆娘在櫃台後面招呼我，還是二十年來那一口潮州國語。不見老闆，我問她老闆可好。「過身了——今年春天，」說著她眼睛一陣濕，便流下了淚來。我也爲之黯然神傷，一時之間，不知怎麼安慰才好，默默相對了片刻，也就走開了。回家的路上，我很是感動，心裏滿溢著溫暖的鄉情，一問一答之間，那婦人激動的表情，顯示她已經把我當成了親人。二十年來，我是她店裏的常客，和她丈夫當然也是稔熟的。我更想起十八年前母親去世，那時是她問我答，流淚的是我，囁嚅相慰的是她。久鄰爲親，那一切一切，城南人怎會忘記？

對我而言，城北是商業區，新社區，無論它有多繁華，我的台北仍舊在城南。台北是愈長愈高了，長得好快，七十年代八十年代在城的東北，在松山機場那一帶喊他。未來在召喚，好多城南人禁不起那誘惑，像何凡、林海音那一家，便遷去了城北，一窩蜂一窩鳥似的，住在高高的大公寓裏，和下面的世界來往，完全靠按鈕。等到高速公路打通，桃園的國際機場建好，大台北無阻的步伐，該又向西方邁進了。

該來的，什麼也擋不住。已去的，也無處可招魂。當最後一位按摩女的笛聲隱隱，那一夜在巷底消逝，有一個時代便隨她去了。留下的是古色的月光，情人、詩人的月光，仍祟著城南那一帶的灰瓦屋，矮圍牆，彎彎繞繞的斜街窄巷。以南方爲名的那些街道——晉江街、韶安街、金華街、雲和街、泉州街、潮州街、溫州街、青田街，當然，還有廈門街——全都有小巷縱橫，奇徑暗通，而門牌之紛亂，編號排次之無軌可循，使人逡巡其間，迷路時惶惑如智窮的白鼠，豁然時又自得如天才的偵探。幾乎家家都有圍牆，很少巷子能一目了然，巷頭固然望不見巷腰，到了巷腰，也往往看不出巷底要通往何處。那一盤盤交纏錯綜的羊腸迷宮，當時陷身其中，固曾苦於尋尋覓覓，但風晨雨夜，或是奇幻的月光婆娑的樹影下走過，也賦給了我多少靈感。於今隔海想來，那些巷子在奧祕中寓有親切，原是最耐人咀嚼的。黃昏的長巷裏，家家圍牆飄出的飯香，吟一首民謠在召歸途的行人：有什麼，比這更令人低迴的呢？

最耐人尋味的小巷，是同安街東北行，穿過南昌街後，通向羅斯福路的那一段。長只五、六十碼，狹處只容兩輛腳踏車蠕行相交。上面晾著未乾的衣裳，兩旁總排著一些腳踏車手推車，晒些家常醃味，最擠處還有些小孩子在嬉遊。磚牆石壁半已剝蝕，頹敗的紋理伸手可觸。近羅斯福路出口處還有個小小的土地祠，簡陋可笑的裝飾也無損其香火不絕，供果長青。那恐怕是世界上最短最窄的一條陋巷了。從師大回家的途中，不記得已蜿穿過幾千次了，對於我，那是世界上最滑稽最迷人最市井風的一段街景。電視天線接管了日窄的天空，古台北正在退縮。撼地壓來的開路機啊，能繞道而行放過這幾座歷史的殘堡嗎？

在〈蒲公英的歲月〉裏，曾說過喜歡的是那島，不是那城。台北啊我怎能那樣說，對你那樣不公平？隔著南中國海的煙波，向香港的電視幕上，收看鄰區都市的氣象，漢城和東京之後總是台北，是陰是晴是變冷是轉熱是風前或雨後，都令我特別關心。颱風自海上來，將掠台灣而西，撲向廈門和汕頭，那氣象報告員說，不然便是寒流凜凜自華中南下，氣溫要普遍下降，明天莫忘多加衣。只有在那一刹那，才幻覺這一切風雲雨霧原本是一體，拆也拆不開的。

香港有一種常綠的樹，黃花長葉，屬刺槐科，據說是移植自台灣，叫「台灣相思」。那樣美的名字，似乎是爲我而取。

——一九七七年三月

花鳥

客廳的落地長窗外，是一方不能算小的陽台，黑漆的欄杆之間，隱約可見谷底的小村，人煙曖曖。當初發明陽台的人，一定是一位樂觀外向的天才，才會突破家居的局限，把一個幻想的半島推向戶外，向山和海，向半空晚霞和一夜星斗。

陽台而無花，猶之牆壁而無畫，多麼空虛。所以一盆盆的花，便從下面那世界搬了上來。也不知什麼時候起，欄杆三面竟已偎滿了花盆，但這種美麗的移民一點也沒有計畫，歐陽修所謂的「淺深紅白宜相間，先後仍須次第栽」，是完全談不上的。這麼十幾盆栽，有的是初來此地，不畏辛勞，擠三等火車抱回來的，有的是同事離開中大的遺愛，也有的，是買了車後供在後座帶回來的。無論是什麼來歷，我們都一般看待。花神的孩子，名號不同，容顏各異，但迎風招展的神態都是動人的。

朝西一隅，是莖藤四延和欄杆已綢繆難解的紫藤，開的是一串串粉白帶淺紫的花朵。右邊是一盆桂苗，高只近尺，花時竟也有高潔清雅的異香，隨風漾來。近鄰是兩盆茉莉和一盆玉蘭。這兩種香草雖不得列於離騷狂吟的芳譜，她們細膩而幽邃的遠芬，卻是我無力抵抗的。開窗的夏夜，她們的體香迴泛在空中，一直遠飄來書房裏，嗅得人神搖搖而意惚惚，不能久安於座，總忍不住要推紗門出去，親近親近。比較起來，玉蘭修長的白瓣香得溫醇些，茉莉的叢蕊似更醉鼻饜心，總之都太迷人。

再過去是兩盆海棠。淺紅色的花，油綠色的葉，相配之下，別有一種民俗畫的色調，最富中國韻味，而秋海棠葉的象徵，從小已印在心頭。其旁還有一盆鐵海棠，虬蔓鬱結的刺莖上，開出四瓣對稱的深紅小花。此花生命力最強，暴風雨後，只有他屹立不搖，顏色不改。再向右依次是繡球花，蟹爪蘭，曇花，杜鵑。蟹爪蘭花色洋紅而神態淩厲，有張牙奮爪作勢攫人之意，簡直是一隻花魘，令我不敢親近。曇花已經綻過三次，一次還是雙葩對開，眞是吉夕素仙。夏秋之間，一夕盛放，皎白的千層長瓣，眼看她恣縱迅疾地展開，幽幽地吐出粉黃嬌嫩的簇蕊，卻像一切奇蹟那樣，在目迷神眩的異光中，甫啓即閉了。一年含蓄，只爲一夕的揮霍，大概是芳族之中最羞澀最自謙最沒有發表慾的一姝了。

在這些空中半島，啊不，空中花園之上，我是兩園丁之一，專掌澆水，每日夕陽沉山，便在晚霞的浮光裏，提一把白柄藍身的噴水壺，向衆芳施水。另一位園丁當然是陽台的女主人，專司殺蟲施肥，修剪枝葉，翻掘盆土。有時蓓蕾新發，野雀常來偷食，我就攘臂衝出去，大聲驅逐。而高台多悲風，腳下那山谷只敞對海灣，海風一起，便成了老子所謂「虛而不屈，動而愈出」的一具風箱。於是便輪到我一盆盆搬進屋來。寒流來襲，亦復如此。女園丁笑我是陶侃運甓。美，也是有代價的。

無風的晴日，盆花之間常依偎一隻白漆的鳥籠。裏面的客人是一隻灰翼藍身的小鸚鵡，我為牠取名藍寶寶。走近去看，才發現翅膀不是全灰，而是灰中間白，並帶一點點藍；頸背上是一圈圈的灰紋，兩翼的灰紋則弧形相掩，飾以白邊，狀如魚鱗。翼尖交疊的下面，伸出修長幾近半身的尾巴，毛色深孔雀藍，常在籠欄邊拂來拂去。身體的細毛藍得很輕淺，很飄逸。胸前有一片白羽，上覆渾圓的小藍點，點數經常在變，少則兩點，長全時多至六點，排成弧形，像一條項鍊。

藍寶寶的可愛，不止外貌的嬌美。如果你有耐性，多跟牠做一會伴，就會發現牠的語言天才。牠參加我們的生活成為最受寵愛的「小家人」才半年，韓惟全由美遊港，在我們家小住數日，首先發現牠在牙牙學語，學我們的人語。起先我們不信，以為牠時發時歇的咿唔唼喋，不過是禽類的嘵嘵自語，無意識的饒舌罷了。經惟全一提醒，藍寶寶的斷續鳥語，在側耳細聽之下，居然有點人話的意思。只是有時囁嚅吞吐，似是而非，加以人腔鳥調，句逗含混不清，那意境在人禽之間，恐怕連公冶長再世，也難以體會，更無論聖芳濟了。

幸運的時候，藍寶寶會吐出三兩個短句：「小鳥過來」，「幹什麼」，「知道了」，「臭鳥不乖」，還有節奏起伏的「小鳥小鳥小小鳥」。小小曲喙的發音設備，畢竟和人嘴不可「同日而語」，所以人語的唇音齒音等等，藍寶寶雖有娓娓巧舌，仍是摹擬難工的。聽說要小鸚鵡認真學話，得先施以剪舌的手術，剪了之後就不會那麼「大舌頭」了。此舉是否見效，我不知道，但爲了推行人語而違反人道，太無聊也太殘忍了，我是絕對不肯的。無所不載無所不容的這世界，屬於人，也屬於花、鳥、蟲、魚；人類之間，禁止別人發言或強迫人人千口一辭，也就夠威武的了，又何必向禽獸去行人政呢？因此，盆中的鐵海棠，女園丁和我都任其自然，不加扭曲，而藍寶寶呢，會講幾句人話，固然能取悅於人，滿足主人的虛榮心，我們也任其自由發展，從不刻意去教牠。寫到這裏，又聽見藍寶寶在陽台上叫了。不過這一次牠是和外面的野雀呼應酬答，是在鳥語。

那樣的啁啾，該是羽類的世界語吧。而無論藍寶寶是在陽台上或是屋裏，只要左近傳來鳩呼或雀噪，牠一定脆音相應，一逗一答，一呼一和，旁聽起來十分有趣，或許在飛禽的世界裏，也像人世一樣，南腔北調，有各種複雜的方言，可惜我們莫能分辨，只好一概稱爲鳥語。

平時說到鳥語，總不免想起「生生燕語明如翦，嚦嚦鶯聲溜的圓」之類的婉婉好音，絕少想到鳥語之中，也有極其可怖的一類。後來參觀底特律的大動物園，進入了籠高樹密的鳥苑，綠重翠疊的陰影裏，一時不見高棲的衆禽，只聽到四周怪笑吃吃，驚歎咄咄，厲呼磔磔，盈耳不知究竟有多少巫師隱身在幽處施法念咒，眞是聽覺上最駭人的一次經驗。看過希區考克的悚慄片「鳥」，大家驚疑之餘，都說眞想不到鳥類會有這麼「邪惡」。其實人類君臨這個世界，品嘗珍羞，饕餮萬物，把一切都視爲當然，卻忘了自己經常捕囚或烹食鳥類的種種罪行有多麼殘忍了。兀鷹食人，畢竟先等人自斃；人食乳鴿，卻是一籠一籠地蓄意謀殺。

想到此地，藍光一閃，一片青雲飄在我的肩上，原來是有人把藍寶寶放出來了。每次出籠，牠一定振翅疾飛，在屋裏迴翔一圈，然後棲在我肩頭或腕際。我的耳邊、頸背、頦下，是最愛來依偎探討的地方。最溫馴的時候，牠會憩在人的手背，低下頭來，用小喙親吻人的手指，一動也不動地，討人歡喜。有時牠更會從嘴裏吐出一粒「雀粟」來，邀你共享，據說這是牠表示友誼的親切舉動，但你儘可放心，牠不會強人所難的，不一會，牠又逕自啄回去了。有時牠也會輕咬你的手指頭，並露出牠可笑的花舌頭。興奮起來，牠還會不斷地向你磕頭，頸毛鬆開，瞳仁縮小，嘴裏更是呢呢喃喃，不知所云。不過所謂「小鳥依人」，只是片面的，只許牠來親人，不許你去撫牠。你才一伸手，牠立刻回過身來面對著你，注意你的一舉一動，不然便是藍羽一張，早已飛之冥冥。

不少朋友在我的客廳裏，常因這一閃藍雲的猝然降臨而大吃一驚。女作家心岱便是其中的一位。說時遲那時快，藍寶寶華麗的翅膀一收，已經棲在她手腕上了。心岱驚神未定，只好強自鎮靜，聽我們向她誇耀小鳥的種種。後來她回到台北，還在《聯合副刊》發表〈藍寶〉一文，以記其事。

我發現，許多朋友都不知道養一隻小鸚鵡有多麼有趣，又多麼簡單。小鸚鵡的身價，就牠帶給主人的樂趣說來，是非常便宜的。在台灣，每隻約售六、七十元，在香港只要港幣六元，美國的超級市場裏也常有出售，每隻不過五、六元美金。在丹佛時，我先後養過四隻，其中黃底灰紋的一隻毛色特別嬌嫩，算是珍品，則是花十五元美金買來的。買小鸚鵡時，要注意兩件事情。年齡要看額頭和鼻端，額上黑紋愈密，鼻上色澤愈紫，則愈幼小，要買，當然要初生的稚嬰，才容易和你親近。至於健康呢，則要翻過身來看牠的肛門，周圍的細白絨毛要乾，才顯得消化良好。小鸚鵡最怕瀉肚子，一瀉就糟。

此外的投資，無非是一隻鳥籠，兩枝棲木，一片魚骨，和極其迷你的水缸粟缽而已。魚骨的用場，是供牠啄食，以吸取充分的鈣質。那麼小的肚子，耗費的粟量當然有限，再窮的主人也供得起的。有時爲了調劑，不妨餵一點青菜和果皮，讓牠啄三五口，也就夠了。熟了以後，可以放出籠來，任牠自由飛憩，不過門窗要小心關好，否則牠愛向亮處飛，極易奪門而去。我養過的近十頭小鸚鵡之中，就有兩頭是這麼無端飛掉的。有了這種傷心的教訓，我只在晚上才敢把鳥放出籠來。

小鳥依人，也會纏人，過分親狎之後，也有煩惱的。你吃蘋果，牠便飛來奇襲，與人爭食。你特別削一小片餵牠，牠只淺嘗三兩口，仍縱回你的口邊，定要和你分享大塊。你看報，牠便來嚼食紙邊，吃得津津有味。你寫字呢，牠便停在紙上，研究你寫些什麼，甚至以爲筆尖來回揮動是在逗牠玩樂，便來追咬你的筆尖。要趕牠回籠，可不容易。如果牠玩得還未盡興，則無論你如何好言勸誘或惡聲威脅，都不能使牠俯首歸心。最後只有關燈的一招，在黑暗裡，牠是不敢飛的。於是你伸手擒來，毛茸茸軟溫溫的一團，小心臟抵著你的手心猛跳，吱吱的抗議聲中，你已經把牠置回籠裏。

藍寶寶是大埔的菜市上六元買來的，在我所有的「禽緣」裏，牠是最乖巧可愛的一隻，現在，即使有誰出六千元，我也不肯捨棄牠的。前年夏天，我們舉家回台北去，只好把藍寶寶寄在宋淇府上，勞宋夫人做了半個月的「鳥媽媽」。記得交託之時，還鄭重其事，擬了一張「養鳥須知」的備忘錄，懸於籠側，文曰：

一、小米一缽，清水半缸，間日一換，不食煙火，儼然羽仙。
二、風口日曝之處，不宜放置鳥籠。
三、無須為鳥沐浴，造化自有安排。
四、智商髫齔兩歲稚嬰。略通人語，頗喜傳訛。閨中隱私，不宜多言，慎之慎之。

——一九七七年五月

沙田山居

書齋外面是陽台，陽台外面是海，是山，海是碧湛湛的一彎，山是青鬱鬱的連環。山外有山，最遠的翠微淡成一嶴青煙，忽焉似有，再顧若無，那便是，大陸的莽莽蒼蒼了。日月閒閒，有的是時間與空間。一覽不盡的青山綠水，馬遠夏圭的長幅橫披，任風吹，任鷹飛，任渺渺之目舒展來回，而我在其中俯仰天地，呼吸晨昏，竟已有十八個月了。十八個月，也就是說，重九的陶菊已經兩開，中秋的蘇月已經圓過兩次了。

海天相對，中間是山，即使是秋晴的日子，透明的藍光裏，也還有一層輕輕的海氣，疑幻疑眞，像開著一面玄奧的迷鏡，照鏡的不是人，是神。海與山綢繆在一起，分不出，是海侵入了山間，還是山誘俘了海水，只見海把山圍成一角角的半島，山呢，把海圍成了一汪汪的海灣。山色如環，困不住浩淼的南海，畢竟在東北方缺了一口，放檣桅出去，風帆進來。最是晴豔的下午，八仙嶺下，一艘白色渡輪，迎著酣美的斜陽悠悠向大埔駛去，整個吐霧港平鋪著千頃的碧藍，就爲了反襯那一影耀眼的潔白。起風的日子，海吹成了千畝藍田，無數的百合此開彼落。到了夜深，所有的山影黑沉沉都睡去，遠遠近近，零零落落的燈全睡去，只留下一陣陣的潮聲起伏，永恆的鼾息，撼人的節奏撼我的心血來潮。有時十幾盞漁火赫然，浮現在闃黑的海面，排成一彎弧形，把漁網愈收愈小，圍成一叢燦燦的金蓮。

海圍著山，山圍著我。沙田山居，峰迴路轉，我的朝朝暮暮，日起日落，月望月朔，全在此中度過，我成了山人。問余何事棲碧山，笑而不答，山已經代我答了。其實山並未回答，是鳥代山答了，是蟲，是松風代山答了。山是禪機深藏的高僧，輕易不開口的。人在樓上倚欄杆，山列坐在四面如十八尊羅漢疊羅漢，相看兩不厭。早晨，我攀上佛頭去看日出，黃昏，從聯合書院的文學院一路走回來，家，在半山腰上等我，那地勢，比佛肩要低，卻比佛肚子要高些。這時，山什麼也不說，只是爭噪的鳥雀洩漏了他愉悅的心境。等到眾鳥棲定，山影茫然，天籟便低沉下去，若斷若續，樹間的歌者才歇下，草間的吟哦又四起。至於山坳下面那小小的幽谷，形式和地位都相當於佛的肚臍，深凹之中別有一番諧趣。山谷是一個愛音樂的村女，最喜歡學舌擬聲，可惜太害羞，技巧不很高明。無論是鳥鳴犬吠，或是火車在谷口揚笛路過，她都要學叫一聲，落後半拍，應人的尾音。

從我的樓上望出去，馬鞍山奇拔而峭峻，屏於東方，使朝暾姍姍其來遲。鹿山巍然而逼近，魁梧的肩臂遮去了半壁西天，催黃昏早半小時來臨，一個分神，夕陽便落進他的僧袖裏去了。一爐晚霞，黃銅燒成赤金又化作紫灰與青煙，壯哉崦嵫的神話，太陽的葬禮。陽台上，坐看晚景變幻成夜色，似乎很緩慢，又似乎非常敏捷，才覺霞光烘頰，餘曛在樹，忽然變生咫尺，眈眈的黑影已伸及你的肘腋，夜，早從你背後襲來。那過程，是一種絕妙的障眼法，非眼睫所能守望的。等到夜色四合，黑暗已成定局，四圍的山影，重甸甸陰森森的，令人肅然而恐。尤其是西屏的鹿山，白天還如佛如僧，藹然可親，這時竟收起法相，龐然而踞，黑毛茸蒙如一尊暗中伺人的怪獸，隱然，有一種潛伏的不安。

千山磅礴的來勢如壓，誰敢相撼？但是雲煙一起，莊重的山態便改了。霧來的日子，山變成一座座的列嶼，在白煙的橫波迴瀾裏，載浮載沉。八仙嶺果眞化作了過海的八仙，時在波上，時在瀰漫的雲間。有一天早晨，舉目一望，八仙和馬鞍和遠遠近近的大小衆峰，全不見了，偶爾雲開一線，當頭的鹿山似從天隙中隱隱相窺，去大埔的車輛出沒在半空。我的陽台脫離了一切，下臨無地，在洶湧的白濤上自由來去。谷中的雞犬從雲下傳來，從夐遠的人間。我走去更高處的聯合書院上課，滿地白雲，師生衣袂飄然，都成了神仙。我登上講壇說道，煙雲都穿窗探首來旁聽。

起風的日子，一切雲雲霧霧的朦朧氤氳全被拭淨，水光山色，纖毫悉在鏡裏。原來對岸的八仙嶺下，歷歷可數，有這許多山村野店，水湄人家。半島的天氣一日數變，風驟然而來，從海口長驅直入，腳下的山谷頓成風箱，抽不盡滿壑的咆哮翻騰，蹂躪著羅漢松與蘆草，掀翻海水，吐著白浪。風是一群透明的猛獸，奔踹而來，呼嘯而去。

海潮與風聲，即使撼天震地，也不過爲無邊的靜加註荒情與野趣罷了。最令人心動而神往的，卻是人爲的騷音。從清早到午夜，一天四十多班，在山和海之間，敲軌而來，嗚笛而去的，是九廣鐵路的客車，貨車，豬車。曳著黑煙的飄髮，蟠蜿著十三節車廂的修長之軀，這些工業時代的元老級交通工具，仍有舊世界迷人的情調，非協和的超音速飛機所能比擬。山下的鐵軌向北延伸，延伸著我的心弦。我的中樞神經，一日四十多次，任南下又北上的千隻鐵輪輪番敲打，用鋼鐵火花的壯烈節奏，提醒我，藏在谷底的並不是洞裏桃源，住在山上，我亦非桓景，即使王粲，也不能不下樓去：

欄干三面壓人眉睫是青山
碧螺黛迤邐的邊愁欲連環
疊嶂之後是重巒，一層淡似一層
湘雲之後是楚煙，山長永遠
五千載與八萬萬，全在那裏面……

尺素寸心

接讀朋友的來信，尤其是遠自海外猶帶著異國風雲的航空信，確是人生一大快事，如果無須回信的話。回信，是讀信之樂的一大代價。久不回信，屢不回信，接信之樂必然就相對減少，以至於無，這時，友情便暫告中斷了，直到有一天在贖罪的心情下，你毅然回起信來。蹉跎了這麼久，接信之樂早變成欠信之苦，我便是這麼一位累犯的罪人，交遊千百，幾乎每一位朋友都數得出我的前科來的。英國詩人奧登曾說，他常常擱下重要的信件不回，躲在家裏看他的偵探小說。王爾德有一次對韓黎說：「我認得不少人，滿懷光明的遠景來到倫敦，但是幾個月後就整個崩潰了，因爲他們有回信的習慣。」顯然王爾德認爲，要過好日子，就得戒除回信的惡習。可見怕回信的人，原不止我一個。

回信，固然可畏，不回信，也絕非什麼樂事。書架上經常疊著百多封未回之信，「債齡」或長或短，長的甚至在一年以上，那樣的壓力，也絕非一個普通的罪徒所能負擔的。一疊未回的信，就像一群不散的陰魂，在我罪深孽重的心底幢幢作祟。理論上說來，這些信當然是要回的。我可以坦然向天發誓，在我清醒的時刻，我絕未存心不回人信。問題出在技術上。

給我一整個夏夜的空閒，我該先回一年半前的那封信呢，還是七個月前的這封？隔了這麼久，恐怕連謝罪自讉的有效期也早過了吧？在朋友的心目中，你早已淪爲不值得計較的妄人。「莫名其妙！」是你在江湖上一致的評語。

其實，即使終於鼓起全部的道德勇氣，坐在桌前，準備償付信債於萬一，也不是輕易能如願的。七零八落的新簡舊信，漫無規則地充塞在書架上，抽屜裏，有的回過，有的未回，「只在此山中，雲深不知處」，要找到你決心要回的那一封，耗費的時間和精力，往往數倍於回信本身。再想像朋友接信時的表情，不是喜出望外，而是餘怒重熾，你那一點決心就整個崩潰了。你的債，永無清償之日。不回信，絕不等於忘了朋友，正如世上絕無忘了債主的負債人。在你惶恐的深處，惡魔的盡頭，隱隱約約，永遠潛伏著這位朋友的怒眉和冷眼，不，你永遠忘不了他。你眞正忘掉的，而且忘得那麼心安理得，是那些已經得你回信的朋友。

有一次我對詩人周夢蝶大發議論，說什麼「朋友寄新著，必須立刻奉覆，道謝與慶賀之餘，可以一句『定當細細拜讀』作結。如果拖上了一個星期或個把月，這封賀信就難寫了，因爲到那時候，你已經有義務把全書讀完，書既讀完，就不能只說些泛泛的美詞。」夢蝶聽了，爲之絕倒。可惜這個理論，我從未付之行動，一定喪失了不少友情。倒是有一次自己的新書出版，興沖沖地寄贈了一些朋友。其中一位過了兩個月才來信致謝，並說他的太太、女兒，和太太的幾位同事爭讀那本大作，直到現在還不曾輪到他自己，足見該書的魅力如何云云。這一番話是眞是假，令我存疑至今。如果他是說謊，那眞是一大天才。

據說胡適生前，不但有求必應，連中學生求教的信也親自答覆，還要記他有名的日記，從不間斷。寫信，是對人周到，記日記，是對自己周到。一代大師，在著書立說之餘，待人待己，竟能那麼的周密從容，實在令人欽佩。至於我自己，筆札一道已經招架無力，日記，就更是奢侈品了。相信前輩作家和學人之間，書翰往還，那種優遊條暢的風範，應是我這一輩難以追摹的。梁實秋先生名滿天下，尺牘相接，因緣自廣，但是廿多年來，寫信給他，沒有一次不是很快就接到回信，而筆下總是那麼詼諧，書法又是那麼清雅，比起當面的談笑風生，又別有一番境界。我素來怕寫信，和梁先生通信也不算頻。何況《雅舍小品》的作者聲明過，有十一種信件不在他收藏之列，我的信，大概屬於他所列的第八種吧。據我所知，和他通信最密的，該推陳之藩。陳之藩年輕時，和胡適、沈從文等現代作家書信往還，名家手蹟收藏甚富，梁先生戲稱他為 man of letters，到了今天，該輪到他自己的書信被人收藏了吧。

朋友之間，以信取人，大約可以分成四派。第一派寫信如拍電報，寥寥數行，草草三二十字，很有一種筆挾風雷之勢。只是苦了收信人，驚疑端詳所費的功夫，比起寫信人紙上馳騁的時間，恐怕還要多出數倍。彭歌、劉紹銘、白先勇，可稱代表。第二派寫信如美女繡花，筆觸纖細，字跡秀雅，極盡從容不迫之能事，至於內容，則除實用的功能之外，更兼抒情，娓娓說來，動人清聽。宋淇、夏志清可稱典型。尤其是夏志清，怎麼大學者專描小小楷，而且永遠用廉便的國際郵簡？第三派則介於兩者之間，行乎中庸之道，不溫不火，舒疾有致，而且字大墨飽，面目十分爽朗。顏元叔、王文興、何懷碩、楊牧、羅門，都是「樣版人物」。尤其是何懷碩，總是議論縱橫，而楊牧則字稀行闊，偏又愛用重磅的信紙，那種不計郵費的氣魄，眞足以笑傲江湖。第四派毛筆作書，滿紙煙雲，體在行草之間，可謂反潮流之名士，羅青屬之。當然，氣魄最大的應推劉國松、高信疆，他們根本不寫信，只打越洋電話。

——一九七六年五月

從西岸到東岸

——第四度旅美追記

從東京飛舊金山的泛美巨機上，猛一回頭，並肩坐在我後面五、六排，四目灼灼的，赫然是夏菁夫婦。天上邂逅，風波都在腳上，而前緣如煙，前途若霧，巧遇的驚喜之中竟欠缺當年在台北煮酒論詩的湖海豪氣。夏菁的兩鬢也閃現幾莖古典的霜髮了。那眞是最短的一夜，不但因爲知己重逢，談笑之間，不知東方之既白，更且因爲現代的夸父，是以六百英里的時速飛向紅麗的旭日的。

舊金山，西岸最美麗也是最愁人的長亭。和夏菁「高談」了七千哩後，便在那裏分手了。也沒有折柳相贈，柏油鋪地的國際機場，原就無柳可折。西雅圖倒是頗多柳樹的，葉珊從機場接我回家，一路林木蒼翠，數見柳陰當道，但美國的柳，樹矮枝肥，殊欠依依撩人之情。楊柳原應在江南帶煙或舞風，不能代表西雅圖的景色。從葉珊院子裏的斜草坡上隔湖眺望，對岸一帶的山巒緩緩起伏，山色天光相接之處，一叢叢一簇簇盡是松杉之屬的纖纖尖頂。那種森森矗矗的肅然氣象，才是寒帶湖山的容貌。葉珊的院子不大，但樹木扶疏，雀鳥不喧，倒也有一種蕭野的靜趣。屋後一株李樹，不免有濟慈的聯想，葉珊笑說，暮春四月，該搬張椅子到樹下去寫詩。夜鶯是聽不見的，住西雅圖五天，倒幾次聽到附近的空林裏和華大的紅磚樓頂，有群鴉噪晚，令人不勝荒寒孤寂之感。此外，在院中高出衆木蔭庇大半個草坡的，據葉珊告訴我，是一株巨山梨，從下面望上去，只見萬葉疊翠，青蓋蔽天，眞是一株祥木。至於樹以人傳，曾見於葉珊之文者，則爲蔭接左鄰的幾株山茱萸。鄰翁認爲這批狗樹（dogwood）減卻了他的湖景，有芟除之意，葉珊則認爲茱萸乃神話所傳，詩人所佩，何等高貴，誰敢言伐？

中元夜，一輪冰月從華盛頓湖對岸的森林裏幻象一般地升起，幢幢然魅著，祟著十里的湖山，倒影投在湖面，碎成千面萬面，有多少漪淪，就有多少層月影。月，已不知是誰的魂魄，這千面碎影，更不知是誰的魂魄的魂魄？冥冥中，滿座浪子都疑爲古中國的魂魄吧，你到哪裏就跟你到哪裏，轉朱閣，低綺戶，金波脈脈，在每一叢樹後每一角簷底窺你，覷你。太陽是全世界公用的太陽，月亮，卻永遠是自己私有的月亮。是我廈門街巷底的月，是葉珊花蓮海上的月，是少聰的月芳明的月也是瑞穗的月，一片冰心，怎麼守得住千魂萬魄各自的祕密？

月高風冷，如此鬼夜何？答案是鏗然一聲古箏。陶處士筑生爲我一揮手，向泠泠的十三弦上召來了琤琤琮琮，北國的風，江南的流水，召來了潺潺湲湲和嚶嚶婉婉，盈耳是遠古的清音。漁舟唱晚與平沙落雁，錦上花與紡織忙，弄筝人撫弄的弦是聆者的神經纖纖，直到月色更清幽，催眠滿湖的魚龍安慰了四野的妖鬼。今夕何夕，這古老的節奏偏向我抵抗力最弱處襲來，敲叩又敲叩，撼落我睫上的幾滴露水？

瑞穗快要做母親了，未來的龍女或龍子命名怡謙。少聰把她淺青色的 Duster 座車借我，幫我考到了華盛頓州的駕駛執照；練就這現代的「縮地術」後，我便飛去洛杉磯，租了一輛一九七五的雪翡瑙瓦，去赴南加州牧神的約會。牧神在他最高的殿堂裏等我去拜山，萬古青濛濛，那麼邃密的一座紅杉大森林，盤其道而峻其坡，待我仰馳而入，瞻不完九曲山徑的兩側，拔地一聳三十丈，根鬚在地下啜水，柯臂在空際玩雲，一柱柱千歲猶挺立的巨偉紅杉。赤壁千矗，翠蓋萬張，牧神的迷宮自有層層寒煙冷雨把閶闔來鎖閉。旋出山來，我的車窗上兀自籠著他送我的一片白霧，幾張濕葉。

山神拜罷拜海神。在舊金山和洛杉磯之間，偶然的機緣，發現了一個絕美絕靜的小海灣，偎著一個小漁村，內港狹長而安靜，倚在木橋的欄杆上，噗噗的馬達聲中和啾啾的海鷗悲鳴裏，看不厭漁船來往，而外邊的沙岸面對的是目渺渺一橫藍色的水平線，此外什麼也沒有，除了海枯石爛地老天荒那一輪斜陽，和一隻尖喙長腿的水鶺在起落的捲潮邊緣奔走啄食。日暮了，百多隻鷗紛紛棲止，在一盤突兀的怪岩上，猶未棲定的，便繞著那巨石斜斜地迴翔。天黑了，那邊的燈塔便旋出一閃閃的光芒，向波上的海客和舟子眨眼示意。堤上的路燈亮起，柔乳白色的一串珍珠。海的鼾聲應著我的鼾聲。

七四七再一展翅，下一站是丹佛，五年前，是我講學山隱之地。世彭和惟全接我去以祺家，見到庭詩，並參觀了他的畫室和新作的版畫，晚餐後，又把我載回他們在波德山城的寓所。波德你怎麼長大了，一過山頭，萬戶燈火赫然在黑矗矗的落磯大山下，五哩外，撩人眼花如一盤冷翡翠熱瑪瑙。不久我們已進入瑪瑙叢中，踏在世彭華宅的柔厚地氈上了。精緻的消夜一桌杯盤狼藉喃喃敘舊直到四更天，才在落磯山龐偉的陰影裏睡去。

山城一宿，舊遊之地還未曾枕溫，又續向東飛，投入紐約的十丈紅塵。志清和懷碩雙迎於甘迺迪機場，把我接去紅塵的深處，懷碩和陽孜的公寓書畫琳瑯在四壁，置我在小小的藝術之宮裏。懷碩和我去惠特尼藝術館，迷戀埃及女王克麗婀佩屈毒蛇纏臂的大理石像，徘徊讚歎而不忍離去。志清伉儷在湘菜館裏宴請之不足，更邀回寓所去縱一夕之闊論。兩位紐約客疲於領遊一位港客，直到國際筆會開幕的前夕，才送我上了去倫敦的班機，把我交給了淼淼的大西洋和祈雨的英國。

——一九七六年九月

第二輯

雲門大開

雲門大開，林懷民從雲門下舞蹈而來，帶來了中國的現代舞。雲門大開，林懷民浩蕩南征，委蛇的雲旌過處，掌聲四起，拍響了新加坡與香港。

九月五日及六日，一連兩個晚上，香港的利舞台戲院，坐滿了興奮而熱烈的青年，等待林懷民和「雲門舞集」的十三位舞者，把他們帶進一個既古典又現代的中國。他們沒有失望。兩小時神遊之後，燈光復亮，他們才回到香港。從曲終的掌聲和事後報刊上此起彼落迄今不斷的評論，明白顯示，「雲門舞集」在香港的表演是成功的。

最令香港文藝界人士感到意外的，是所謂現代舞這門新興的藝術，竟然不像他們想像的那麼西化。利舞台的觀衆看到七個節目：「風景」，「天道人心」，「待嫁娘」，「盲」，「寒食」，「許仙」，「哪吒」之中，除了「盲」近於現代西方藝術的徬徨與掙扎之外，其餘的竟然全部來自中國的文化傳統。其間「風景」與「寒食」，一逸一狷，表現的是中國讀書人的情懷與節操。前者是一種意境，後者是一種意念，無論如何，都是意在言外，文學和哲學的意味很濃，就舞言舞，不太容易討好。尤其是「寒食」中的介之推，耿介拔俗，耽於潔癖，是近於屈靈均一類的人物。林懷民的獨舞，用修長素淨的白練，斂之迴之，將自我繭縛於其中，很有一種寓意獨角啞劇的味道。此舞我先後觀賞過兩次，始終覺得抽象的意念未曾充分地表達出來。我以為，同為潔癖患者，屈原投水自清，介之推赴火自白，火，該是考驗介之推的現成象徵。介之推不愧是火裏熬過來的一隻鳳凰。「寒食」一舞，如果在白的意念之外，更採火的紅熱熾烈以相對照，使介之推在火光灼烤之後復歸於皎皎的潔白，或許能在視覺效果上較多變化。

剩下的四個舞，都從中國的民俗取材，卻多少用現代精神來詮釋。「烏盆記」、「白蛇傳」、「封神榜」等等民間藝術，到了林懷民的舞裏，都鮮明突出，強化了傳說的現實感與衝突感。最受大衆歡迎也是最淒美感人的，自然要數「許仙」。林懷民原是當行本色的小說家，處理這麼一個人物對照鮮明而動作又很戲劇化的故事，當然是勝任愉快的。此外，音樂，布景，道具，加上青蛇突出的戲等等，也是成功的因素。「待嫁娘」由鄭淑姬編舞，寓虛於實，把一個女孩子新婚前夕患得患失時喜時憂的心境，用二分法交織呈現出來，很有心理分析的深度，比起傳統對於婚姻的片面態度來，較有立體的現實感。壓軸的「哪吒」有深度，也有力量，加以擴大，不難成為一齣宏大的史詩舞劇。

「雲門舞集」之所以成功，不外乎第一：林懷民的才華和毅力，加上他十三位弟子的認眞鍛鍊和通力合作。顯然，這是一個有紀律有水準的團體。第二，儘管林懷民棄小說而取舞蹈，他在文學上的修養和敏感卻並未白費，因爲舞蹈的語言雖然用身體來說，其構思仍然是來自心靈的。林懷民的小說寫得那麼精密、生動，同一個心靈來編舞，自然不會粗淺。第三，正因爲他在文壇上本有地位，一流的音樂家、藝術家、作家，自然都願意與他合作。沒有他的淵源，固然請不動這些名家，沒有他的眼光，也不會去請這些前衛人物的。單就音樂一項而言，他就網羅了周文中，史惟亮，許常惠，賴德和，許博允等的作品，舞與樂相得益彰，不但幫助了現代舞，也同時推廣了現代音樂。如果說，台灣的現代文藝運動是由現代詩、現代小說和抽象畫打頭陣，則突破第二個階段的，正是現代舞與現代音樂。最後大成之日，該是戲劇和電影的石破天驚吧。第四，林懷民寫小說，始終反叛傳統，創作現代舞，卻能融匯中西，光大傳統，賦古典以現代的精神，這是「雲門舞集」最值得我們支持的一點。

聽說「雲門舞集」因爲經費不足，或將於最近宣告解散。希望這消息只是謠傳。台灣的社會正日趨繁榮，如果這麼一個朝氣蓬勃的舞蹈團竟然維持不了，則最後蒙受損失的，絕對不止於林懷民和他的十三舞者，而是整個文化界了。

雲門既開，就應大開。中華民族應該健美活潑地跳起現代舞來。美麗的雲門啊你不許關上。

——一九七五年十月

諾貝爾文學獎

一九七五年的諾貝爾文學獎，近因法國一群學者提名巴金與茅盾為正副候選人，而引起各方面的注意。十月二十三日，瑞典學院已經宣布，今年的得主是現年七十九歲的意大利詩人艾烏傑紐・孟塔雷（Eugenio Montale）。意大利的詩人獲得諾貝爾文學獎，這已經是第二次了。第一次是在一九五九年，得主是瓜西摩多。據稱，孟塔雷曾把艾略特的詩介紹給意大利的文壇，而他自己的詩呢，也受了艾略特的影響，頗為難懂。看來君臨歐洲垂半世紀之久的現代主義，仍如百足之蟲，死而不僵。（註）

諾貝爾文學獎，七十五年來，一直被各國視為世界性的榮譽，可是責難之聲，也時有所聞。實際上，瑞典學院的選擇，確也往往有欠公正。例如一九〇二年此獎頒給了德國的史學家孟森，而落選者的名單卻包括托爾斯泰。當時托爾斯泰已經七十四歲，《戰爭與和平》，《安娜・卡列尼娜》等傑作早已聞於全歐，在西方文壇可謂不作第二人想。瑞典學院卻宣稱，儘管托爾斯泰是一位大作家，他對道德的態度仍不夠堅定，對宗教的認識也不夠深刻，卻公然批評聖經。擁托派當然氣得半死，而那年提名哲學家史賓塞的英國名流，也十分不悅。其他的落選者，還有英國的梅瑞迪斯與葉慈、意大利的卡爾杜齊，德國的浩普特曼，波蘭的顯克維支等等。其實，當時葉慈只有三十七歲，眞正的傑作尚未動筆，論成就自然還不夠參加競選。

可是擁托派並沒有死心。一九〇三年，法國作家法朗士，也是後來一九二一年的得獎人，向瑞典學院依次提名托爾斯泰、布朗德斯、梅特林克爲該屆候選人。可是瑞典學院的興趣，卻專注在近鄰挪威的文壇，要在易卜生與比榮松之間作一選擇。結果呢，正如前一年捨托爾斯泰而取孟森，竟然是擯易卜生而擁比榮松。當時易卜生是七十五歲，比榮松是七十一歲。對於挪威人來說，易卜生是最偉大的劇作家，比榮松則是最傑出的詩人兼小說作家；可是對於世界文壇而言，易卜生的影響自然遠在比榮松之上，對於中國後來的新文學而言，尤爲如此。實際上呢，挪威自十四世紀以來本爲丹麥的一部分，一八一四年併入瑞典成爲屬國。比榮松是強烈反瑞的民族詩人，諾貝爾文學獎所以頒給他，不免有點政治安撫的意味。

這些都是諾貝爾獎初辦時的例子，但後來的表現也屢有失誤，不能爲文學史所欣然接受。例如在得獎的美國作家之中，賽珍珠和斯坦貝克兩位，就不能盡孚衆望，一般美國文學史和文學選集裏，甚至不列賽珍珠之名。而英國的得主中，高斯華綏的評價也不復當年那麼崇高。相反地，二十世紀西方文壇的一些大師，如里爾克、卡夫卡、哈代、勞倫斯、歐威爾，赫克斯禮等等，都未得獎。至少在我看來，《百獸圖》與《一九八四》的作者歐威爾，對於集權政制的深刻體認，並不遜於索忍尼辛。

站在中國人的立場，我認為瑞典學院的取捨，是以白人本位為標準的，未能超越人種的偏見與文化的隔閡。諾貝爾文學獎實在應該視為西洋文學獎，而非世界文學獎。從一九〇一年到現在，除了有七年因戰爭或其他原故未頒獎之外，餘下的六十八年中，有三年都是由兩人共得，因此得主共為七十一位。其中歐洲作家占了五十八位，國籍依得主的多寡分為法國（十二位），瑞典（七位），英國，德國（均為六位），意大利（四位），挪威，丹麥，西班牙，蘇聯（均為三位），瑞士，波蘭，愛爾蘭（均為二位），比利時，希臘，南斯拉夫，冰島，芬蘭（各為一位）。美洲方面占了九位，計美國六位，智利二位，瓜地馬拉一位，澳洲一位，亞洲三位，即印度，以色列，日本各一位。從這個小小統計，可見七十年來，非白人的作家而獲得諾貝爾文學獎者，只得兩人，顯有所偏。即使白人之中，也偏於北歐地區：瑞典，挪威，丹麥，芬蘭，冰島五國，人口相加，不過二千四百萬，未達世界人口百分之一，卻得了十五次獎。

政治上的因素除外，諾貝爾文學獎未能做到天下為公，顯然尚有文化的因素，尤其是語言上的隔閡。瑞典的學術界固然也不乏類似高本漢的漢學家，可是要從白話文來鑑別中國新文學的高下，我很懷疑瑞典學院諸公是否勝任愉快。他們當然可以看翻譯，但是那樣顯然不平等。西方作家可以保持原文，不受扭曲，東方作家卻要以走了樣的譯文去參加比賽，當然是委屈的。「草木有本心，何求美人折？」東方的作家大可不必去抬西方的轎子。

儘管如此，果眞有一位中國作家能得到諾貝爾文學獎，也還是令人高興的。巴金與茅盾今年有人提名，在台港與海外中國人之間，曾引起一番議論。梁實秋先生在台北發表談話，認爲巴金成就不足，老舍才是更適當的人選。不少朋友聽了，表示同感。可是老舍已經亡故，三十年代的重要作家亦多凋零，或則無語，令人常興「欲祭疑君在」之感。其實，在小說家裏面，沈從文應該是首選人物，在海外，則應推張愛玲，可惜兩人都多年沒有或竟不能繼續創作。當代中國作家最大的奢望，是在自由而安定的環境下繼續創作，以維新文學的命運於不墜。至於得不得諾貝爾文學獎，倒是無關緊要的。

——一九七五年十一月

註：譯介這位意大利詩人之中文作品，以黃國彬「晚起的司運星」一文為最詳盡。文見黃國彬論評集《從著草到貝葉》。

獨木橋與雙行道

如果有這麼一個家庭：父親聽不慣兒子的搖滾樂，認爲簡直是野蠻的噪音，兒子呢，也討厭父親的京戲，覺得那些事情十分遙遠，社會學家就會搬出一個新名詞來，說父子之間有了「代溝」。

英文 generation gap 一詞，應該如何中譯，看法頗不一致。一般的譯名是「代溝」，令人想起難越的鴻溝，不免有點觸目驚心。也有人認爲不應強調這種裂痕，而把它譯成較爲溫和的「代差」。還是「代溝」比較普及，而且形象化。

西方的傳統，以三十年爲一代。現代社會的變化加速，似乎等不到二十年，就已有換代的感覺了。西方之變的脈搏，在美國跳得最快。我前後三度去美國，覺得美國的青年一直在變：第一次去，是在五十年代末期，美國的大學生似乎尚在接受「美式生活」，校園相當平靜。第二次去，是六十年代中期，已經大有轉變：正是民權運動的高潮，我班上有好幾位學生開車去南方參加遊行。第三次去，是在六十年代末期到七十年代初期，美國的大學生還在反越戰，而搖滾樂，迷幻藥，反汙染，耶穌熱，神祕主義，地下文學，反種族歧視，總而言之，對「美式生活」的反抗，也就是所謂「青年人的文化」，已經形成了一個最新的傳統。

六十年代的後半期，年輕的一代在世界各地曾有大規模的騷動。幾乎是在同時，紅衛兵掃過了中國大陸，大學生和退學的嬉皮震撼了美國的校園，法國、英國、希臘、土耳其等地的學生也都有激烈的集體行動。這些現象，儘管是不同的政治背景和社會環境所促成，其爲對上一代領導人的抗議，則是一致的。

在亞洲地區，日本、南韓、泰國等地的大學生常有不滿現狀的表現。台灣的情形可謂幸運得多。在台灣，社會上大致可稱繁榮而安定，二十多年來，年輕的一代尚少不安的現象。兩代之間相異的程度，最多可稱「代差」，還不致成爲「代溝」。每年暑假期間，台灣的大專及高中生，在救國團的安排之下，上山越海，參加各式各樣的文藝康樂活動，往往多達五、六十萬人，可謂相當健康的抒發。但是暑假過後，學生回到校裏，由於功課太重，而某些學校管教又失之過嚴，設備又失之過簡等等，如果家庭又不夠理想，則不滿之情當然也是有的。

我認爲在亞洲某些地區，所謂「代差」的形成，與兩代之間接受西化的程度有關。以音樂爲例，中年一代的東方人接受西方的古典音樂，都已視爲當然，但對於年輕一代欣然接受的搖滾樂，則往往格格不入，甚且譏嘲。古典音樂也許眞比搖滾樂「高雅」些，但是在本質上，兩者都是從西方來的，聽古典音樂並不比聽搖滾樂更爲「愛國」，就像穿牛仔褲也不比穿正式西裝更「崇洋」一樣。

台灣青年接受西方文化，可分幾個層次。下焉者該是接受服裝與髮式等表面的東西。再上一層大概是聽民謠與搖滾樂。最上層的，是吸收文學，藝術，戲劇，哲學等等。所謂「代差」，倒不一定是一代比一代西化。以新詩爲例，五四的新詩人恨不得拋掉文言，台灣的現代詩人卻主張酌予採用；在台灣，上一代的作家曾熱中於西方的現代主義，但下一代的作家反而鼓吹民族性與鄉土感。顯然，前述的西化三層次都有「代差」的現象，而層次愈低，「代差」的程度愈高。

自從五四新文化運動以來，有三樣東西一直在敲中國的大門：賽先生，德先生，繆思小姐。賽先生是最受歡迎的。中國文化在科學方面最弱，因此對於外來的賽先生，一點抵抗力量也沒有。在美國，年輕的一代爲了自然環境而反對科學，至少是反對科學帶來的工業文明。但是在開發中的地區如台灣，正歡迎科學之不暇，還沒有這種現象。對於民主，中國人的態度仍頗不一致，即使表面上歡迎它的人，也有不少在心裏加以懷疑，甚至抗拒。德先生在中國仍是一位名多於實的「嘉賓」。至於文藝，中國自有深長的傳統，繆思小姐贏得了年輕一代的愛好，但似乎很難取得上一代的信任。台灣的現代作家要「娶」這位小姐，似乎還有相當困難。三者相比，賽先生人緣最好，並無「代差」問題；德先生人緣較差，繆思小姐帶來的「代溝」最深。

新事物的興起，引起的代間反應，常有軌跡可尋。祖父一代反對的東西，父親一代可能視爲當然，但是到了兒子的一代又已成爲陳跡。每一次的革命，無非是針對上一次的革命。不少所謂「革命家」，到了老年，心靈便關閉了起來，不再能接受新的觀念，乃成了革命的對象。代間的關係，當然也不是一成不變的。父親可能漸漸發現，兒子並不是那麼幼稚，兒子也可能發現，父親的看法不盡陳腐。爲人子者，終有一天亦爲人父。有時，兒子一代會欣賞祖父甚至曾祖父那一代的事物，而使之復興。先知的影響，往往是隔代的。

「代差」因互相了解而縮短，因誤解而加深。了解，是一條雙行道。上一代居於領導的優勢，掌握著發言權，下一代則每每苦無發言的機會，這樣的單行道最容易引起代差，久之便成爲代溝了。如果上一代能跳出「作之師」的絕對主觀，耐心聽聽下一代的意見，情形當可改善。

我對「代差」的看法是相當樂觀的。「代差」往往成爲推動社會的力量。如果下一代事事蕭規曹隨，跟著上一代走，這社會怎能進步？一個沒有「代差」的社會，必然是死氣沉沉，十分閉塞的社會。一個社會不能不變，但也不能變得太快。上一代要拉住它，下一代要推動它，推的力量比拉的力量大，進步便在其中。

——一九七五年十二月

龍年迎龍

兔尾龍頭，乙卯欲盡，丙辰將臨。台灣寄來的賀年信上，已經喜見奮髯舞爪的神龍郵票。香港也正開始發行龍年金幣。飛龍婉婉，該是一九七六年流行的意象。

見首不見尾，龍之爲物充塞於中國文化之中，從文學到藝術，從哲學到迷信，到處都是牠神祕的夭矯之姿。能與龍相提並論的，似乎只有鳳和虎。〈禮運〉裏固然麟鳳龜龍並稱四靈，但是在一般的成語如「龍蟠鳳逸」和「龍驤虎步」裏，仍以和鳳、虎對照的氣象爲多。「雲從龍，風從虎」之說，早見於《易經》。據說「龍是水畜，雲是水氣，故龍吟則景雲出；虎是威猛之獸，風是震動之氣，故虎嘯則谷風生。」龍，眞是這麼威靈嗎？韓愈曾經讚歎：「龍噓氣成雲……乘是氣，茫洋窮乎玄間，薄日月，伏光景，感震電，神變化，水下土，汩陵谷，」寥寥數語似在狀雲，但是龍的蟠蜿神態也盡在其中了。龍既如此神勇，難怪人人都要攀附。相傳黃帝騎龍升天，從者爭攀龍髯，以致髯墮而不得俱升。又傳李賀死時，一緋衣人駕赤虬自天降，接他上去爲白玉樓作記。在李賀的心目中，韓愈便是龍了吧。這攀龍意識，在他的〈高軒過〉中便成爲「我今垂翅附冥鴻，他日不羞蛇作龍。」可憐韓愈自己窮涸之時，也成爲擱淺之龍，無法自致乎水，要哀求「有力者」援之以手而轉之清波。

龍在中國意識裏，是聖人之象。所謂聖人，有時是指帝王，有時是指大智之人。《莊子・天運篇》說孔子見了老子後，三日無言，弟子問他對老子說了些什麼，他說：「吾乃今於是乎見龍！龍，合而成體，散而成章，乘乎雲氣而養乎陰陽。予口張而不能嗋，予又何規老聃哉！」《史記》裏說孔子適周，問禮於老子，退而語其弟子：「鳥，吾知其能飛，魚，吾知其能游，獸，吾知其能走；走者可以爲罔，游者可以爲綸，飛者可以爲矰。至於龍，吾不知其乘風雲而上天，吾今日見老子，其猶龍邪！」孔子尊老子爲龍，極喻其神而難明，高不可攀。楚狂接輿卻歎孔子爲：「鳳兮鳳兮，何汝德之衰也！」這一龍一鳳的比喻，應該是中國文化中最美麗的複合意象了。龍鳳以喻出類拔萃的才俊之士，屢見於我國的歷史。三國時以伏龍鳳雛稱諸葛亮與龐統，比之上述二聖，可謂一對小龍鳳吧。封建意識習以龍爲帝王之象，乃有「龍鱗」、「龍顏」之稱，但是對於人和物，也儘可以龍相譬。顏延之贊嵇康時說：「鸞翮有時鎩，龍性誰能馴？」似乎龍比鳳還要高貴一些。人固如此，物亦同然。劍之神者稱龍泉、龍淵，馬之駿者稱龍媒、龍駒，象之良者稱龍象，蝦之碩者稱龍蝦。龍，究竟是什麼東西，竟令古人奉若神明而又說得不明不白？撥開神話之霧，龍究竟有多少事實的根據？所謂龍鳳，龍虎，龍蛇，以至於蛟龍，魚龍之中的龍，究竟是巨蟒，是恐龍，是鯨魚，還是穿山甲？「幽愁秋氣上青楓，涼夜波間吟古龍」，神奇而剛猛的形象，令人疑懼而又感奮，直到如今。

在西方，龍被認爲幻想中的巨大爬蟲。英文的 dragon 一字，通常譯爲龍。據說西方的龍身如巨鱷，其爪如獅，其翼如鷹，其尾如蟒。這種組合起源於巴比倫的神話，到了希臘神話裏似乎屢有變形。我懷疑貝勒洛豐射殺的怪獸 Chimaera 可能是龍的變種，至於突襲奧歌舟子的惡禽 Harpies 則可以視爲西方的飛龍。

在中國，龍的聯想到陽剛，雄偉而高貴的。在西方，恰恰相反，龍是邪惡的象徵。希臘神話裏，凱德穆思宰了一條龍，把龍齒播在土裏，竟生出一隊武士來，圍住凱德穆思，要殺害他。是以「播龍牙」成了引起戰禍的成語。在日爾曼的神話裏，龍是守衛金銀寶藏的妖獸，常爲英雄所屠。貝奧武夫所殺的火龍，齊格菲所殺的毒龍，都是很好的例子。

「安禪制毒龍」，佛語以毒龍喻妄念。基督教則以龍蛇一體，象徵撒旦。「啓示錄」呼撒旦爲巨龍。舊約的詩篇說聖徒「應踐龍於地」。所以在基督教的畫裏，耶穌和聖母的腳下常踏著一條龍，至於伏龍、屠龍的天使及聖徒，更是不勝枚舉。最有名的一幅，是文藝復興的大師拉菲爾所作的「聖喬治屠龍圖」，圖中可見英武的天使長聖喬治像一位中世紀的武士那樣跨在一匹白馬上，正挺其長矛，搠向地上那條張牙舞爪的惡龍，而那條龍，正是西方傳統中那個亦獅亦鱷亦鷹亦蟒的妖怪。據說，那幅名畫的寓意，正是基督徒克服了罪惡。在英文字典裏，龍的古訓便是蛇；其他的引申義還有「驚覺而頑強的女監護人」，「惡徒」，「蜥蜴」，「撒旦」，「天龍星座」等等。其中女監護人該是龍守寶庫的引申，以喻長輩婦人對少女看管之嚴。

同樣一條龍，西方爲凶，東方爲祥，對照如此，正是比較文學的好題目。不過龍年之龍，當然還是中國的龍。龍德在水：「其得水，變化風雨，上下於天不難也。」台灣與香港，無論地名或地理，都得水，然則龍年得水，當有波瀾壯闊之勢。兔尾苦短，追之無益。龍頭方昂，來日正長。我的生肖屬龍，龍年迎龍，以祝台港讀者，亦以自祝。

——一九七六年元月

哀中文之式微

「關於李商隱的〈錦瑟〉這一首詩，不同的學者們是具有著很不相同的理解方式。」「陸游的作品裏存著極高度的愛國主義的精神。」類此的贅文冗句，在今日大學生的筆下，早已見慣。簡單明瞭的中文，似乎已經失傳。上文的兩句話，原可分別寫作：「李商隱〈錦瑟〉一詩，衆說紛紜。」「陸游的作品富於愛國精神。」中文式微的結果，是捨簡就繁，捨平易而就艱拗。例如上引兩句，便是一面濫用大而無當的名詞（理解方式，高度，愛國主義），一面亂使浮而不實的動詞（是具有著，存在著）。毛病當然不止這些，此地不擬贅述。

日常我所接觸的大學生，以中文、外文兩系最多。照說文學系的學生，語文表達的能力應無問題，而筆下的中文竟然如此，實在令人擔憂。我教翻譯多年，往往，面對英文中譯的練習，表面上是批改翻譯，實際上主要是在批改作文。把「我的手已經喪失了它們的靈活性」改成「我的兩手都不靈了」，不是在改翻譯，而是在改中文。翻譯如此，他如報告，習作，論文等等，也好不了許多。香港的大學生如此，台灣的大學生也好得有限。

此地所謂的中文程度，卑之無甚高論，不是指國學的認識或是文學的鑑賞，而是泛指用現代的白話文來表情達意的能力。然則，中文何以日漸低落呢？

現代的教育制度當然是一大原因。古人讀書，經史子集，固亦浩如煙海，但究其範圍，要亦不出人文學科，無論如何，總和語文息息相關。現代的中學生，除了文史之外，英文，數學，理化，生物等等，樣樣要讀，「於學無所不窺」，儼然像個小小博士。要我現在回頭去考大學，我是無論如何也考不取的。中學課程之繁，壓力之大，逼得學生日與英文、數學周旋，不得不將國文貶於次要地位。所謂國文也者，人人都幻覺自己「本來就會」，有恃無恐，就算臨考要抱佛腳，也是「自給自足」，無須擔心。

文言和白話對立，更增加中文的困難。古之學者，讀的是文言，寫的也是文言，儘管口頭所說與筆下所書大不相同，形成了一種病態，可是讀書作文只要對付一種文體，畢竟單純。今之學者，國文課本，讀的大半是文言，日學寫的卻是白話，學用無法一致，結果是文言沒有讀通，白話也沒有寫好。兩短相加，往往形成一種文白夾雜的拗體。文白夾雜，也是一種不通，至少是不純。同時，國文課本所用的白話文作品，往往選自五四或三十年代的名家，那種白話文體大半未脫早期的生澀和稚拙，其尤淺白直露者，只是一種濫用虛字的「兒化語」罷了。中學生讀的國文，一面是古色斑斕的文言，另一面卻是「我是多麼地愛好著那春季裏的花兒」一類的嫩俚腔，筆下如何純得起來？

不純的中文，在文白夾雜的大難之外，更面臨西化的浩劫。西化的原因有二，一為直接，一爲間接，其間的界限已難於劃分。直接的原因，是讀英文。英文愈讀愈多，中文愈讀愈少，表現的方式甚至思考的方式，都不免漸受英文意識的侵略。這一點，在高級知識分子之間，最爲顯著。「給一個演講」，「謝謝你們的來」，是現成的例子。至於間接的影響，則早已瀰漫學府，文壇，與大衆傳播的媒介，成爲一種文化空氣了。生硬的翻譯，新文藝腔的創作，買辦的公文體，高等華人的談吐，西化的學術論著，這一切，全是間接西化的功臣。流風所及，純正簡潔的中文語法眼看就要慢慢失傳了。三、五年之後，諸如「他是一位長期的素食主義的奉行者」的語法，必成爲定格，恐怕沒有人再說「他吃長素」了。而「當被詢及其是否競逐下屆總統，福特微笑和不作答」也必然取代「記者問福特是否競選下屆總統，他笑而不答」。

教育制度是有形的，大衆傳播對社會教育或「反教育」的作用，卻是無形的。中文程度低落，跟大衆傳播的方式有密切的關係。古人可以三年目不窺園，今人卻不能三天不讀報紙，不看電視。先說報紙。報紙逐日出版，分秒必爭的新聞，尤其是必須從速處理的外電譯稿，在文字上自然無暇仔細推敲。社論和專欄，要配合時事近聞，往往也是急就之章。任公辦報，是爲了書生論政，志士匡時，文字是不會差的。今人辦報，很少有那樣的抱負。進入工業社會之後，更見廣告掛帥，把新聞擠向一隅，至於文化，則已淪爲游藝雜耍。報上常見的「翻譯體」，往往是文言詞彙西化語法組成的一種混血文體，不但行之於譯文，更且傳染了社論及一般文章。「來自四十五個國家的一百多位代表們以及觀察員們，參加了此一爲期一週的國際性會議，就有關於成人教育的若干重要問題，從事一連串的討論。」一般讀者天天看這樣的中文，習以爲常，怎能不受感染呢？

自從電視流行以來，大衆和外面世界的接觸，不再限於報紙。讀者變成了觀衆或者「觀聽衆」，和文字的接觸，更疏遠了一層。以前是「讀新聞」，現在只要「聽」新聞甚至「看」新聞，就夠了。古人要面對文字，才能享受小說或傳奇之趣，今人只須面對電視，故事自然會展現眼底，文字不再爲功。螢光幕上的文字本不高明，何況轉瞬已逝，也不暇細究了。「消息端從媒介來」，麥克魯恆說得一點也不錯。我曾和自己的女兒說笑：「男朋友不准打電話來，只准寫情書。至少，爸爸可以看看他的中文通不通。」

戲言自歸戲言。如果教育制度和大衆傳播的方式任其發展，中文的式微是永無止境，萬劫難復的。

——一九七六年二月

雞犬牛羊

楊牧回國以後，文思頗暢，在「人間」副刊發表了散文多篇，清新典雅，無不可誦。當代最好的散文，半出詩人之手，這一點，是可以確定的。無論是前年在台大林文月教授的班上，或是去年在香港中文大學校外部自己所開的「二十年來台灣地區的文學」班上，我都戲稱這種散文為「詩餘派」。詩餘者，詩人之餘緒也，也可釋為：行有餘力，則以為文。

去年耶誕日，楊牧在「人間」所刊〈北西北〉一文的中篇，引述了我〈落磯大山〉的末三行：

> 重九日，從此處下山
> 走向一個劫後的世界
> 牛羊死了一地

他說：「此詩初稿發表時，我曾質問他：『什麼牛羊死了一地？』他很驚訝我之孤陋寡聞，不知桓景之事。其實《藝文類聚》所錄《續齊諧記》是說『雞犬一時暴死』的，並無牛羊，原書我未查過，也許是有牛羊也未可知。」

按四部集要子部魏晉小說所收《續齊諧記》，在「九日登高」一項下的原文是這樣的：「汝南桓景隨費長房遊學累年，長房謂曰：『九月九日，汝家中當有災。宜急去，令家人各作絳囊，盛茱萸以繫臂，登高飲菊花酒，此禍可除。』景如言，齊家登山，夕還，見雞犬牛羊一時暴死。長房聞之曰：『此可代也。』今世人登高飲酒，婦人帶茱萸囊，蓋始於此。」《續齊諧記》的作者是梁時的吳均，可見那時重九登高，飲酒的是男子，而佩帶茱萸的是女人。到了王維和杜甫的時代，似乎男子也時興「偏插」與「醉把」了。楊牧所引《續齊諧記》不知出於何書，不但刪去了牛羊，其他文句也頗有出入。這麼一來，倒好像他不容牛羊，而我則對雞犬存有偏見。楊牧所引，不見牛羊。《太平御覽》卷三十二引作「夕還，見雞牛羊一時暴死，」又丟了狗。我遍查《辭源》，《辭海》，《大漢和辭典》等書，所引《續齊諧記》，則又雞犬牛羊，一應俱全。這位桓景的府上究竟有幾種家畜，令人好生納悶。《四庫全書》總目提要的小說家類，也許可以給我們答案。《續齊諧記》項下，說明該書「在唐時已援為典據，亦小說之表表者矣。惟劉阮天台一事，徐子光註李瀚蒙求，引《續齊諧記》之文，述其始末甚備，而今本無此條。豈原書失佚，後人於《太平廣記》諸書內，鈔合成篇，故偶有遺漏歟？」

綜上所述，我的「牛羊死了一地」，應該是站得住的吧。重九之日，登高避難，是中國美麗的傳說，也是詩人求之不得的題材。我的生日正值重九。詩中典故成爲母難之日，於親切之外，更深感惶恐。一九七一年，我寫〈落磯大山〉時，正在丹佛，地高山峻，眞應了唐人絕句所謂的「一片孤城萬仞山」那種境界。感覺之中，世方多難，傳說中的家禍成了現實的國難，而我，一個人高高遁在落磯山上，豈不有獨以身免之愧？至於詩末只用牛羊而不列雞犬，則是就地取材，因爲丹佛地扼西部之要衝，多的是牛羊，眞有桓景之劫，則死的該是大野的牛羊，而非簷下的雞犬。十四年前的重九，懷抱同樣的心情，我曾寫過左列的詩句：

不飲菊花，不佩茱萸，母親
你不曾給我兄弟
分我的哀慟和記憶，母親

不必登高，中年的我，即使能作
赤子的第一聲啼
你在更高處可能諦聽？

永不忘記，這是你流血的日子

你在血管中呼我
你輸血，你給我血型

你置我於此，災厄正開始
未來的大劫
非雞犬能代替，我非桓景

足見我對雞犬原無成見，然則楊牧當亦可釋然於我的牛羊了。說了半天，無非是「風吹草低見牛羊」，還望詩人「醉把茱萸仔細看」吧。

——一九七六年元月十九日

茱萸之謎

茱萸在中國詩中的地位，是十分特殊的。屈原在〈離騷〉裏曾說：「椒專佞以慢慆兮，榝又欲充夫佩幃。」顯然認爲榝是不配盛於香囊佩於君子之身的一種惡草。榝，就是茱萸。千年之後，到了唐人的筆下，茱萸的形象已經大變。王維的「遙知兄弟登高處，徧插茱萸少一人」，杜甫的「明年此會知誰健，醉把茱萸仔細看」，都是吟詠重陽的名句。屈原厭憎的惡草，變成了唐人親近的美飾，其間的過程，是值得追究一下的。

重九，是中國民俗裏很富有詩意的一個節日，諸如登高，落帽，菊花，茱萸等等，都是慣於入詩的形象。登高的傳統，一般都認爲是本於《續齊諧記》所載的這麼一段：「汝南桓景隨費長房遊學累年。長房謂曰：『九月九日，汝家中當有災。宜急去，令家人各作絳囊，盛茱萸以繫臂，登高飲菊花酒，此禍可除。』景如言，齊家登山。夕還，見雞犬牛羊一時暴死。長房聞之曰：『此可代也。』今世人九日登高飲酒，婦人帶茱萸囊，蓋始於此。」

重九的吟詩傳統，大概是晉宋之間形成的。一一謝戲馬台登高賦詩，孟嘉落帽，陶潛詠菊，都是那時傳下來的雅事。唯獨茱萸一事似乎是例外。《續齊諧記》的作者是梁朝人吳均，而桓景和費長房相傳是東漢時人。根據《續齊諧記》的說法，登高，飲菊花酒，帶茱萸囊，這些習俗到梁時已頗盛行，但其起源則在東漢。可是《西京雜記》中賈佩蘭一段，卻說漢高祖宮人「九月九日佩茱萸，食蓬餌，飲菊華酒，令人長壽。」此說假如可信，則重九的習俗更應從東漢上推以至於漢初了。但無論我們相信《西京雜記》或是《續齊諧記》，最初佩帶茱萸的，似乎只是女人。不但如此，南北朝的詩中，也絕少出現詠茱萸之作。

到了唐朝，情形便改觀了。茱萸不但成爲男人的美飾，更爲詩人所樂道。當時的女人仍佩此花，但似乎漸以酒姬爲主，稱爲茱萸女，張諤詩中便曾見詠。王維所謂「徧插茱萸」，說明男子佩花之盛。杜甫所謂「醉把茱萸」，可能是指茱萸酒。重九二花，菊與茱萸，菊花當然更出風頭，因爲它和陶淵明緣結不解，而茱萸，在屈原一斥之後，卻沒有詩人特別來捧場。雖然如此，茱萸在唐詩裏面仍然是很受注意的重陽景物。杜甫全集裏，詠重九的十四首詩中便三次提到茱萸。李白的詩句：

九日茱萸熟
插鬢傷早日

說明此樹的紅實熟於重九，可以插在鬢邊。佩帶茱萸的方式，可謂不一而足，或如趙彥伯所謂「簪掛丹萸蕊」，或如陸景初所謂「萸房插縉紳」。至於李嶠的「萸房陳寶席」和杜甫的「綴席茱萸好」，則是陳花於席，而李乂的「捧篋萸香遍」該是分傳花房或赤果。儲光羲的「九日茱萸饗六軍」，恐怕是指茱萸酒，而不是指花。

我想佩綴茱萸之風大盛於唐，大概是宮廷倡導所致。當時每逢重陽佳節，皇帝常常率領一般文臣登高賦詩，同時把一枝枝的茱萸分群臣佩飾，算是辟邪消災，應付桓景的故事。翻開全唐詩，多的是「九月九日幸臨渭亭登高應制」或者「九月九日登慈恩寺浮圖應制」一類的詩題。這一類的詩，無非「菊彩揚堯日，萸香遶舜風」，「寵極萸房遍，恩深菊酎餘」的頌辭，絕少文學價值。一般說來，應制詩常提到此花，反之則少提及，可見宮廷行重九之令，一定備有此花。杜甫五律〈九日〉末二句：「茱萸賜朝士，難得一枝來」，指的正是這件事。到了陸游的詩句「但憶杜醅挼菊蕊，敢希朝士賜萸枝」，恐怕只是偷杜甫之句，不是寫實了。

只要看唐代「茱萸賜朝士」之盛，便可以想見漢代宮人佩花之說或非虛構。漢高祖時不可能流行桓景故事，而《西京雜記》中所言重九種種也並無登高之說。原來茱萸辟邪除害，並非純由傳說，乃有醫學根據。我們統稱為「茱萸」的植物，其實更分為三類：山茱萸屬山茱萸科，吳茱萸和食茱萸則屬芸香料，功能殺蟲消毒，逐寒去風。李時珍在《本草綱目》裏說，井邊種植此樹，葉落井中，人飲其水，得免瘟疫。至於說什麼「懸其子於屋，辟鬼魅」，自然是迷信，大概是取其味辛性烈之意，正如西洋人迷信大蒜可以逐魔吧。郭震所謂

「辟惡茱萸囊，延年菊花酒」，正是此意。除此之外，吳茱萸還可以「起陽健脾」，山茱萸更能「補腎氣，興陽道，堅陰莖，添精髓，安五臟，通九竅」。不知這些功用和此物大盛於唐有沒有關係？據說茱萸之爲物，不但花、莖、葉、實均可入藥，還可製酒。白居易所謂「淺酌茱萸杯」，恐怕正是這種補酒。

食茱萸的別名，有欓，藙，越椒等多種。古人以椒，欓，薑爲「三香」，到了明朝，欓已罕用，現代人則只用椒與薑，不知茱萸爲何物了。但在《禮記》裏，三牲即已用茱萸來調味去腥。《吳越春秋》更說：「越以甘蜜丸欓報吳贈封之禮」，可見早在屈原之前，茱萸已成國際間相贈的禮品了。然則衆人之所貴，何以獨獨見鄙於屈原呢？可能茱萸味特辛辣，「螫口慘腹」，不合屈原口味，甚至引起過敏之症，也未可知。曹植詩句：「茱萸自有芳，不若桂與蘭」，也許正說中了此意。

——一九七六年九月

無物隔纖塵

——韋應物小品淺嘗

在中唐的文壇上，韋應物是一位出色的詩人。大曆初年，他雖已逾而立，但是他少時以三衛郎事玄宗，《全唐詩》說他「晚更折節讀書」，兼以長壽，可說純爲中唐人物。韋應物卒於何年，不能確定，從《韋蘇州集》序只知道他任蘇州刺史，是貞元初年，罷守後寓居永定精舍，「其後事跡，究尋無所見肇。」沈德潛說他「貞元中尙存，按其年百餘歲矣。」這是不可能的。韋應物生於開元二十三、四年間，即使到貞元末年，也不過八十歲吧。他的生平，我們所知不多。奇怪的是，新、舊唐書都不爲他立傳。他的詩集也不十分可靠。宋王欽臣校定的《韋蘇州集》，分十五總類，得五百七十一首，但其後陸續添附的幾首詩中，竟有作品亦在杜審言與岑參集中出現。最可疑的一首，是〈送李十四山東遊〉。因爲李白排行是十二，不是十四，而且比韋應物大三十多歲。連沈德潛也起了懷疑，說「集中有送太白詩，無與少陵贈答，豈兩人本不相識耶？」

韋應物的詩風近似陶潛而質厚稍遜，世有陶韋之稱。在唐代詩人之中，也每與王維或柳宗元相提並論，成爲田園詩的代表人物。韋應物的風格，在傳統的批評之中，雖早有定論，但諸家的用語頗不一致。白居易說他「高雅閒澹」，徐師川說他「流麗」，葛繁說他「峻潔幽深」，三說各有所見，卻不易調和。宋潛溪說得較有彈性：「韋應物祖襲靈運，能一寄濃纖於簡澹之中，淵明以來，一人而已。」朱熹對韋應物也極爲推崇，曾說韋詩不可不熟讀，又說韋詩無一字造作，氣象近道，眞可傳人也。大褒小貶之論也時有所聞。《西清詩話》說他「奈時有野態」，李東陽說他「稍失之平易」，葛常之則說「韋應物詩平平處甚多。」

雖然如此，說到韋詩的五古，論者卻是一致讚美的。通俗的《唐詩三百首》所選五古，以韋詩最多。《唐詩別裁》所選五古的篇數，韋詩高居第二，僅次於杜甫。他的絕句，無論五言七言，都很出色，我尤其欣賞他的五絕。王士禎說他的五絕「本出右丞，加以古澹」，我倒覺得韋應物有些五絕不但比王維的更好，而且變化更多，妙處每在葛繁所說的「峻潔幽深」，而不全在「古澹」。韋詩之中頗多七言的歌行，較之李杜同體之作，神氣全非，正是葛常之所謂平平處。像下面這首〈王母歌〉：

眾仙翼神母，羽蓋隨雲起。上遊玄極杳冥中，
下看東海一杯水。海畔種桃經幾時，千年開花
千年子。玉顏眇眇何處尋，世上茫茫人自死。

換了李白或李賀來寫，定然出色得多。李賀〈夢天〉中的奇句「遙望齊州九點煙，一泓海水杯中瀉」，和〈浩歌〉中的神筆「王母桃花千遍紅，彭祖巫咸幾回死？」都似乎暗師韋意，但感覺卻鮮活得多。以李賀的瑰異，來學韋應物的古澹，實在出人意外。其實韋應物用情很深，發而爲詩，並不盡屬「高雅閒澹」之致。韋氏早年喪偶，獨自撫育二女，長女成年後遠適楊氏。他的那首〈送楊氏女〉，恐怕是中國詩裡詠歎父女之情最體貼最深厚的作品，我每次誦讀都忍不住泣下。鰥夫悼亡，慈父憐女之情，在《韋蘇州集》中，發爲〈傷逝〉，〈出還〉，〈悲紈扇〉等十九首作品，十分感人，其中〈出還〉一首，沈德潛認爲比潘岳悼亡之作更爲眞實。至於集中寄贈懷思之作，或念諸弟，或寄遠友，或懷僧人，流露的感情亦十分深厚，含蓄。

我最喜歡的韋詩，是一些意象逼眞或意境玄妙的五絕雋品。下列四首可以代表前者：

山月皎如燭　風霜時動竹
夜半鳥驚栖　窗間人獨宿
——〈同褒子秋齋獨宿〉

時節變衰草　物色近新秋
度月影才斂　繞竹光復流

秋荷一滴露　清夜墜玄天
將來玉盤上　不定始知圓
——〈玩螢火〉

軍中始吹角　城上河初落
深沉猶隱帷　晃朗先分閣
——〈詠露珠〉

——〈詠曉〉

這些小品，置之現代的意象派詩中，也覺十分突出。至於下面兩首，更是空靈玄妙，理趣可玩，富於抽象之美，不同中國古典傳統之畦徑。第三首詠蝌蚪，不但饒有諧趣，更有人與蝌蚪對話的戲劇意味：前四句是韋應物語蝌蚪，後二句是蝌蚪答韋應物。

明從何處去　暗從何處來
但覺年年老　半是此中催
——〈詠夜〉

萬物自生聽　太空恆寂寥
還從靜中起　卻向靜中消
——〈詠聲〉

臨池見科斗　美爾樂有餘
不憂網與鉤　幸得免為魚
且願充文字　登君尺素書
——〈南池宴餞子辛賦得科斗〉

——一九七六年三月

詩魂在南方

屈原一死，詩人有節。詩人無節，愧對靈均。滔滔孟夏，汨徂南土，今日在台灣，香港一帶的中國詩人，即便處境不盡相同，至少在情緒上與當日遠放的屈原是相通的。〈大招〉說：「魂乎無南。」〈招魂〉說：「魂兮歸來，南方不可以止些。」當日的詩人，沅湘已恨其遠，今日的我們，更在蒼梧以南，則又情何以堪？

若問中國的詩魂今日何在，曰在南方。二十多年來，現代詩在台灣歷經變化，迂迴成長，雖距大成之日尚遠，卻能突破文化的僵局，帶動文藝的生機，發出一點新的聲音，證明詩魂未全死去。論者有誣台灣的現代詩爲全盤西化，其實「橫的移植」之說只是五十年代某些詩人的主張，而超現實主義云云也只是六十年代部分作者的道路。今日台灣文壇反西化運動之勢，早已超過了往日的反傳統運動。諸如詩集，詩刊，詩選的出版，詩的演講會，座談會，朗誦會，甚至寫作班等等活動，早已形成了一個活的傳統，吸引的讀者和聽衆愈來愈多。只要翻翻「書評書目」出版的林煥彰所編厚達二四二頁的《近三十年新詩書目》，就可以知道現代詩在台灣已經打開了怎樣一個局面。無可諱言，現代詩還有不少毛病，例如主題仍須開拓，形式尚待改進，語言猶欠成熟，可是比起早期的新詩來，確已朝前跨出了好幾大步。二十多年後，現代詩人不但在文壇上有所建樹，而且在學府中也奠定了基礎。在台灣各大學擔任講師，教授，系主任等的現代詩人愈來愈多，現代詩人在台灣，早已不是文藝青年的代名詞了。

六月初應香港「詩風社」之請由台北來港演講的楊牧，正是這麼一位詩人兼學者的代表人物。楊牧是王靖獻的新筆名，葉珊是他的舊筆名，知者更衆。他是台灣花蓮人，東海大學外文系畢業後赴美，先後獲得愛奧華大學藝術碩士，柏克萊加州大學文學碩士及比較文學博士等學位，現任華盛頓大學副教授，並在台灣大學外文系擔任客座教授。楊牧在文學批評方面頗有成就，用中文寫的〈傳統的與現代的〉在台灣出版，用英文寫的 The Bell and the Drum 在美國出版，都饒有比較文學的見地。

台港星馬的讀者心目中的楊牧，卻是一位風格雅麗才思清妙的作家，在文壇上的形象是年輕而耽美的。無論是詩或散文，楊牧的表現都是第一流的。他的詩集，從最早的《水之湄》到最近的《瓶中稿》，已經出版了六種，風格的變化頗大。少年的時代，他的聲音從花蓮傳來，和鄭愁予，敻虹，林泠等並稱婉約派，一唱三歎，很有點現代詞的味道。目前他的詩風早已自成一家，不但在短篇抒情詩中揉合了古典的韻味和現代的感性，而且在長詩之中探討敘事和戲劇的新疆。楊牧的散文是當代最敏感最迷人的妙筆之一，詠歎的詩情之中別有一種俊逸儒雅之氣，筆下的詞彙和語法很富彈性。我常戲稱詩人的散文爲「詩餘派」，偏偏這一派的副業，雖爲無心插柳，竟比正業更受讀者歡迎。這種喧賓奪主的現象，加上楊牧又善飲，使我有一次忍不住調侃他說：詩名已在文名下，更笑文名慚酒名。楊牧的散文集前有《葉珊散文集》，近有《年輪》。他的詩風文體，令人想到另外的一「牧」，唐之杜牧。

楊牧來港的演講，以現代詩爲主題，時間是六月五日下午二時半，地點是灣仔皇后大道東華仁書院禮堂。主辦這次詩人節盛會的「詩風社」，是香港一群少壯詩人組成的詩社，出版《詩風》月刊已有四十八期，所以六月五日的演講會也是該社成立四週年的紀念會。爲了紀念四週年並向屈原致敬，該社並舉辦徵詩比賽，獎金港幣二百元，即由楊牧評判，在六月一日出版的《詩風》上公布結果。

現代詩在香港，起步比台灣晚，環境也不如台灣順利，十多年來雖然有《中國學生周報》和《好望角》等刊物的支持，戴天，也斯等作家的鼓吹，似乎迄未成爲普遍的文學運動。四年前的「詩風社」便是在這種冷漠的逆境下毅然成立的。四年來的《詩風》月刊，創作與批評並重，不但爲香港有志於新詩的青年提供一畝美好的園地，而且對早期的新詩和台灣的現代詩都有深入而敏銳的批評，可以和去年創刊的《大拇指》週刊並稱鼓吹現代詩最力的兩份期刊。「詩風社」的創辦人與編輯陸健鴻，黃國彬，郭懿言，譚福基，胡國賢等都是香港大學近年畢業的校友，於中英文學均頗有修養，尤其是陸、黃二位，在創作之餘更發表了不少筆鋒犀利的評論。焉知十年廿年之後，他們不是更新一代的楊牧？黃國彬現任新亞書院英文系助教，他的詩集《攀月桂的孩子》去年端午在台北出版，題材頗富，語言也在晦澀和淺白之間力求平衡。像下列的句子：

走後，你只留下一扇
默默的門，和一條晾衣繩子。

便是寫景有情之境。給他一段時間，黃國彬就會給我們更醇的作品。

經常在《詩風》上發表作品以及最近加入該社的作者，尚有羅青，陳芳明，北岳，何福仁，凌至江，黃澤林，黑教徒，葉新康，周國偉，王偉明等多人。三月號和四月號兩期的《詩風》更一連發表了中文大學五位同學評析新詩名作的五篇論文，令人對中大的文風刮目相看。我深信，這些少壯作者正代表香港年輕一代的新感性，新精神，假以時日，他們必能光輝香港的詩壇並進而光大中國的文壇。藍墨水的上游是汨羅江，希望有一天，「魂乎無南」果眞成爲「魂其在南」，屈原在波下當可瞑目了。

——一九七六年六月

駱駝與虎

老舍之死，一度成謎。現在當可確定，他死於一九六七年紅衛兵之威迫，自殺的方式則是投水。他的小說《駱駝祥子》必然傳後，成爲三十年代文學的一方里程碑，也是可以確定的了。胡金銓先生近年致力於老舍的評傳，梁實秋先生更認爲老舍的成就足以問鼎諾貝爾文學獎。微詞，當然是難免的。夏志清先生在《近代中國小說史》裏，認爲《駱駝祥子》在描寫個人努力的慘敗和安排情節結構的嚴謹上，可比哈代的小說《卡斯特橋的鎮長》，但又認爲書末對祥子的諷刺與全書悲天憫人的同情筆觸格格不入，而某些段落又犯了說教太露之病。董橋先生在今年六月份的《明報月刊》發表〈從「老張的哲學」看老舍的文字〉一文，指出這位「語言大師」的文字，在流利口語的正格之外，也不免病於歐化的新文藝腔，而敘事寫景的部分，也缺少含蓄與暗示。

《駱駝祥子》是一部大書，評者已多，我在這篇短文裏只想拈出兩點來略加分析。首先是主題。本書的主題，說得落實些，是祥子的墮落，可是墮落的成因，與其說是性格的弱點，不如說是社會的壓力。所以抽象一點，本書的主題正如老舍自己一再點明的，是所謂個人主義之沒落。個人主義一詞的定義，有正有反，因人而異，易生誤會。自掃門前雪，可以解釋爲個人主義；一士之諤諤，不也是個人主義嗎？相信集體主義的人士，最喜歡抓住個人主義消極的一面來大施撻伐，迫使個人就範。其實，今日正大行其道的集體主義，表面上似乎救了中國，背地裏卻苦了中國人。老舍在小說裏刻畫的，正是個人主義的消極面，刻畫之不足，更巧引老車夫的譬喻加以象徵。老車夫對祥子說：「看見過螞蚱吧？獨自一個兒蹦得也怪遠的，可是教個小孩子逮住，用線兒拴上，連飛也飛不起來。趕到成了群，打成陣，哼，一陣就把整頃的莊稼吃淨，誰也沒法兒治它們！」這譬喻看來貼切，其實欠妥，因爲蝗群的力量在於破壞，究非立國之常道。不過，無論妥與不妥，小說家借人物之口用曲筆來點題，總還是藝術分內的事。可惜老舍未能把握分寸，到了書末，一再走到幕前來，向讀者直接陳述。最後的一頁是這樣的：

他走他的，低著頭像作著個夢，又像思索著點高深的道理。那穿紅衣的鑼夫，與拿著綢旗的催押執事幾乎把所有的村話都向他罵去：「孫子！我說你呢，駱駝！你他媽的看齊！」他似乎還沒有聽見。打鑼的過去給了他一鑼錘，他翻了翻眼，朦朧的向四外看一下。沒管打鑼的說了什麼，他留神的在地上找，看有沒有值得拾起來的煙頭兒。

體面的，要強的，好夢想的，利己的，個人的，健壯的，偉大的，祥子，不知陪著人家送了多少回殯；不知道何時何地會埋起他自己來，埋起這墮落的，自私的，不幸的，社會病胎裏的產兒，個人主義的末路鬼！

這樣的結尾，把主題點得十分露骨，略無餘味，而口吻凌厲的判決，對祥子也不夠公平。倒是前面的一段，用祥子尋尋覓覓的落魄身影作結，不落言詮，又富形象，更能予人哀沉之感。小說到此，正如現代電影終場的淡出，餘音嫋嫋，所謂「篇終接混茫」是也。後段則成了蛇足，有如導演上台來下結論。其實，《駱駝祥子》一書，作者的旁白頗多，一件事情發生，往往前有導論，後有感想，把事件咀嚼過爛。含蓄，不能算老舍的特長。

但在另一些地方，作者似乎又過於含蓄了。本書男女主角祥子和虎妞的不解之緣，結於虎妞色誘祥子的一夕。那當然是極其重要的一幕，對於小說的藝術是一大考驗。祥子酒後，失卻自持，正要採取行動，接著便以下面這段作結：

屋內滅了燈。天上很黑。不時有一兩個星刺入了銀河，或劃進黑暗中，帶著發紅或發白的光尾，輕飄的或硬挺的，直墜或橫掃著，有時也點動著，顫抖著，給天上一些光熱的動盪，給黑暗一些閃爍的爆裂。有時一兩個星，有時好幾個星，同時飛落，使靜寂的秋空微顫，使萬星一時迷亂起來。有時一個單獨的巨星橫刺入天角，光尾極長，放射著星花：紅，漸黃；在最後的挺進，忽然狂悅似的把天角照白了一條，好像刺開萬重的黑暗，透進並逗留一些乳白的光。餘光散盡，黑暗似晃動了幾下，又包合起來，靜靜的懶懶的群星又復了原位，在秋風上微笑。地上飛著些尋求情侶的秋螢，也作著星樣的遊戲。

這一段如夢似幻的美文，與前文很不相稱，放在這麼一部京腔土語文體俚俗的小說裏，也顯得故作高雅。不過是性愛的場面罷了，又不是祥子夢寐以求的，何須如此粉飾美化？文中某些意象，似有性的暗示，我懷疑只是自己過分敏感，老舍明快的文字恐怕還沒有那麼含蓄。純以美文而言，這一段也不怎麼出色。然則老舍在性愛的處理上，可說是一位十分羞怯的小說家，比起郁達夫的「露」來，又未免太「遮」了。

——一九七六年六月

唱出一個新時代

——寫在「現代民謠創作演唱會」之前

從前，當我們這民族還年輕，詩與歌曾經一同飛揚。詩是一個蛋，歌是一隻鳥，孵出來的新雛，鮮羽奪目，妙韻悅耳，使聽的人感到興奮而年輕。我們曾經是非常音樂的民族，記憶裏曾經有多少鏗鏘或柔婉的韻律，即使是戰爭，也在悲壯的歌聲裏進行。四面楚歌，令項羽對虞姬悲歌慷慨，而征服者劉邦，在本色流露時，竟也是會唱歌的。

不知道是不是民族老了，或是面對西洋音樂的聲勢失去了自信，現代的中國人似乎好久不唱歌了。尤其是近二十多年來，詩與歌已經不相綢繆，遂使這片園地，爲所謂的流行歌曲蹂躪，不忍卒聞。而所謂藝術歌曲，不但退守一隅，只能寄生於音樂會上，抑且唱來唱去，老是徐志摩，趙元任等幾曲舊調。一個民族，長久呼吸著半世紀前的老調，是不可思議的。

顯然，年輕的一代正期待新的歌帶來新的節奏，新的生命。這新的節奏既不是不協調的正宗現代聲樂，更不是美國的民謠與搖滾樂。二十年來，西方的現代詩，現代小說，現代畫等等傳來我國，常可分兩個階段。第一個階段是上山拜師，師父教什麼，學徒就學什麼。第二個階段是下山闖江湖，師父教的已感不夠用，必須因時制宜，就地取材，獨樹旗號。我覺得，我們的現代詩，現代小說，現代畫，已經在出山了。

我們的歌呢？恐怕仍處於上山拜師的階段吧。聽說許常惠和史惟亮等音樂家收集了很多台灣民謠，以他們的才情與學養，必能善加整理，發揚，用來豐富我們的新音樂。同時，更年輕的一代，在吸收了西洋音樂與美國歌謠之後，亦有志回過頭來，唱出中國的現代歌謠。去年六月，在「胡德夫民謠演唱會」上，胡德夫與楊弦等青年民歌手曾演唱我的〈鄉愁四韻〉，很有韻味。今年他們雄心更壯，一口氣竟然要唱我在《白玉苦瓜》集中的八首詩，可謂驚人之鳴，在此我要向這次「現代民謠創作演唱會」的全體同人致敬，更要感謝楊弦先生為我譜曲，劉鳳學女士編舞，以及「中美文化經濟協會」出面贊助。相信不久的將來，詩人與音樂家會有更壯闊的結合，以重揚大漢之心聲。

——一九七五年五月

「中國現代民歌集」出版前言

沒有歌的時代，是寂寞的。只有噪音的時代，更寂寞。要壓倒噪音，安慰寂寞，唯有歌。

我在寫《白玉苦瓜》集中的作品時，很少想到，那些詩有一天會變成歌，因爲在我們這時代，詩大半是寫來「看」的，很少是寫來「聽」的。青年作曲家楊弦，在看我的詩時，卻聽到了音樂，很是令我高興。他不但聽到了音樂，還將音樂捕了起來，讓大家一同聆賞。今年六月六日，一個溫柔多雨的晚上，楊弦和許多歌手琴手，在擁擠的中山堂，把兩千聽衆帶進了那音樂裏，那旋律何其清麗美婉，有如參加了詩與歌的婚禮。歌魂琴魄，繚繞不絕，於今念及，猶感蜜月未遠。「中國現代民歌集」中所收，除了那晚演唱的〈鄉愁四韻〉等八首外，還有楊弦新近從《蓮的聯想》裏挑出來譜成曲的〈迴旋曲〉，共爲九首。從詩到歌，從歌到圓紋細細的唱片，是一條不能算短的歷程，令人高興，值得一記。

——一九七五年八月十六日夜於台北

民歌的常與變

「中國現代民歌集」，是我的九首詩經楊弦先生譜曲之後製成的一張唱片。去年九月出版以來，已經三版，令我十分高興，爲楊弦，爲監製的洪健全教育文化基金會，更爲了終於起步的現代民歌。

在短短的五個月內，這張唱片博得若干好評，也引起一些異議。反應這麼多，是一個好現象，足見關心現代音樂的人，不在少數。評論的文章，刊在「中副」上的，前後已有兩篇：即去年十二月廿一日胡紅波先生的〈「民歌」不是這樣〉與今年元月十二日吳杜國先生的〈「中國現代民歌集」名稱並無不當〉。胡先生認爲民歌也者必須起自民間，天長地久，衆口相傳，人所共愛，準此，胡文指出我的詩「無須假民歌之名以自重」，而楊弦之曲「也實在找不到非稱民歌不可的理由」。胡文在結論裏建議「及早另外取個恰當的名字」。

吳杜國先生的文章，指出這張唱片的名稱並無不當，因爲「現代民歌」可以成爲「民歌」之變種，不必盡符民歌之常規，同時認爲胡先生對民歌正統的維護，不免拘泥。吳先生對現代民歌的支持與辯護，令我感賞。另一方面，胡先生對我和楊弦的指責，也言之有物，持之有故，令我尊重。以下擬為自己和楊弦說幾句話，也算是對吳文的一點補充。

首先我要指出，詩人的作品以民歌自名，早有先例。我國樂府一詞可作二解：一為漢初所立采樂集歌之官署，一為當時民歌之詞曲。後之詩人慕民歌之自然親切，往往摹擬其體，亦襲其名，號稱樂府。《唐詩三百首》中，詩人所寫的樂府便多達四十首，其中李白的作品如〈行路難〉，〈將進酒〉，〈蜀道難〉等等，無論在思想或語言上，都與天眞樸實的民歌相去甚遠。胡文說白居易詩老嫗都解，卻「不曾假民歌之名以自重」。其實白居易在《長慶集》中，以「新樂府」自稱者，便有五十篇。作者更在自序中說明：「首句標其目，卒章顯其志，詩三百之義也。其辭質而徑，欲見之者易喻也……其體順而肆，可以播於樂章歌曲也。」白氏所謂「新樂府」，用今日的白話來說，豈不就是「現代民歌」？白氏的「新樂府」在當時儘管傳於眾口，卻是新做的，並非來自民間，顯然不符合胡先生堅持的民歌定義。他如元稹的樂府古題與新題樂府，張籍的樂府詞，劉禹錫的竹枝詞等等，也都是文人寫民歌的有名先例。李賀的詩，三分之一都以歌行曲引之類為題名，其中像〈艾如張〉，〈上之回〉等名都取自樂府。我們也不能說李賀假樂府之名以自重吧。

中國如此，西方亦然，英國古代的敘事民謠，所謂 ballad 者，大半起源於中世紀的末期，但當時的朝廷不像中國在《詩經》和樂府的時代有采樂集歌之制，要等到十七世紀才有民間人士出來加以收編。後代詩人常有擬製之作，亦逕用 ballad 之名。降至現代，吉普林有

《大兵民謠》，梅士菲爾有《鹹水民謠》之歌集，也只是詩人筆下的產物，並非久傳民間的俚曲。最有名的例子，應數浪漫大師華茲華斯與柯立基合著的《抒情民謠》（*Lyrical Ballads*），其實書中有些作品根本與民謠無關，甚至不是民謠詩體，像有名的〈俯臨亭騰寺有感而作〉那一首，便是不折不扣的冥想詩。

六十年代的中期，美國有所謂「民歌復興」。此地所謂的民歌包羅極廣，不但有古典民謠，抒情民謠，寬邊民謠，宗教民謠，還有西部歌曲，鄉村歌曲，和現代民歌。在美國流行音樂的世界裏，許多富於社會性的抗議歌曲（protest songs）也都歸於民歌之列。巴布・狄倫早期的作品皆稱民歌，後來的作品如「地下思鄉藍調」和「像一塊滾石」等，雖配了電吉他，仍有「搖滾民謠」之稱。美國的現代民歌或鄉村曲，往往由一人寫詞，譜曲，歌唱，甚至伴奏，並藉唱片與電台的推廣而流行民間。這種專業化的「一腳踢」，加上企業化的間接傳播，與傳統民歌的定義已經大有不同。

這種差異的意義十分重大。傳統的民歌是農業社會的產品，其所以口口相傳，是因爲識字的人少，同時更缺乏其他的傳播方式。這種純然直接的傳播方式富於人性，當然是十分美好可愛的，但是進入工業社會之後，這種方式便難以保持，眞是「無可奈何花落去」了。印刷術既已發達，教育既已普及，唱片與廣播既已流行，又加上聲色並茂的電影與電視，傳統的民歌便無法發展下去了。麥克魯恆說得好：「消息端從媒介來。」胡先生定義下的民歌，不但沒有未來，甚至也很少現在了。胡先生歸納傳統民歌的定義有三：一是起自民間，詞句常有更改，成為集體創作，二是口頭相傳，年淹代遠，三是流行民間，人人喜愛。工業社會的傳播方式已經否定了前兩個條件。像目前台灣的社會，新的民歌要口口相傳來自民間，是絕無可能的。舊的民歌呢，早已被流行歌曲逼到幽暗的一角，要出動音樂家們上山下鄉去探求了。用剩下的第三個條件「流行」來衡量，聽衆以萬計的流行歌曲其實就是今日的民歌。

宋玉〈對楚王問〉有這麼一段：「客有歌於郢中者，其始曰下里巴人，國中屬而和者數千人。其為陽阿薤露，國中屬而和者數百人。其為陽春白雪，國中屬而和者不過數十人。引商刻羽，雜以流徵，國中屬而和者不過數人而已。」以絕對數量而言，銷路數千張的「中國現代民歌集」，與和者數千人的下里巴人，似乎也不相上下了。這當然只是笑談，因為今之歌者唱起現代的下里巴人，電視機前的和者怕不有數十萬人。在典型的工業社會裏，聽衆當然更多。以凱羅・金的唱片「金碧錦」（Tapestry）為例，一九七一年初才出版，到了一九七二年十一月，已經銷了五百多萬張。凱羅・金的歌曲可以說是工業時代的典型民歌。工業時代的人，對於田園的生活，古老的家鄉，純眞的友情與愛情，無不深深嚮往，因此民歌也好，鄉村曲也好，反而大為流行。現代人要聽民歌，要聽新的民歌，只有自己動手來寫，不可能等「民間」像釀陳年老酒那樣歲月悠悠地釀出一首民歌來。要知道，農業時代的一切都是慢悠悠的，可以耐心等待，進入工業時代以後，音樂，正如政治、經濟，甚至於衣飾、髮型一樣，是快速嬗變的。古之民歌由下而上，來自民間；今之民歌則是由上而下，來自掌握唱片、電台、電視、電影的生意人與藝人，眞正的現場演唱反而是次要的了。當然，古代民歌是直接的，深厚的，誠摯的，現代民歌則往往是浮淺的，做作的，因爲它是間接而又間接的，不但與聽衆之間隔了一層大衆傳播的媒介，更隔了一批謀利的商人。我們可以不滿意這樣子的現代民歌，卻無法否認它流行的方式比起口口相傳的古代民歌來，更廣、更頻、更快。當然，現代民歌的生命短，而淘汰率高。

台灣的青年需要唱歌，唱新的歌。流行的國語歌曲大半意境庸俗，詞曲油滑，加上所謂歌星的塑膠表情，頗使知識青年難以接受。外來的搖滾樂與民歌極受都市青年的歡迎，但是裏面究竟在唱些什麼，並非人人都能了解。有些歌曲的詞頗爲深奧，英文不好的青年懂固不易，唱也不便。至於藝術歌曲，像「海韻」和「教我如何不想她」等等，已經太古老，不能配合七十年代的感性。當代的作曲家似乎著意於高級的純粹音樂，在歌的創作上並不努力，偶有佳作，也不是未經聲樂訓練的一般青年所能學唱。前年我和史惟亮先生爲中視合作了一首叫「無字天書」的主題曲，史先生的曲譜得很豪壯、很悲涼、很有氣派，歌者修養亦高，聽起來，眞有一股燕趙豪俠慷慨吟嘯之風。那麼好的藝術歌曲，聆賞起來雖然大快吾意，要學唱可不容易。前年我來中文大學，音樂系一位很有才華的學生曾葉發，把我的詩〈當我死時〉譜成鋼琴伴奏的四部混聲曲，公開演唱，很是動人。這種複雜的長曲，也不宜一般人學唱。我想，上述的三種歌並不能充分滿足目前青年喜歡唱歌的要求。有一個地帶，是作曲家尙未開墾的處女地。

楊弦譜的這九首歌不無知音，是因爲他在這三條路之外去找新路，滿足了一部分青年的一部分要求。搖滾樂迷也許會感覺這些歌太「溫」，正宗民歌的愛好者也許又嫌這些歌太「洋」，當行本色的音樂家也許嫌這些歌太「淺」，可是這裏面自有一番境界，爲搖滾樂，中國民歌，和藝術歌曲所無。也許我可以說，此三者在楊弦的曲調裏，有了某種程度的綜合，因而予人一種推陳出新的感覺。

「中國現代民歌集」這張唱片，要說有誰對它未盡滿意，其中必然包括楊弦和我。我自認歌詞在現實的探討上不夠廣闊，缺乏充分的代表性，也就是說，題材顯有所偏，未能說出此時此地的青年最重要最強烈的感受。白眞先生在〈民歌手的夢〉（刊去年十一月份的《書評書目》）一文中的評語說得很對：「它不能算是唱出了這一代所有年輕人心底的話，更不能說唱出現代中國人（尤其是非知識分子）的那份『期待』。但它畢竟是實現了知識青年許多個夢中的一個夢」。

有一些朋友聽了這張唱片之後，認爲它有點洋味，顯然頗受搖滾樂的影響。這一點當然無可否認。搖滾樂在我國青年之間，久已擁有大量聽衆。搖滾樂的歌詞有時頗富社會性，與西方青年之所感所思有密切的關係，而其慷慨明快的樂曲，也滿足了現代生活的節奏感。台灣的青年一方面當然是中國的青年，另一方面也是現代的青年，對於歌唱現代生活的激昂節拍自然是喜歡的。這種現象，未可全然嗤爲「崇洋」。就像楊子先生，典型的中國讀書人，竟也自認是一位十足的搖滾樂迷，誰又能譏他爲「崇洋」呢？如果我們拿不出活潑生動的現代歌曲來取代搖滾樂，就不能怪自己的青年只聽洋歌。

搖滾樂的活力，如能加以消化，吸收，妥善運用，當能豐富中國現代音樂的生命，並且把喜歡搖滾樂的廣大青年漸漸引回中國，引回台灣的現實，台北的街巷，屏東的阡阡陌陌。我國古時的樂府，也有鼓吹曲、橫吹曲等外域輸入的胡樂。台灣的現代詩，現代畫，現代小說，在發軔之初也不免有西化的現象，但經過十多年的試誤與修正，不但漸趨成熟，而且歸化中國了。這條路，現代民歌，我們的新樂府，未始不可一試。「中國現代民歌集」只跨出了這麼一小步，相信後繼之人，必將超越楊弦與我。

——一九七六年元月四日

山中十日，世上千年

六十三年的復興文藝營，意義深長，風格清新，是一項革命性的創舉。救國團的輔導，駐營作家的鼓舞，和一百位大學生的自發自律，踴躍參與，使這項創舉得以順利進行，圓滿結束，收穫可謂相當豐盈。

成功的條件是多方面的。首先，爲了力矯西化的觀念，我們把小說，散文，戲劇，詩四組分別命名爲曹雪芹組，韓愈組，關漢卿組，和李白組；前三組的指導老師分別聘請朱西甯，蕭白，和金開鑫三位先生擔任，李白組則由我自兼。四組鮮明而富個性的形象，暗寓復興傳統的期許，給學生的鼓舞很大。

復興文藝營的營副主任，由救國團總團部學校組副組長王伯音先生擔任。王先生由於青年自強活動期間，尚須照顧其他活動，第二天便匆匆離營北返，實際的營務，乃偏勞祕書葉蔭先生。今年的文藝營，在葉祕書和曾西霸，林韻梅，宮能鑫，羅富雄，林富商等服務員的照料下，不但達到了高度的行政效率，更和學員們交融無間，打成了一片。瘂弦先生因爲台北事忙，未能親自駐營，但是對於今年的文藝營，曾經多方策劃，提供了不少新觀念。加上救國團的開明作風，種種新構想乃得實現。

往年的營址都設在台北地區，今年遷往遠離台北的霧社，也令愛好文藝的青年感覺一新。霧社四圍山色，一泓湖光，不但風景絕佳，而且鎮小人稀，遊客亦少，海拔三千七百六十英尺，氣候也遠比平地涼爽，早晚甚至要加毛衣。上得山來，即使是俗人也不免沾上三分仙氣。何況霧社正是四十多年前山胞抗日之地，於今烈士碑前，英雄坊下，悲壯的記憶猶在山風松濤中縈迴不去。登高懷古，追撫泰耶魯的忠魂，正可提供最佳的寫作題材。營部設在農校之中，地主李少白校長於殷勤接待之餘，更爲全營學員演講一次，把山胞抗暴的壯舉，前因後果，群述一遍。就地取材，而題材又深具意義，更刺激了青年創作的靈感。

李校長二十多年高居仙境，卻仍富人情，好客不下孟嘗君。只是今之孟嘗性嗜攝影，爲全營的活動留下無數可貴的鏡頭。推開他的後門，迷人的碧湖盡在望中，脈脈的波光，冷冷的水氣，使人不得不停下來，坐下來，好好地想一想。每天清晨，在變幻無定的白霧中，我總愛和三位老師坐在李校長後院的石椅上，居高臨下，徐徐呼吸碧湖之美。女生也來。男生則爬上樹去，攀折幽香的玉蘭花。李白組的學員爲這一潭綠水寫了好些詩。我也寫了一首，題名就叫〈碧湖〉，詩中所謂「碧湖山莊的主人」，就是指李校長。入山十日，也算有詩爲證了。

文藝營每天的活動，從七點鐘的升旗開始。一百雙年輕的眼睛，把美麗的國旗舉上去，舉到空中，便把她交給活潑潑的山風了。然後是晨讀。然後是早餐。上午是兩小時全營合上的大班課，由四位老師輪流講授自己本行的發展概論。大班課原則上是「學術性」的，儘管學員正襟危坐，凝神聆聽，他們眞正期待的，還是下午三小時的分組討論。霧社風景既美，亭台自多，峰迴路轉，往往一亭翼然，招人憩息。四組的學員簇擁著自己的「師父」，各覓一亭，或倚紅柱，或坐石階，便開始討論起來。例如李白組吧，今天下午討論的主題是什麼？是鄭愁予的詩。指定的八首都唸了。好吧，那就一首首來，先看〈水手刀〉吧。於是我便開始講解，先講表面的大意，然後一層層向深處探討，主題，背景，結構，語言，意象，節奏等等，一一評述，但是總故意留下某些漏洞，等待同學自己來解決。常常遇到歧義四出的字句，我總是遍詢同學的意見，鼓勵他們表達自己的看法。當然，衆說紛紜之餘，我也免不了要有所取捨，下一個結論。起初，學員們仍然保持著平日上課的習慣，遲疑觀望，不敢輕易發言。後來經我再三強調，文藝營的目的，不在學術，而在創造，不在培養學者，而在誘導作家，部分學員才主動發言，有時是補充，有時甚至是修正我的意見。有時學員彼此之間也會爭辯起來。到了這種程度，分組討論的氣氛就生動多了。最後，看得出來，即使還不曾發言的學員，至少也有了廣納衆見的機會，或許在「旁聽」的過程之中，已經糾正了自己的謬見或加強了自己的信念，所以實際上也等於「參與」過了。

晚上七點半到十點半，是實際寫作的時間。這時冷霧漸起，各組回到自己的教室，團團坐定，所有的筆都忙碌了起來。老師坐在那裏，當然也不是閒著，因爲不久，一定會有準作家把剛完成的作品拿來給你看。你看了一遍，再看一遍，免不了要批評一番，這當然要一點眞功夫。不過眞正的功夫，還是在修改和潤飾。你說，這裏這個形容詞不精確，那裏那個動詞太軟弱，好吧，那你想一個好的來代替嘛。你說，整篇的結構太鬆懈，是嗎？那你來扭扭緊試試看。你一出手，總得使準作家口服心服。做「師父」，本領就在這兒。因爲今年的文藝營裏，潛力富厚的青年作者至少有一打半，這些可造之材，假以時日，必能有所表現。例如關漢卿組的林清玄，開朗而有活力，在聯合副刊已經發表了好些散文，不能視爲純然的準作家了。朱西甯先生與蕭白先生在各自的組裏，都續有驚喜的發現，認爲上山之行不虛。李白組二十多人之中，有四五位在自己的校刊上已經發表了不少作品，才氣顯然可見。例如林文彥，林興華，曾忠信幾位，只要繼續努力，當不致寂寂無聞。劉志聰初次試筆，居然不差，頗得葉珊筆意。外組來投稿的，以李利國，陳膺文最有前途：前者已臻穩境，後者下筆有理趣，但應「提防」羅青的影響。一般說來，今年文藝營的素質甚高，高手之外，尙多解人。我懷疑自己在二十歲時，能不能跟他們相比。

例外一點的是關漢卿組。短短十天，要寫戲劇，是不可能的，何況該組不少學員，原來志在表演，而不在寫作。因此他們在金開鑫先生的指導下，就霧社抗日事件，編排了一幕戲，在惜別晚會上盛大演出，很是生動。

從七月二日到十二日，今年的文藝營只有十天。時間雖短，活動卻多，各組間競爭也很劇烈。文的，比賽出版組刊，製組旗，唱組歌。武的，比賽籃球。我知道李白組一共出了四期迷你詩刊，佳作不少；我也寫了一首投去，很榮幸，被刊了出來。四面組旗，機心競起，各具意趣。李白組的錦旗，由林興華設計，作詩人探手撈月之狀。我說，撈月之傳說不夠進取，爲何不改成「欲上青天攬明月」？李白組，不，李白說，「那不簡單？」把旌旗一倒過來，手掌向上，撈月便成了攬月了。李白組的組歌，則是張澄月編曲，林文彥教唱。至於賽球，舉行了兩場，結果是韓愈敗於曹雪芹，李白敗於關漢卿。蕭白先生戲謂：「畢竟曹雪芹和關漢卿年輕了幾百歲啊！」

十天的文藝營，第一天的晚會叫做「相見歡」，惜別的晚會叫「如夢令」，都是詞牌。「如夢令」的節目非常豐富，不及一一細說。會後，各組更分別夜遊話別，依依不捨，多情的哭了好幾位。我領了李白組，沿著無月無燈的小徑，摸上山去，一路說鬼疑鬼，笑謔之間夾雜著恐懼，最後驚動了山頂的守亭人，出來呵斥我們這一群「不良少年」。敗興之餘，衆多「不良少年」隨一位「不良中年」狼狽下山，鎩羽而歸。

啊啊守亭人，你錯了。他們都是最純眞最可愛的青年。我愛他們，每一個人。下山以後，我常常想念他們，相信他們也想念我，也想念朱西甯，蕭白，金開鑫……還有那一潭水，和四圍的山，和山上的水蜜桃和李子。

臨別上車，李白組把組旗獻給我，笑說：「李白，我們把月亮送給你。」我接過旗，也笑笑說：「那我把月光送給你們。」我在他們的留言簿上寫道：

身在台北，心在碧湖。
山中十日，世上千年。

——一九七四年八月出國前夕追記

第三輯

從天真到自覺

——我們需要什麼樣的詩？

六十四年三月廿九日，香港中國筆會爲慶祝二十週年紀念，舉辦了一個文藝座談會。會長羅香林先生邀我主講「二十年來台灣地區的文學」。這個時期號稱二十年，取其整數，實際上約爲二十五年。我在演說稿裏把它又分成四個時期，就是天眞時期（三十八年至四十三年），轉型時期（四十三年至四十八年），西化時期（四十八年至六十年），自覺時期（六十年迄今）。大致說來，「天眞時期」只是大陸時代的延長，人在海島，心在大陸，寫的大半是另一時空的經驗或幻想，主題天眞，技巧簡易。「轉型時期」是大陸時代的過渡，一方面是大陸來台的年輕一代在文壇漸露頭角，一方面是本省作家漸漸進入中文寫作的情況。主題漸漸豐富了起來，反芻大陸經驗之作與表現台灣環境之作都有人嘗試。西方現代文學的譯介開始吸引年輕作家，並提供了不少新的技巧。夏濟安主編的《文學雜誌》，正是這一時期的代表刊物。「西化時期」這名字也許太武斷了，因爲這十二年間的代表作之中，亦正不乏民族精神，鄉土風格，或是古典韻味。但是無可諱言，這個時期勇於嘗新的許多作家，莫不或多或少接受國際間流行的現代主義的影響，小說走意識流，詩走超現實的路子，至於價值觀念、生活態度，更是往往跟著西方走，超時空地嗟嘆工業文明的墮落。仔細分析之下，我們當可發現，在此時期，未趨西化甚至力拒西化的作家，仍多於趨附西化的一群，只是非西化或反西化的力量是分散的，各別的，西化的「少數黨」卻力量集中，旗號分明，乃予人以聲勢浩大的幻覺。「自覺時期」實際上並不始於六十年代。對於少數先知先覺的作家來說，早在六十年代的末期甚至中期，它就已經開始了。對於大多數的作家，卻必須等到我們退出聯合國而尼克森出現在長城之上，才矍然驚覺，此時此地，我們必須肯定自己的立場，維護自己的價值，而無論在政治上或文化上追逐國際的「潮流」，遂都顯得迂闊無當了。政治背景如此，文學的氣候自然也起了巨變。民族，社會，鄉土，現實，這些主題，在六十年代曾受人冷落甚至否定，到了「自覺時期」乃紛紛抬頭，成爲批評家鞭策作家的口號。

口號只能代表社會或批評家主觀的願望，如果作家不響應，或者有心響應而才力不足，經驗不備，仍然於事無補，我有一次戲謂：眞正威脅作家的，不是批評家，而是一位更好的新作家。批評家充其量只能貶低作家的聲譽，但是無法取而代之；一定要有一位新作家出現，把同一題材處理得更好、更新，甚或創造出一個嶄新的題材，才會迫使舊的作家「過時」，而成爲新題材甚至新時代的代言人。不久以前，一位旅加的數學教授回到台北，以現代詩欠缺民族性與社會感責備現代詩人，很寫了幾篇文章，他自己雖然也寫詩，可惜詩才平平，無力以身作則，所以他的批評雖也引起了一場囂鬧，卻不能導致眞正的革命。他的口號仍然是一句口號。只有等吳晟這樣的作者出現，鄉土詩才算有了明確的面目。唐文標流了血，但是沒有革命，吳晟的革命卻無須流血。批評和創作的不同在此。

主觀要求與客觀的成就之間，往往頗有距離，有時甚至是背道而馳。幾乎在所有的國家，官方希望作家寫什麼，和作家想寫什麼能寫什麼之間，總是有衝突的。莫斯科不歡迎索忍尼辛那樣的作家，俄國偏偏出現了索忍尼辛。何其芳、卞之琳、艾青、郭沫若等等的後期作品，往往生硬勉強，便是客觀條件被迫遷就主觀要求的結果。另一方面，一位作家眞想動筆寫實的話，他就會面對許多現實的問題。任何社會都不免有些病態，任何現實都不免有些缺陷，要寫實，就不能不多少觸及。於是官方的瓶頸在前，批評家的壓力在後，作家的處境是值得我們同情的。

因此我認爲，像「我們需要什麼樣的詩」這類的問題，不應由官方提出，最好也不由批評家提出，而應該由詩人反躬自問，問自己應該寫什麼，該怎麼寫。

近十年來，我個人寫詩的方向，於民族、社會、現實三者，比較強調民族感與現實感。早在六十年代中期，這傾向在我的作品裏，已經有明確的流露。相信終我之身，這方向是歷久不移的。儘管如此，我仍認爲「多般性」是比較健康的藝術形態，因此不但在自己的作品裏追求主題的變化，更希望衆多詩人在主題上能拓寬視域，爲中國詩征服新的疆土。一位詩人的才氣並不限於駕馭文字，處理意象，或安排節奏，因爲在詩中引進一個新的題材，也是一種獨創，需要相當才識的。譬如在羅青出現以前，有些題材曾是現代詩的大忌，根本入不得詩的；羅青之後，那些題材就很自然了。今年五月號的香港《詩風》月刊上，翺翺發表的一首〈中庸食譜〉，用羅青筆法處理家常題材，高妙自然，似乎把羅青型的題材又推進了一步，可謂現代詩唱和的佳作。

強調民族感和社會性，應該適可而止，不必鞭策所有詩人，務使人人如此，篇篇如彼，定於一尊。詩中天地不可限量，唐詩之盛，如果減去王維、孟浩然、李賀、李商隱等人，仍將大為遜色。我不主張現代詩「過分」強調這兩點，有下列各種原因：第一，如果此點鋪張過分，就很可能劃地自囿，限制了現代詩自由開拓的活力。文壇原多一窩蜂的現象，一種題材，眞正探討有力的作家，也不過那麼三五位，其他從龍附驥之輩，除了可壯聲勢之外，其實於事何補？何況憂國憂民之作，往往只能期之中歲以後感慨漸深的詩人，這類主題，恐非一般青年詩人所易把握。與其感性不到，經驗未圓，而強用知性去追求，不如自然些，去處理較有把握的題材吧。

第二，過分強調民族與社會的現實，分寸一失，藝術與宣傳的界限難分，官方便容易挾「健康寫實」以臨作家，而一般作家為求自保，難免處處設防，務使作品停留在透明淺顯的層次，不敢多所發揮。同時，批評家也就容易執此一端而忽略其餘，只認可有骨無肉的粗疏之作，而把藝術上的苦心貶為形式主義。自由作家之於三十年代，三十年代作家之於今日之大陸，都曾經飽嘗這種「意識鑑定」之苦，我們又何必去重討苦吃？

第三，一篇作品的時代性，是難以鑑定的。轟動一時的大新聞、大事件，記之於詩，可能較易引人注意，因而也傳誦一時。可是讀者的興趣，往往也是附屬的，帶一點「有詩爲證」的意味，等到事過境遷，曲終人散，那種附帶的興趣也每每煙消雲散，於是那首詩只成了歷史的一個小註腳，如果所記不實，恐怕連做註腳也不夠格吧。這時，赤裸裸的這首詩，只有靠本身內在的價值，去面對時間的考驗了。白居易以爲「文章合爲時而著，歌詩合爲事而作」，這種載道的文學觀，固然洋溢著盛世的樂觀精神，但也局限了文學的視域，忽略了文學的彈性。問題在「事」字如何解釋；如果那只是指「時事」、「事件」、「國計民生」而言，就未免太淺近了一點，如果把它解釋爲「人間事」、「値得關心的事」、「永恆而普遍的事」，那就更具彈性，成爲廣義，當可爲各家各派詩人所接受。在許多情況下，最富於「時代性」的作品，往往最容易「過時」。英文有 topical 一字，訓爲「富於當代或當地的意味」，在文學批評上，往往不是一個肯定的斷語。

李白的〈長干行〉和崔灝的〈長干行〉，既不憂國憂民，也無多少社會動態，但是比起杜甫或白居易的熱血之作，並不減其親切感人，歷久彌新。古詩十九首於漢代之事並無陳述，濟慈於法國大革命，狄瑾遜於南北戰爭，亦殊少觸及，似皆無妨其藝術價值。一般宮廷文人的應時之作可以不論，即使高明如奧登與麥克利希的詠時之作，百年之後恐怕也會失去光彩，不再動人。詠時即事之作，當然不一定受制於「折舊率」，成爲明日黃花。一件國家大事，一個社會現象，一個節日，如果未經想像力和觀察力的貫串，使它成爲有感情有感性的東西，那就只能留停在知識的層次，淪爲一堆浮光掠影不知所云的門面語，充其量只是一篇修辭的練習吧。同樣的題材，到了眞正詩人的筆下，直陳變成暗示，殊相接通共相，新聞反襯歷史，偶然匯入常態，當能撥開表面的現象而探攫內在的意義。時代性的題材能接通永恆的眞理，既有迫切的時代感，又具持久的普遍性，那樣的作品才能垂之永遠，不隨應時應景之作變成「文字垃圾」。

一面是白居易所謂的「歌詩合爲事而作」，另一面是愛默森宣稱的「美，便是它自身存在的理由」（Beauty is its own excuse of being）（註一）詩人究竟何去何從？這個問題可以分幾個層次來答覆：第一，詩人背景不同，才情各異，讓每人自由創作，發揮所長，無論於自己於文壇，當最爲有利。反之，要李清照寫「醉裏挑燈看劍，夢回吹角連營」，或是要濟慈寫史考德式的慷慨軍歌，豈非誤用天才？第二，在載道與唯美之間，儘有天地任詩人迴旋，不必執著一端。葉慶炳先生指出，兩者之間尚有言志的一派，屈原、曹植、陶潛，皆在其列，名單是極其輝煌的（註二）。實際上，這其間除了言志之外，尚有許多勝境可探。帶一點禪意的哲理詩，輕盈飽滿的詼諧詩，歌嘆造化的自然詩，品茶飲酒閒話桑麻的家常詩，甚至於氣吞江湖的武俠詩，筆驚鬼神的史詩，和音樂結婚的歌，越界侵略小說及戲劇的敘事詩及詩劇等等，不都是有待我們開發的海埔新生地嗎？第三，儘管如此，一位敏感的詩人，處今日非常之變局，而竟不聞不問，不怒不驚，乃至孤燈小樓，一仍唯美是務，也就未免太自私了。我認爲，詩人處此之境，無論是直接或間接，高亢或低迴，都應該對自己的國家表示關切和赤忱了。詩人固然不必，也不可能篇篇愛國，但是賦詩千首，竟無一篇憂時感世，也是難以自解的。我們不能期望詩人皆爲鬥士、勇士、志士，但是詩壇之上，如果舉目多爲高士、逸士、隱士、曲士，甚至於狂士，那就未免輕重倒置，成爲病態，值得詩壇好好自省。無論如何，支撐中國詩道傳統的，仍是儒家精神的志士胸襟與仁者的心腸。李白令我們興奮，王維令我們安詳，李商隱令我們著迷，陶潛令我們欽羨，但眞正令我們感動的，是杜甫，因爲他才是人間世的，他毫無保留地交出了自己。現代詩發展到現在，近似韓愈、李商隱、杜牧、李賀、孟郊、賈島，甚至盧仝、馬異式的作者都出現過，但我們眞正期待的，是盛唐人物，尤其是杜甫。另一方面，讓我們看看我們不需要哪些詩吧。首先，假古典風仍頗流行；這一類的作品無論在題材上、觀念上，或語言上，都與現實生活過分脫節，給人一種仿古贗品的感覺。如果作者於古典的修養不夠火候，則辭藻、句法、聲調等等，必然生硬牽強，不能做到圓融渾成的境地。至於此道眞正的高手，在重現、重組古典意境之餘，常能接通那麼一點現代感或現實感，不讓古典停留在絕緣的平面。這種手法，是效顰者應該注意的。

其次，超現實的餘風在一些後知後覺之間，仍然在吹著，當然風力已經減小得多。在這種作品裏，意象仍然淹沒主題，不成焦點，語言仍然支離破碎，不成段落，文言與白話夾纏，抽象與具象格格不入。先驅者的夢境，往往還有一種疑眞疑幻的驚異感，形象生動，咄咄逼人，到了效顰者手裏，由於語言稚拙，意象流產，往往只有混沌，並無驚奇。超現實與古典，都需要高手始能爲功，沒有把握的作者還不如實事求是，寫一點實實在在的東西。

當然，實實在在的東西也不好寫，也許還更難寫。眼前景，身邊事，天天如此，處理起來卻不簡單。高手娓娓道來，自然親切，說到妙處，更能化腐朽爲神奇，咫尺之間，捕得無限。這種詩的張力遍布全局，並不以片言斷句馳騁才氣。不幸到了生手筆底，妙語警句固然少見，通篇看來，似乎也無貫串全局的匠心妙諦，落得一個始於平庸亦終於平庸的地步。這一類不痛不癢的作品，說它是「散文化」吧，仍嫌辱沒了散文，因爲即使我們以散文相看，其中的文句也難稱夠格的散文。我們頗有一些生手，散文之筆尚未握穩，已經鄙視散文，而貿貿然要飛向詩的領空去了。「好詩的第一個最起碼的要求，便是具有好散文的美德。無論你審視什麼時代的壞詩，都會發現其中絕大部分都欠缺散文的美德。」艾略特在〈十八世紀的詩〉（註三）一文中說過的這一番話，値得詩壇新人細細玩味。我還有這麼一個理論：如是台灣的現代詩在語言上發生了毛病，則散文水準的普遍低落要負頗大的責任。散文家們也許認爲我在袒護詩，其實我不是。以後當另文專論此事。

小而詩壇，大而文壇，都有不少困局待解。例如在目前，我們幾乎沒有一本雜誌在創作上具有突破的活力。報紙的副刊呢，文學性日益減低，詩幾已絕跡。在目前的低潮中，問題不是「我們需要什麼樣的詩」，而是「我們要不要詩」。

答案是肯定的。我們要詩。只要是來自生命來自活語言的詩，都爲我們所熱切需要，尤其是表現七十年代新經驗的作品。

——一九七五年七月

註一：見愛默森 The Rhodora 一詩。

註二：見六十四年六月份《中外文學》葉慶炳著：〈文章合為時而著，歌詩合為事而作〉。

註三：本名 Johnson's "London" and "The Vanity of Human Wishes"，發表於一九三〇年。後收入一九三三年牛津版的 English Critical Essays, Twentieth Century。現名 Poetry in the Eighteenth Century，收入 The Pelican Guide to English Literature 之第四冊。

誰來晚餐？

翻開各國文學史，最先出現的往往是詩人。如果用三餐的次序來喻文學史，則詩人所享，該是早餐，然後是散文家的午餐，最後，才是小說家的晚餐。戲劇家比較不一致：在西方，他吃的也是早餐，在中國，他卻是晚宴座上客。

到了現代，情形就變了。詩求精粹，往深裏走，常常幻覺是已經深了，其實是窄了。傳統還給了古典，故事還給了小說，政治還給了宣傳，日常生活還給了散文……剩下來的東西據說就是純詩，像華萊士・史蒂文斯那樣的詩。餐桌上，已少詩人的座位。

以台灣二十多年來的文壇爲例。最早的幾年餐桌上大半是散文家。到了午餐，便換了小說家。總之，還沒有輪到詩人。現在的問題是：誰來晚餐？戲劇家嗎？恐怕不可能。詩人呢？也許是的。近幾年來出現的青年詩人，論質論量，都顯示現代詩潛力之深厚。像溫瑞安、方娥眞、羅智成、施至隆這樣早熟的青年詩人，放眼一看，居然有好多位。前行代的詩人已爲他們披荊斬棘，開出一條路來，這是他們的幸運，也是他們的障礙。十年之後，如果他們能掙脫前輩的影響卓然自立，則未來的晚餐桌上，可能都是詩人的席位，一半屬於前行代，一半屬於目前的新生代。

不少論者動不動就說五四以來以新詩成就最差，這是不公平的。以語言而論，五四時代的散文和小說，表面上儘管西化，多少總還可以繼承明清小說裏的白話。新詩則不然，從古典詩跳到新詩，中間幾乎沒有過渡，幾乎沒有一塊踏腳石，可以說是說變就變的。新詩人面對的挑戰，比散文和小說的作者，是大得多了。困難愈大的工作，往往成就也愈大。

現代詩和現代小說，是台灣現代文學並駕齊驅的雙駒，現代詩起步較早，但兩者似乎誰也不欠誰的。至於現代散文，則是現代詩一手帶大的小弟弟。這件事，十三年前我在〈剪掉散文的辮子〉一文中早已預言，今日眼見已成事實。看看「人間」，「聯副」，「華副」，《幼獅文藝》等刊物上的散文吧，有幾篇是能夠免於現代詩影響的呢？目前的情形是：現代詩人之中，不少能寫一手漂亮的散文，但是散文家中，有幾位能寫像樣的現代詩呢？無論如何，詩人筆下最好的散文，比散文家筆下最好的詩，畢竟是要高出許多。我說這番話，用意不在低貶散文家，只在說明詩比散文難工。然則詩的成就最低之說，是沒有根據的。

十五年前，典型的現代詩人是一個半生不熟的文藝青年，惹人生氣如一粒青春痘。十五年後，現代詩人已經成熟得多，對傳統文化和西方文學的態度已經修正不少，在學術界的地位也已大大提高。無論國內或海外，在大學裏任教或研究所深造的現代詩人日漸增多，支持現代詩的學者也爲數不少。學府中的優勢當然不能保證現代詩在創作上日趨進步，但至少表示現代詩人在學識程度和批評水準上已經提高。十五年前率爾操觚的理論和批評，在今日的水準下，已經難於爲人接受。眼光高了，視域寬了，場面大了，惡詆固然毀不了已經建立的聲譽，濫情與不學的溢美之詞也不易取信於人。對現代詩壇來說，眞正「學院派」的形成，是健康的。作家的名氣固然由讀者造成，但作家的地位卻必經學界認可。現代詩人既已漸漸「滲透」學界，遲早將會取得批評上的優勢。同時，現代詩的讀者也在增加。然則未來的晚餐，果爲詩人而設乎？

「我的晚餐也許會延遲，可是餐廳將燈火輝煌，賓客雖少，卻都不凡。」十六年前，在《鐘乳石》的後記裏，我曾引英國詩人蘭道的這一句豪語來激勵現代詩的同人。十六年後，我的看法已有改變。詩人的晚餐也許仍要延遲，但賓客卻無須冷落。

近年國際形勢大變，普羅文學的理論正由少數海外學人之輩輾轉輸入台灣的文壇，發爲文章，不但對於台灣的現代文藝百般嘲弄，甚至偏激到竟然建議要取消師範大學和工技大學以外的一切大學教育。中國大陸上正在大力壓抑知識分子，而在台灣，竟也有極少數的作家受了普羅文學意識的影響，常在無意之間表現出一種「反知主義」的傾向，這是十分可悲的。總括他們的態度，不外下列的兩端：第一，知識分子只是一小撮人，比起勞動大衆來，算不了什麼。第二，知識分子不直接參加生產，只知胡思亂想，毫無實用價值，因此面對勞動大衆，只有自卑的份。結論是：知識分子寫的作品或爲知識分子而寫的作品，是封建社會士大夫的遺毒，應該揚棄。弦外之音，似乎文學應走工農兵的路線。

近年台灣的教育十分普及，九年國民義務教育的結果，人人都是初中畢業生，也就是說，起碼的知識分子了。即使高中和大專的畢業生，加上全國的教師，數量之大，也豈止「一小撮人」，何況近年軍公人員在知識水準上也大大提高，商人之中更吸收了許多優秀的知識分子，知識分子不但人數衆多，而且和各行各業之間並無明確的分界。今日台灣的知識分子只是教育的標準，不是職業的分類。軍人、公務員、商人，甚至部分的工人和農民，都不能稱爲「非知識分子」。

「勞工神聖」，是一個偉大的觀念。但不能因爲歌頌勞力，就有理由低貶勞心。一件大工程固然有賴千萬人的勞力，但全盤的設計卻需要勞心，而工人操作所用的機器更是勞心配合勞力的成果。只要有益於國家的建設和社會的維繫，勞心和勞力是同樣重要的。從前的社會低貶了勞力，固然不對，但一個低貶知識分子的社會，也是不健康的。

某作家在文章裏說過這麼一句話：如果詩人體會到漁火是漁民勞動的現象時，他就不會說漁火是美景了。這種觀念實在太狹隘，一旦遍被接受，世上殆無事可以入詩。準此，則橫貫公路的景色何忍欣賞，因爲那是榮民勞動的成果。吃一隻鳳梨的快樂也不是絕對的，因爲那蜜汁裏有果農的血汗。詠歎嬰孩的可愛是沒有心肝的，因爲你忘了他媽媽多辛苦。這樣一路想下去，恐怕除了訴苦哭窮或者咬牙切齒之外，就再也無處可以落筆了。

勞力的人值得同情，勞心的人何嘗不值得同情？漁夫辛苦，小學教員難道不辛苦嗎？果農辛苦，畫一幅果園的畫家難道不辛苦？一位作家用他的心血培養出一篇作品來，再用那作品換取一點可憐的稿費，這樣的勞心，視勞力又有何愧？工農的生活應加改善，工農的生活應該成為文學的題材，這是天經地義，但不能因為如此，作家就沒有權利處理自己熟悉的生活。

說台灣的現代詩只是一小撮人在象牙塔裏吟風弄月，是不負責任的話。早在民國四十六年，彭邦楨和墨人合編的《中國詩選》裏，便已有一位工人出身的詩人吹黑明。第二屆中國現代詩獎得獎人之一的吳晟，則不折不扣是農民出身。至於寫詩而成名的軍人，更在一打以上。台灣的教育這麼普及下去，遲早人人成為知識分子。我們樂於展望，工農兵出身的作家愈來愈多，不但如此，希望漁民、鹽民、商人、公務員等等也能產生他們自己的作家，做他們那一行的代言人。台灣的大專聯考雖未臻於理想，但是絕無階級和職業的歧視，工、農、兵、商和公務人員的子女，都可以憑自己的學識進入大學。（在中國大陸，知識分子的子女不能進大學。工農兵的子女可以，但是不能自選科系，高級幹部的子女不但可進大學，還可自選科系。這是《尹縣長》的作者陳若曦告訴我的。）希望在教育的均等機會和文壇的開放門戶之下，台灣能培養「工農兵商公教」的全民文學，而不僅僅是狹義的「工農兵」文學。

少數作家在自卑復自虐的心理下，處處低貶知識分子，責備他們自私自利，不肯為「廣大的人民」服務。這種自命進步的普羅文學觀，其實是已經落伍的時髦，至少在台灣是不現實的。因為在台灣，人人得為大學生，改行也頗自由，知識分子並非固定的階級。在某些國家，連妓女都振振有辭，敢於站出來維護自己的權利。不知道為什麼有些知識分子，終日自慚形穢，找不到自己存在的理由，還要別的知識分子陪他們一同自卑？

在自由而健康的社會裏，知識分子不比別人高貴，但也不比別人卑微。快樂的社會，有賴於各行各業的分工合作，友好團結，而不是階級對立，互相敵視。只有在這樣的心理上，所謂大衆文藝才能成爲一條大道。這一點非常重要。這一點不能解決，詩人是不可能坐下來晚餐的，不，誰也不能！

——一九七六年七月十二日

想像之真

前言：一九七六年八月廿三日至廿八日，國際筆會第四十一屆大會，由英國筆會主辦，在倫敦召開。本屆大會的論題為「想像之真」（The Truth of Imagination），典出英國浪漫詩人濟慈一八一七年十一月廿二日致友人班傑明，貝禮的書簡：「我所能把握的，只有心中感情的聖潔和想像的真實——想像據以為美者，定必為真。」濟慈於詩雖無長篇宏論，但在書簡之中論及詩藝，隻字片語，輒多真知灼見，為後之詩評家所珍，以為濟慈的詩識，寓繁於簡，並不遜於柯立基與雪萊。文藝創作不脫想像，英國筆會拈出「想像之真」一語為各國作家之論題，當有激發論辯的用意。

光中忝為台北筆會七位代表之一，八月初由香港獨自啓程，先在美國作半月之遊，再由紐約直飛倫敦，與其他六代表會合。

本屆大會各國作家所發表的論文與演説，分為詩，小説，戲劇，電影等四組，依次舉行。除詩組外，在大會上致詞的各國作家之中最引人注目者，應推英國詩人也是英國筆會會長的史班德（Stephen Spender），匈牙利作家柯斯特勒（Arthur Koestler），英國小說家也是國際筆會會長的普禮契特（V. S. Pritchett），英國小說家墨兒達克（Iris Murdoch），和美國批評家宋妲格（Susan Sontag）。無論在組織上和活動上，國際筆會一向是白種人的天下，今年林語堂先生逝世之後，國際筆會的十四位副會長已是清一色的西方作家。本屆大會發表論文的東方作家，只有熊式一先生和我兩位，日、韓等國的作家都未發言。

詩組討論會在第一天下午舉行，由史班德主持，發表演說者七人，除筆者以外，為英國桂冠詩人貝吉曼（Sir John Betjeman），美國詩人羅威爾（Robert Lowell），美國女詩人魯凱瑟（Muriel Rukeyser），匈牙利詩人伊利耶（Gyula Illyes），法國詩人克朗西耶（Georges Emmanuel Clancier），希臘詩人庫佐凱拉司（Jean Coutsocheras）。貝吉曼年已古稀，八月廿八日即為其七十大壽，那天他推說眼疾不便，只朗誦了自己的一首小詩 Tea Shop，便退席了。史班德在羅威爾致詞之後，也曾就「想像之真」的論題發了一番議論。因此在台上發言者實為八人。八人講畢，自聽眾席上起立發言者極為踴躍，但經主席允許得握麥克風者，不過四人。史班德主持討論會，執法甚嚴，規定台上演說者不得超過十分鐘，台下發言者限五分鐘。我的論文如果全部宣讀，近半小時，好在事先已將要點勾出，因此當時讀來，恰為十分鐘。

八月二十七日在倫敦出版的《新政治家》（*New Statesman*）週刊，發表了巴恩斯的〈筆的力量〉（Julian Barnes: The Power of the PEN）一文，對本屆的大會頗多評論。涉及我的一段是：「詩的演講會討論的是濟慈的『想像之真』一詞，講者的作風形形色色：羅威爾的講詞是深思苦慮，魯凱瑟的是溫暖而流暢的狂想，半為慶幸，半為悲哀，余光中的則是神祕難解的隱喻（『詩人乃是走私高手，總能過關脫身』；『詩是為廚房裏那位髒女孩而揮動的那枝脆弱的魔杖』）。」

在撰寫下面這篇短論時，我曾忖度，像國際筆會這種場合，台下的聽眾該是作家多於學者，而真能吸引他們的，該是生動的意象，不是繁瑣的分析，也就是說，在眾多作家的面前，你應該表明自己是一位當行本色的創造者，而不僅是一位穿針引線的論述者。因此在文中我用了不少譬喻來形容想像在詩中的功用。《新政治家》的作者大概僅憑聽講印象匆匆落筆，乃稱我的隱喻「神祕解難」（inscrutable），未免斷章取義。以下特將這篇講稿改用中文寫出，讓中文讀者看看，我的譬喻是否晦澀不明，一笑。中文自成章法，並非英文原稿的逐句翻譯，好在同出一心，也無須拘謹過甚了。

後人常愛設想，如果濟慈不是英年夭亡，他的成就該未可限量。也許他會超越少年時代對感官經驗的迷戀，進而展示知性的深度。也許他對丁尼生、愛倫坡，甚至法國象徵派的詩人會有更博大、更微妙的影響。也許他會拋棄希臘神話的那一套道具，用他「神來的妙手」（magic hand of chance）去把握法國大革命和工業革命之類的慘澹現實。濟慈生前確也寫過幾首像〈賦於李衡先生出獄之日〉一類的詩，但畢竟是例外之作，而前述之詩也天真過分，幾與政治無涉：

他遨遊史賓塞的堂上和林間，
採摘魔幻的花朵；他伴隨
無畏的米爾頓飛越天上的田園：
他真純的天才欣然高飛
向自己的天地……

儘管如此，年輕的濟慈自己也明白，在臻於成熟之前，還有漫漫的長途要走。他在一封信中說：「少年的想像是健康的，成人的成熟想像也是健康的，但是兩者之間卻隔著一段人生，在這段時期，靈魂恆在騷動，性格不穩，生活方式無定，前途渺茫：乃有感傷之情。」他又曾說：「詩要驚人，有賴美妙的放縱，而不賴怪誕。」這樣的區分，豈非創造的想像與無聊的幻想之別？我想濟慈「美妙的放縱」（fine excess）一詞，也許是從莎士比亞的「美妙的瘋狂」（fine frenzy）得來的靈感。《仲夏夜之夢》第五幕第一景，雅典公爵席週思這麼說：

詩人之眸，在美妙的瘋狂中旋轉，
天堂到人間只一瞬，人間到天堂，
待想像栩栩地勾出了
奇異的物象，詩人之筆
便賦之以形體，給空幻的虛無
一個固定的場所，一個名義。

這一段有名的台詞，對於想像之爲物，形容得淋漓盡致——此地只引了其中的六行。莎士比亞借席週思的口，說想像之爲物，乃瘋人，情人，詩人所共有，而想像的作用則遠逾理性的局限。在前引的六行詩中，如果說「空幻的虛無」是指處於微妙狀態的某種情緒，感覺，或意念，則「固定的場所」所指，該是那種栩栩如生逼人眉睫的實感。也就是說，詩人憑藉想像的天賦，能夠捕捉難以把握的情狀，並爲無名的事物命名——這種任務，即使如雪萊那樣的大詩人，往往也未必能達成。

這一段台詞似乎認爲詩的題材只是「奇異的物象」和「空幻的虛無」，這一點未免使人心有不甘。問題在於：這一段台詞的綺思妙想，是以浪漫喜劇的迷幻世界爲背景，而莎士比亞自己的看法，與劇中人物也不必盡同。濟慈對於想像與空泛的幻想之間容易相淆的情形，並不是沒有警覺的。〈夜鶯曲〉的末段，濟慈喟歎說：

別矣哉！空想自慰的效果
亦不如人所傳聞，這騙人的妖精。

「空想」也好，「騙人的妖精」（deceiving elf）也好，此地所指無非是詩。年紀輕輕的濟慈，已經有此自覺。

我們對一件東西的了解，可分兩種方式。理性的方式要靠觀察，調查，和資料，但是所得的結果往往是知識多於了解，現象多於眞象。直覺的方式則有賴想像，有賴詩人設身處地，想像他自己是別的人物，這樣投入萬事萬物的結果，會依次產生了解，同情，共鳴，而終於合一。我們通常所謂的同情，其實就是部分的或是短暫的合一。我們同情雪中折翼的麻雀，是因爲一刹那間，我們想像自己也是受難的小鳥。濟慈在給伍德浩司的信中說：「執善的哲人所怪者，多變的詩人樂之……詩人是萬物之中最沒有詩意的東西，因爲他不執著於自我。詩人恆是寓己於人。」詩人沒有「我執」，因爲他樂於和他人他物合成一體。想像，可說是眞理的捷徑，沒有了想像，物我的交融與合一是不可能的。詩藝之中，像明喩，隱喩，換喻，象徵，誇張，擬人等等的手法，都可以視爲創造性想像的鍛鍊，因爲綜而觀之，這種種手法都是運用「同情的摹仿」（sympathetic imitation）使天南地北的兩件東西發生關係。雪萊在〈詩辯〉的長文裏說得好：「想像所行者乃綜合之道；理性重萬物之異，想像重萬物之同。」所以想像是一種妙變的過程，事實經想像澄清而成眞理，被動的知識經想像點醒，成爲主動的了解。想像，是啓示美的一道電光，排開一層層現象，而直攫意義。

如用文化傳統來區分，則詩的想像在運用上可以分成兩種方式。用典，是間接的方式，借物使力的作用有如槓桿。想像的槓桿，以宗教，神話，歷史，文藝典籍等爲支點，輕施巧力，便把一個繁重的主題舉了起來。用典之道，正如其他形式的創造性想像一樣，是以綜合的原理爲本的。一個民族世世代代累積的經驗和記憶，結晶成爲一則則含意豐富聯想無窮的故事，詩人借用過來，巧加比附，乃將現代與古代，個例與典型，卑微與崇高，綜合在一起。當然，用典不當也有缺點。例如以古喻今，千足一履，胡亂比附，也會流於濫調，有礙新經驗的表達。又如用典太僻，淪爲炫學，反而自遠於讀者，無補於溝通了。也有詩人拋卻書袋，一空依傍，不向故紙堆中去拾取靈感，只願憑藉個人的敏悟，去建立自己的感性世界或象徵系統。這一類詩人運用想像，可以說是直接的方式，給人的印象似乎較爲質樸。米爾頓和惠特曼，艾略特和威廉姆斯，李商隱和陶潛，正形成這兩種方式的對照。習於間接想像的詩人在心態上好作回顧；對於他們，典故的作用正如現代汽車的防震彈簧（shock-absorber），在崎嶇的現實和敏感的心靈之間，有緩衝之功。直接想像的詩人，只有赤手空拳，去和現實搏鬥。其實兩條路都不好走：用典的詩人必須證明自己確能出經入史，與古人同遊，而略無寒傖之色；不用典的詩人，也要有本領「給空幻的虛無一個固定的場所，一個名義」，才能卓然自立。

一位詩人，無論觀察有多犀利，經驗有多豐富，如果缺乏想像的話，仍是難以把握現實的。想像是詩人的煉金術，可以把現實煉成境界。想像如水，使現實之光折射成趣。想像如麵粉，使經驗的酵母得以發揮。觀察止於理性的邊境，想像則舉翼飛了過去。想像，是詩人天賦的自由之權利，如果自己不濫用，誤用，則雖暴君與審查官也不能橫加剝奪。

詩人是走私的高手，總能過關脫身。他私運入境的寶物，不但證明他走私成功，更證明他確是深入了異域再回來的。濟慈曾說，詩人是神派來探刺人間的間諜。希望我的走私隱喻和濟慈的探卒形象不至於格格不入。我相信詩人的走私手法是雙重的，因為他為日常的生活帶來了神光異彩，同時又賦想像的世界以逼眞的實感。且以美國女詩人狄瑾蓀的兩首詩為例：

春的光輝

春來的時候有一種光輝，
　為整整的一年之間
任何其他的季節所沒有。

　當三月尚未露臉，
有一種顏色遙遙地憩腳，
　在荒寂無人的山頭，
科學不能夠將它捕捉，
但人的性靈能感受。

它慇懃伺候在草地上面；
　它洩露遠樹的形狀
在我們熟悉的極遠的山坡；
　它幾乎對我有話講。

但是當地平線舉步遠行，
　或是報銷了午時，
也沒有聲音所具有的形式，
　它離去而我們留此：

一種遺失所特有的性質
　影響到我們的內心，
像市場的交易忽然侵犯
　一種神聖的幽境。

死時

死時我聽見一蠅營營；
　室中那份沉寂
有如空中大氣的肅靜，
　當暴風雨暫歇。

四周的眼睛都全已擰乾，
　鼻息都蓄勢戒嚴，
待最終的攻擊，待那君王
　在室中赫然顯現。

我分遺罷紀念品，又簽罷
　屬我而又可遺贈
的東西——而就在這時候
　插進來一隻蒼蠅，

帶著莽撞的營營，青青無定，
　在天光和我之間；
然後是窗户的消隱，然後
　是我的視而不見。

這兩首詩可以說明：詩是矛盾的綜合。能夠將平凡和奇異，眞實與虛幻綜合在一起。在〈春的光輝〉裏，一年一度早春重臨大地的現象，變成了一幕神祕的啞劇，像魔幻行列在遠方消逝。〈死時〉則是垂死之人迅將泯滅的意識裏感到的景象。死亡固然是一種確實的經驗，卻沒有存者能加以描述；整個崩潰的過程，只能得之於想像間。狄瑾蓀的詩卻以回憶的方式來處理，給人一種若有其事的實感。對於生者而言，死亡這件事情，只能從旁觀察，不能親身體驗，所以，要用第一人稱來描寫死亡，對於詩人的想像力確是一大考驗。不過在詩中，也有一些情況，既不能向他人觀察，也不能由自己體驗，只能純憑想像。例如在九世紀初的中國，是沒有人能夠羽化登仙飛瞰茫茫九州的，但是李賀憑了他神異的想像，卻創造了一個宏美的幻境，比之現代衛星攝得的照片，似乎並不遜色。

夢天

老兔寒蟾泣天色　雲樓半開壁斜白
玉輪軋露溼團光　鸞珮相逢桂香陌
黃塵清水三山下　更變千年如走馬
遙望齊州九點煙　一泓海水杯中瀉

顯然，這首詩的前四行是寫李賀登月之行，次二行是寫天上所見人間滄桑變化之速，末二行則寫淩空下窺，九州之大，也只餘點煙杯水，空間感非常逼人。五、六兩行的時間意象，雖爲陳典，卻是活用，和羅賽蒂詩〈幸福的女郎〉（The Blessed Damozel: by D. G. Rossetti）中天國俯視人間的時間意象，可以相比：

那是上帝之居的巍巍城樓，
　她立在城樓之上；
上帝樓臨無底的深淵，

清虛此下自茫茫；
那樣高，從樓頭向下看，
她難以覷見太陽。
樓倚九霄，像一座長橋，
橫跨浩浩的太虛。
下視晝來夜去如浪潮，
光焰與陰影交替，
於空際。最低處的地球
疾轉如侏儒生氣。

詩人憑藉同情的想像，才能了解人的內心和物的生命。他必須具有這種才賦，才能縱浪大化之中，與萬物交感共鳴。詩人之所以異於哲學家或神通家（mystic），在於他能入能出，能用令人難忘的語言把自己的經驗傳給讀者。再以走私爲喻，詩人的兩棲生命要充分發揮，就必須經常往來於想像與現實之間，而不宜滯留在海關的任一邊。人與自然的交相感應，是中國詩的一大本色。西方詩人歌詠自然之美時，常視自然爲神性的化身，表面上在歌詠自然，眞正在頌讚的卻是神造萬物的奇蹟壯觀。中國詩人所樂道的，卻是天人之間的共鳴交感。李白〈獨酌青溪江石上寄權昭夷〉詩中之句：

舉杯向天笑
天迴日西照

辛棄疾〈賀新郎〉之句：

我見青山多嫵媚
料青山見我應如是

在西洋詩中是不可思議的。中國詩人的豪放之氣，在西方人看來，不免有自大之嫌。想像雖爲詩之本色，仍不免受文化背景所約束。

如果詩人過分沉溺於自己的想像，則此種神聖的自由恐亦會一同喪失。如果詩人不尊重現實的限制，則想像的相對自由亦將無效。潛水人奮身一躍，便從陸上投入空中復投入水中。這種自由當然是可羨的，但必須以回到陸上爲條件，否則潛水的意義與溺水何異？同樣，鷹飛空中也失去意義，如果鷹巢不建於地上。在希臘神話裏，伊卡瑞斯隨他的父親從克里特島的迷宮裏逃了出來，伊卡瑞斯飛得忘形，不顧父親的警告，振翅翔近太陽，結果是蠟化翼脫，墜海而死。這眞是一個奇妙的寓言題材：如果神牛迷宮象徵現實生活，則蠟膠的翅膀就是純然的想像了。詩人在現實生活裏是沒有自由的，他的自由在死後才開始。正如里爾克筆下的天鵝，詩人在岸上的步態是笨拙可笑的，但是一滑上水面，看，他無聲的泳姿又何其從容而優雅。岸是生，水是死。不然，岸是現實，水是想像，岸是拘禁，水是自由。無論如何，沒有岸上狼狽的步態，就襯托不出天鵝水上的逍遙之遊。再以辛黛瑞拉的童話爲喻，南瓜變馬車，老鼠變馬，都可以憑藉想像，但這篇童話之所以迷人，也就是結構上所以成功的關鍵，在午夜必歸的時限。仙人的魔杖原爲廚房裏苦役的女孩而揮，詩，是一隻玻璃舞鞋，只適合給她穿。

想像，有如水上的倒影，總似乎比現實要美好，但如果岸上原無此物，則水上何來倒影？想像之爲眞實，有一個先決條件，就是它對於現實的意義，必須起探索，澄清，促進，或詮釋的作用。眞正的詩人非但不逃避現實，還要拓展現實的境域，加強現實的彈性。爲想像而想像，勢必淪爲文不對題的空想和夢幻，到那時，詩便成爲一隻贋品的玻璃舞鞋，什麼腳都穿不進了。

十九世紀初年《黑森林雜誌》和《評論季刊》對濟慈一輩少年詩人的批評，雖然失之嚴峻，倒也不是完全不公平。有時候，評得嚴一點未始沒有健康的作用。拜倫的處女作《懶散的時光》是一本幼稚的詩集，當初也受到這些雜誌的攻擊。經此挫折，拜倫才奮筆寫出他第一首辛辣的諷刺詩〈英格蘭的詩人和蘇格蘭的書評家〉。濟慈當年在書評家筆下所吃的苦頭固然不好受，但比起現代作家在某些國家遭受的泛政治的文藝批評來，仍算是輕鬆的。《黑森林雜誌》指控濟慈對頗普一輩的新古典詩家有失尊敬，又無能區別「英國人的文字和倫敦東區的土腔」。《評論季刊》認爲濟慈的詩難懂，粗糙，荒謬，冗長，可厭，又嘲笑他連「包含一個完整思想的偶句」都寫不出來。諸如此類的批評雖然失之於苛嚴，但其基本的態度仍然是文學的。現代的作家固然不會羨慕濟慈的處境，但也不會擔心這樣的批評在政治上會招來什麼危機。因爲在現代的集權國家裏，批評家念茲在茲，樂之不疲的，不是用藝術的標準來衡量一件作品的高下，而是用正統的意識，官樣的術語，來鑑定它路線的正誤。平庸與空洞，都在所不計，戛戛獨造，卻不能容忍。對於這樣的批評家和他們背後的政權，濟慈堅信的「想像據以爲美者，定必爲眞」一語，不但是文不對題，而且是頹廢之見吧。對於他們，濟慈的邏輯應該倒過來，變成「正統舉以爲眞者，定必爲美」。

無論就濟慈的詩或信看來，這樣的邏輯，都不是他所能接受的。雪萊認爲詩人是人間未經公認的立法者；濟慈寫詩，顯然志不在此，其實他對於志不在美的一切詩都感到懷疑。他曾在信中勸雪萊少馳騁先憂後樂的濟世壯志，多在詩藝上下點功夫。他在給雷諾茲的信中論及前輩華茲華斯的載道詩風：「對我們顯然有所企圖的詩，我們都痛恨。」濟慈信中有名的「無爲之用說」（Negative Capability），爲現代學者所津津樂道，用他自己的話來解釋，便是「一個人能夠處於無定，神祕，疑惑之境，而不致可厭地急於追求事實與理性。」濟慈既非革命家，也非預言家，他純然是一位藝術家。他固然也耽美成癖，但他的唯美世界仍比王爾德所追求者爲健康。我們不要忘了，濟慈所關懷的，不但是「想像的眞實」，還有「心中感情的聖潔」。

詩人的想像，有愛心爲之導引，必然是健康而眞切的。濟慈在詩中所愛者，是友人，家人，情人，是自然，藝術，希臘，中世紀。固然他尚未推己及人，養成對人類和萬物深厚的認識和博愛，但是我們不要忘記，這位夭亡的少年眞正的「詩齡」不過六年，許多大詩人在同樣的「詩齡」時，成就都不能和他相比。一位行將死於肺病的少年，是該有一點「自私」的權利的吧。

也許就是在這樣的心情下，濟慈才喟然感歎：「哦，此生所求是感覺，不是思想！」垂死的少年對春花秋月的大好世界當然是戀戀不捨的。詩人的世界誠然是感官的世界，但要完全放逐思想，泯滅知性，那後果卻是危險的。詩要強調感性，用意原在主題的經驗化，形象化，但如果是爲感性而感性，就淪爲濫感了。浪漫主義病在濫情，從象徵主義到超現實主義的現代詩，往往病在濫感。主題寓於形象化的經驗，是好的，但形象化到只看見一堆散漫的意象而不見主題時，就接近頹廢了。濟慈的這句話，早在愛倫坡之前，就已將浪漫主義擺渡到象徵主義，並種下現代詩的不少病根。這是我們在同情濟慈之餘，不能不警惕的。年輕詩人能掌握的，正是想像，感情，感覺，但是思想，正如經驗一樣，要到中年以後才深厚得起來。濟慈當年不夭亡的話，他的詩觀就不致厚彼而薄此了。

——一九七六年九月十二日

評戴望舒的詩

在中國新詩史上，崛起於三十年代的戴望舒（一九〇五～一九五〇），上承中國古典的餘澤，旁採法國象徵詩的殘芬，不但領袖當時象徵派的作者，抑且遙啓現代派的詩風，確乎是一位引人注目的詩人。論者每將他和李金髮相提並論，因爲兩人年齡相近，且都留學法國，追隨象徵詩風。其實兩人頗有差異：戴望舒的第一本詩集《我底記憶》（一九二九）雖比李金髮的處女集《微雨》（一九二五）晚了四年，可是論到眞正的詩齡，李金髮前後不過七年（一九二〇至一九二七），戴望舒卻長達二十餘年（一九二三至一九四五）。其次，兩人詩風之異，各如其名：「金髮」來自西方，「望舒」出於古典。李的中文欠佳，偏愛使用文言，以致文白夾雜，不堪卒讀；戴的中文較純，文白並用，較能相融。李頗耽於異國情調，詩中簡直沒有中國；戴的詩中雖有中國意味，卻往往陷於舊詩的濫調。照說詩人的散文不致太差，但是李金髮的散文，就我讀過的一些看來，實在不好，令我對他的詩更加存疑。李金髮的詩，人稱象徵派，他卻自稱神祕派（註一）。派別當然無關宏旨，重要的是作品本身。

李金髮的詩，意象跳躍太過唐突，偶有奇句，但不足以成篇。

將同棲止於海嘯之石上，
靜聽舟子之歌。

像這樣的斷句，無論在音調或是意境上，都有佳勝，可是和上下文常不連貫，滯而不流，終非新詩所應取法。大致說來，戴優於李，是顯而易見的。

然而也只是較李爲優而已。戴望舒寫詩的時間三倍於李，成就當然應該高些，可是就詩論詩，戴的成就仍然是有限的。先談他的產量。戴望舒一共只出了四本詩集，依次是《我底記憶》（一九二九），《望舒草》（一九三三），《望舒詩稿》（一九三七），《災難的歲月》（一九四八）。其中《望舒詩稿》所收的作品大部分與前兩本詩集雷同，而《望舒詩稿》和《災難的歲月》加起來，只有八十八首詩。戴望舒寫詩的時間，前後共有二十二年，推算起來，一年的產量不過四首，可謂十分寡產。同時，這八十多首詩全是抒情短篇，最長的一首〈過舊居〉也不滿六十行，因此，無論就篇數或行數而言，都不算豐盛。在中國，二十七歲便夭亡的李賀，也留下了二百四十一首詩。在西方，二十五歲便早逝的濟慈，總產量是一百五十六首，其中甚多百行以上的長篇，例如有名的〈聖安妮絲前夕〉便有三百多行；至於〈安迪迷恩〉更長達四千零五十行，以行數而論，僅此一首就已經超過戴望舒的總產量。可是濟慈實際寫作的時間，只有六年。

產量多寡，當然不是評斷藝術高下的重要標準。風格有無變化，詩境有無拓展，卻不容忽視。戴望舒的作品，從《望舒詩稿》到後期的《災難的歲月》，雖也有些變化，但其發展不足令人刮目相看。大致上說來，這八十多首詩可以分爲五類。第一類不外是傷春悲秋，憂來無端，悵惘迷離之境，〈夕陽下〉、〈對於天的懷鄉病〉、〈寂寞〉等等屬之。第二類抒寫的是一種朦朧而低迴的柔情，〈雨巷〉、〈我的戀人〉等等屬之。第三類摹狀的是一些抽象的意念，〈我的記憶〉、〈樂園鳥〉、〈偶成〉等屬之。第四類有意擺脫自我去刻劃人物或事件，〈斷指〉、〈祭日〉、〈村姑〉等屬之。第五類比較現實，反映的不是家變、鄉愁，便是國難，〈過舊居〉、〈示長女〉、〈獄中題壁〉、〈我用殘損的手拿〉、〈口號〉等可爲代表。

表面上雖然可以分出這麼多類來，在本質上，其實只有兩大類：第一類比較個人化，耽於虛無的情調，第二類比較社會化，具有現實的感覺。戴望舒的詩風，基本上仍是陰柔雅麗的，他的語言並無多大彈性，二十多年中亦少發展與蛻變，因此這兩大類的作品之間的差異，主要仍是題材上的，不是語言上的，也就是說，兩類作品說的東西雖然不同，但說的方式並沒有多大差異。包括艾青在內，許多人都讚美戴望舒後期的生活態度趨向開放與積極。實際上，我覺得戴望舒早期的象徵詩風捕捉的弦外之音不夠飄逸，探索的內心感覺不夠深刻，而後期的寫實道路走得也不夠沉毅、硬朗，比起臧克家與艾青來，便覺得不太自然。試看〈心願〉第二段：

幾時可以再看見朋友們，
跟他們遊山，玩水，談心，
喝杯咖啡，抽一支煙，
唸唸詩，坐上大半天？
只有送敵人入殮。

這幾行詩命意膚淺，節奏鬆弛，語言乏味，最後一行尤爲不妥。〈心願〉作於一九四三年，正當抗戰末期，詩人那時在日軍占領的香港，並曾入獄。但是「只有送敵人入殮」一句卻不足表現抗戰的心情，因爲「入殮」的形象不夠鮮活，語言也太文謅謅，顯然是在勉強押韻。

詩人的態度要眞正有所轉變，並不容易，因爲「知道了」並不就等於「覺得了」。知性的轉變如果缺乏感性來充分配合，支持，那轉變就不眞實，不徹底，只是一個空洞的觀念吧。所謂「生活態度」，細加分析，「態度」只是知性，「生活」才是感性。許多所謂「健康寫實」的作品，只有「態度」，沒有「生活」，終不免淪爲半生不熟的宣傳品。三十年代的詩人大都面臨一個共同的困境：早年難以擺脫低迷的自我，中年又難以接受嚴厲的現實，在個人與集體的兩極之間，既無橋梁可通，又苦兩全無計。眞正的大詩人一面投入生活，一面又能保全個性，自有兩全之計，但是從徐志摩、郭沫若到何其芳、卞之琳，中國的新詩人往往從一個極端跳到另一個極端，詩風「變」而未「化」，相當勉強。戴望舒以四十五歲的盛年逝於一九五〇年二月，不必分割自己去遷就另一個極端，適應另一個現實，仍算是幸運的。

戴望舒作品的水準，高下頗不一致，眞正圓融可讀的實在不多。大致說來，他的毛病出在意境和語言。比起徐志摩的氣盛聲洪來，戴望舒的作品顯得柔婉沉潛，較爲含蓄。這只是指他的成功之作，可惜他往往失手，以致柔婉變成了柔弱，沉潛變成了低沉。往往，他的境界是空虛而非空靈，病在朦朧與抽象，也就是隔。早期的成名作〈雨巷〉，在音調上確比新月之作多一層曲折，難怪葉紹鈞許爲新詩音節的一個新紀元。以今日現代詩的水準看來，〈雨巷〉音浮意淺，只能算是一首二三流的小品。以三、四兩段爲例：

她彷徨在這寂寥的雨巷，
撐著油紙傘
像我一樣，
像我一樣地
默默彳亍著，
冷漠，淒清，又惆悵。

她靜默地走近

走近，又投出
太息一般的眼光，
她飄過
像夢一般地，
像夢一般地淒婉迷茫。

這樣的詩境令人想起「前拉菲爾派」的浮光掠影。兩段十二行中，唯一眞實具象的東西，是那把「油紙傘」，其餘只是一大堆形容詞，一大堆軟弱而低沉的形容詞。「冷漠」、「淒清」、「惆悵」、「淒婉迷茫」、「寂寥的」、「太息一般的」、「像夢一般的」：數一數，十二行中竟有九個形容詞。內行人應該都知道：就詩的意象而言，形容詞是抽象的，不能有所貢獻。眞正有責獻的，是具象名詞和具象動詞，前者是靜態的，後者是動態的，但都有助於形象的呈現。詩人眞正的功力在動詞與名詞，不在形容詞；只有在想像力無法貫透主題時，一位作者才會乞援於形容詞，草草敷衍過去。「像夢一般的」是一個身分較為特殊的形容詞，和「寂寥的」一類單純形容詞不同，因爲它是依附在一個名詞之上的。可惜它依附的是「夢」，不是一個鮮明硬朗的東西。詩人一旦陷入這些「不可把握的東西」（the intangibles）之中，要再自拔是很不容易的。二十世紀初年（一九〇九至一九一七）興起於英美詩壇的「意象派運動」，大聲疾呼要打倒的，正是這種不痛不癢不死不活的廉價朦朧，低級抽象。可惜在時間上緊接其後的早期中國新詩，竟泥乎其中而不知自拔。

戴詩意境之病，一爲空洞，已如上述，另一則爲低沉，甚至消沉。人生原多悲哀，寫人生，往往也就是在寫生之悲哀。可是悲哀儘管悲哀，並不就等於自憐自棄，向命運投降。眞正的悲劇往往帶有英雄的自斷，哲人的自嘲，仍能予人清醒、崇高、昇華之感，絕不消沉。大詩人的境界，或爲悲壯，或爲悲痛，或爲悲苦，但絕少意氣消沉。戴詩的悲哀，往往止於消極，不能予人震撼之感。且以〈我的記憶〉爲例：

我的記憶是忠實於我的，
忠實甚於我最好的友人。

它生存在燃著的煙卷上，
它生存在繪著百合花的筆桿上，
它生存在破舊的粉盒上，
它生存在頹垣的木莓上，
它生存在喝了一半的酒瓶上，
在撕碎的往日的詩稿上，在壓乾的花片上，
在悽暗的燈上，在平靜的水上，

在一切有靈魂沒有靈魂的東西上，
它在到處生存著，像我在這世界一樣。

它是膽小的，它怕著人們的喧囂，
但在寂寥時，它便對我來作密切的拜訪。
它的聲音是低微的，
但是它的話卻很長，很長
很長，很瑣碎，而且永遠不肯休：
它的話是古舊的，老講著同樣的故事，
它的音調是和諧的，老唱著同樣的曲子；
有時它還模仿著愛嬌的少女的聲音，
它的聲音是沒有氣力的，
而且還夾著眼淚，夾著太息。

它的拜訪是沒有一定的，
在任何時間，在任何地點，
時常當我已上床，朦朧地想睡了；

或是選一個大清早，
人們會說它沒有禮貌，
但是我們是老朋友。

它是瑣瑣地永遠不肯休止的，
除非我淒淒地哭了，
或是沉沉地睡了，
但是我永遠不討厭它，
因為它是忠實於我的。

像「記憶」、「希望」、「時間」這一類抽象觀念，用詩來表現很難求工。知性的探討，原非中國古典詩之所長。這樣的主題，到了英國玄學派或美國女詩人狄瑾蓀（Emily Dickinson）的手裏，才有好戲可看。戴望舒的處理是失敗的。這首詩只有鬆散的情調，淺白的陳述，但是沒有哲理的探討，缺乏玄學的機智和深度。在戴望舒的筆下，記憶只是一種軟弱低沉的聲音，喚起的心境只是感傷與自憐，可見戴氏的知性天地是如何狹小。這樣冗長瑣碎的一種記憶，詩人竟然「永遠不討厭它」，不能不說是一種病態。一位詩人，長與「眼淚」、「太息」爲伍，還要「淒淒地哭」、「沉沉地睡」，同時自己記憶所託的事物不外是「破舊的粉盒」、

「壓乾的花片」、「悽暗的燈」、「頹垣的木莓」，可說在頹廢之外，更予人脂粉氣息之感。這種脂粉氣，在戴詩之中簡直俯拾皆是，包括下列的兩段：

可是不聽你啼鳥的嬌音，
我就要像流水地嗚咽，
卻似凝露的山花，
我不禁地淚珠盈睫。

——〈山行〉

把桃色的珠放在你懷裏，
把桃色的珠放在你枕邊，
於是一個夢靜靜地昇上來了。

——〈尋夢者〉

承受了法國象徵主義的傳統，戴望舒在〈詩論零札〉裏強調：「詩最重要的是詩情上的nuance，而不是字句上的nuance。」所謂nuance是指色調或含意上微妙精細的變化，其逐步增減的層次甚難覺察。戴氏這句話說得不太妥當：第一，詩情原藉字句以傳，本無所謂誰更重要，眞正重要的還是詩情所至，字句能否密切配合，正如頗普所云：「音之於義，應如迴聲。」第二，就詩而言，最重要的該是有話要說，而不是在鏡花水月暗香疏影之間顧盼斟酌，味其妙變。有話要說，有重要的話要說，才談得上說的方式；一位詩人只有在無話可說的時候，才會用 nuance 一類的託詞來粉飾吧。羅丹的雕刻，梵谷的繪畫，葉慈的詩，都是生命力的洋溢，形式自然飽滿充足，何待細琢什麼 nuance？戴望舒在絕對的標準上，只是一位二流的次要詩人（minor poet）。大詩人與次要詩人的分別，在乎生命力之盛衰強弱，而不在字句的表面品質。其實，不少次要詩人的作品反而顯得更細膩些。浩思曼的詩無懈可擊，但並不偉大。

在〈詩論零札〉中戴氏又說：「詩不能借重音樂，它應該去了音樂的成分。詩不能借重繪畫的長處。」深受法國象徵詩派影響的戴望舒，竟發此論，實在令人費解。這兩句話，究竟是否和馬拉美或當時的聞一多抬槓，不得而知。戴氏在此地只孤零零地提出了這兩個意見，並未加以闡明或發揮，所以意見仍然只是意見，不能成爲理論。我認爲這兩句話完全不負責任，因爲中外古今的詩，都不能沒有節奏和意象。以「音樂的成分」而言，律詩和十四行嚴密的格律固然富於音樂性，即使利用口語節奏的自由詩，只要安排得好，又何嘗沒有音樂性呢？音樂性，是詩在感性上能夠存在的一大理由，「去了音樂的成分」，詩的生命便去了一半了。所謂音樂性，可以泛指語言爲了配合詩思或詩情的起伏而形成的一種節奏，不一定專指鏗鏘而工整的韻律。中文天生就有平仄的對照，不要說寫詩了，就是寫散文，也不能不講究平仄奇偶的配合。即使戴望舒自己，講了這一番詩話之後，不也仍在寫脫胎於新月體的格律詩嗎？直到他最後的一首詩〈偶成〉，他也未能擺脫「音樂的成分」，未能擺脫早期格律的濫調：

如果生命的春天重到，
古舊的凝冰都嘩嘩地解凍，
那時我會再看見燦爛的微笑
再聽見明朗的呼喚——這些迢遙的夢。

這些好東西都決不會消失
因為一切好東西都永遠存在，
它們只是像冰一樣凝結，
而有一天會像花一樣重開。

看得出來這是一首「新文藝腔」的劣作：韻押得太爽利，第一段四個（國語）去聲韻腳，押得太峭；節奏的起伏太機械化，太輕易；諸如「生命的春天」，「燦爛的微笑」等等形容詞加名詞的片語，也空洞乏味，言之無物。顯然，這是一首樂觀的詩，但是，其中再三的保證並無眞正的信念來支持；所以沒有力量。

戴望舒的語言，常常失卻控制，不是陷於歐化，便落入舊詩的老調，能夠調和新舊融貫中西的成功之作實在不多。且以前引的那首〈我的記憶〉爲例。全詩一共三十二行，記憶的代名詞「它」字竟用了二十次之多，「的」字用了三十四次，讀來十分累贅。同時，句法不但平鋪直敘一如散文，而且一再重複，顯得十分刻板。第二段九行，一直保持「它生存在……之上」的句法，顯得毫無彈性。諸如「它在到處生存著」和「它便對我來作密切的拜訪」等句，簡直不像中文；這樣的句子即使出現在譯文裏，也是敗筆，何況是在詩人的筆下？艾青在《戴望舒詩選》的序裏，竟說這首詩「採用現代的日常口語，給人帶來了清新的感覺」，足見艾青對於何爲口語，何爲純淨中文，也認識不清。其實艾青詩中歐化情形之嚴重，更甚於戴，大巫看小巫，當然看不出毛病來。再舉〈對於天的懷鄉病〉首段爲例：

懷鄉病，懷鄉病，
這或許是一切
有一張有些憂鬱的臉，
一顆悲哀的心，
而且老是緘默著，
還抽著一枝煙斗的

人們的生涯吧。

七行詩句法的骨幹，其實是「這或許是……人們的生涯吧」。此地「人們」一詞，擁有三個形容子句：一是「有一張有些憂鬱的臉，一顆悲哀的心」，二是「是緘默著」，三是「抽著一枝煙斗的」。三個子句用「而且」與「還」相聯，前面更冠以總形容詞「一切」。數一數橫阻在「是」與「人們」之間的，共為三十二字，文法繁複，字句瑣碎，即使在歐化文體之中，也只能算下品。再看他的〈村姑〉這首詩：

村裏的姑娘靜靜地走著，
提著她的蝕著青苔的水桶；
濺出來的冷水滴在她的跣足上，
而她的心是在泉邊的柳樹下。

這姑娘會靜靜地走到她的舊屋去，
那在一棵百年的冬青樹蔭下的舊屋，
而當她想到在泉邊吻她的少年，
她會微笑著，抿起了她的嘴唇。

她將走到那古舊的木屋邊，
她將在那裏驚散了一群在啄食的瓦雀，
她將靜靜的走到廚房裏，
她將靜靜地把水桶放在乾芻邊。

她將幫助她的母親造飯，
而從田間回來的父親將坐在門檻上抽煙，
她將給豬圈裏的豬餵食，
又將可愛的雞趕進它們的巢裏去。

在暮色中吃晚飯的時候，
她的父親會談著今年的收成，
他或許會說到他的女兒的婚嫁，
而她便將羞怯地低下頭去。

她的母親或許會說她的懶惰，
（她打水的遲延便是一個好例子，）

但是她會不聽到這些話，
因為她在想著那有點魯莽的少年。

這首詩的構思和布局本來不壞，壞在語言。冗長而生硬的散文句法，讀起來有如西洋詩的中譯，或是唐詩的語譯，意思是可解的，但不是中文。一共只有二十四行，卻有十二個「她」，一個「他」，九個「她的」，一個「他的」，一個「它們的」，共爲二十四個，平均每行一個代名詞；其實大半可以删去，結果不但無損原意，而且可以淨化語言。其次，形容子句用得太濫：「在泉邊吻她的少年」，「從田間回來的父親」等都是例子。每個名詞頭上都頂著這麼一個大帽子，眞是吃力。還有一項嚴重的歐化，便是表示未來或常態的「將」與「會」；作者在詩中一共用了七個「將」，六個「會」，畫蛇添足，反而損害了中文動詞的優越彈性。此外，有些事情，英文用「形容詞加名詞」來表達，中文用一個渾成的短句就可以了。例如末段的前兩行：

她的母親或許會說她的懶惰，
（她打水的遲延便是一個好例子，）

在西洋語法的影響下，戴氏陷入了「某人的某事」的公式，竟忘了中文的語法是說「某人如何如何」。現在把這兩行改寫於後，看是否比較像中文：

母親或許會說她懶惰
（她打水遲歸，便是好例子，）

歐化之病既已診斷如上，讓我把〈村姑〉全詩改寫一遍，看看我的處方是否有效：

村裏的枯娘靜靜地走著，
提著青苔剝蝕的水桶；
冷水濺滴在她的跣足上，
她的心卻在泉邊的柳樹下。

她靜靜地走到舊屋子去，
百年的冬青樹下，那舊屋；
想到在泉邊吻她的那少年，
她便微笑，抿起了嘴唇。
她走到那古舊的木屋邊，

驚散了一群在啄食的瓦雀，
她靜靜地走到廚房裏，
靜靜地、把水桶放在乾芻邊。

有時，她幫著母親做飯，
父親從田裏回來，坐在門檻上抽煙，
她餵罷豬圈裏的豬，
又把可愛的雞趕進巢裏。

在暮色中吃著晚飯，
父親談起今年的收成，
或許還說到女兒的婚事，
她便羞怯地低下頭去。

母親或許會說她懶惰，
（她打水遲歸，便是好例子，）
但是她聽不進這些話，

正想著那有點魯莽的少年。

刪改後的〈村姑〉當然仍非上好的作品。我所做的，只是依照作者原意去蕪存菁，刪多於改，並無脫胎換骨之意。〈村姑〉原詩的缺點太多，令人有欲改無從之感。換一位眞正的高手來寫，該不會三段詩中用上四次「靜靜地」，也不會爲了塡空而寫出「可愛的雞」這麼空洞的字眼。這種毛病，說明了一般新詩，未得西洋詩之妙諦，先已自絕於中國古典的傳統，在詞藻和字彙上有多貧乏。「可愛的」尤其是一個沒有形象的形容詞，在感性上毫無效果。作者說雞是「可愛的」，讀者卻想像不出怎麼個可愛來，說了等於沒說。方旗的詩句：

新雛啁啾檢視羽翼

寥寥的八個字，有形有聲，便攫住了小雞的生命（註二）。如果方旗敷衍塞職，他大可漫不經心，謅出「冰心式的」空洞詩句：多可愛哪！這些小雞！同樣，在〈村姑〉裏，「可愛的雞」也是想像無力的表現。一定要塡上一個形容詞的話，至少也應該說「啁啾的新雛」或者「爭蟲的雞群」吧。

無論如何，刪改後的〈村姑〉比起未刪的原作來，畢竟眉清目秀，瞭然得多了。我刪掉的，大半是中文不需要更承受不起的代名詞，輔動詞（auxiliaries），聯繫詞，形容子句等——

一句話，語法上的種種「洋罪」。所謂「新文藝腔」，就是甘受洋罪的一種文體，看起來是中文，聽起來卻是西語，眞是不中不西的畸嬰。〈村姑〉原作二九五字，刪後減爲二三六字。一首相當有名的新詩，爲什麼刪掉五十多字，只留下五分之四的篇幅後，不但無損原意，反而有助表達呢？難道所謂新詩，只是一種漫不經心的「塡字遊戲」嗎？把純淨的中文扭曲成洋腔，把大量本國的和外國的冗詞虛字嵌進節奏的關節裏去，就成了新詩的語言了嗎？

同屬歐化的失敗之作，在戴詩之中尙有〈斷指〉、〈祭日〉、〈十四行〉等等，不再一一列舉。另一方面，戴詩語言之失，卻來自中國的舊詩。新詩人雖然直接間接都受西洋詩的影響，但同時也多少師承中國詩的傳統，只有艾青，田間等少數作者是例外。以戴望舒與何其芳爲例，兩人都向古典詩詞挹取芬芳，可是戴的語言就不如何其芳那麼純。戴寫過一首〈秋〉，何也寫過一首〈秋天〉，兩詩題材相同，一比之下，便發現何的語言甘醇有味，富於中國情韻，戴的語言就較爲平白鬆散，嚼之無味。

再過幾日秋天是要來了，
默坐著，抽著陶製的煙斗，
我已隱隱聽見它的歌吹，
從江水的船帆上。
它是在奏著管弦樂；

這個使我想起做過的好夢；
我從前認它為好友是錯了，
因為它帶了憂煩來給我。

林間的獵角聲是好聽的，
在死葉上的漫步也是樂事，
但是，獨身漢的心地我是很清楚的，
今天，我沒有這閒雅的興致，

我對它沒有愛也沒有恐懼，
你知道它所帶來的東西的重量，
我是微笑著，安坐在我的窗前，
當飄風帶著恐嚇的口氣來說：
秋天來了，望舒先生！

——戴望舒〈秋〉

震落了清晨滿披著的露珠，

伐木聲丁丁地飄出冷的深谷。
放下飽食過稻香的鐮刀，
用背簍來裝竹籬間肥碩的瓜果。
秋天棲息在農家裏。

向江面的冷霧撒下圓圓的網，
收起青鳊魚似的楓葉的影。
蘆篷上滿載著白霜，
輕輕搖著歸泊的小槳。
秋天游戲在漁船上。

草野在蟋蟀聲中更寥闊了，
溪水因枯涸見石更清瀏了，
牛背上的笛聲何處去了，
那滿流著夏夜的香與熱的笛孔？
秋天夢寐在牧羊女的眼裏

——何其芳〈秋天〉

相比之下，何其芳的意境渾成，音調圓熟，語法自然且多變化，除了篇末的牧羊女略帶一點異國情調之外，通篇的感覺都是中國鄉土的風味（註三）。戴望舒的一首就遜色得多。何詩是無我之境，感覺的焦點全在秋天本身。戴詩是有我之境，詠的是詩人對秋天的觀感。何詩富感性，故眞切。戴詩感性稀薄，知性也不強烈，對秋之所以爲秋探討得不深入也不明徹。「你知道它所帶來的東西的重量」一句，換了狄瑾蓀那樣富於玄學派機智的詩人，當能寫得更美，更曲折，更饒意趣（註四）。儘管戴詩也詠及踏葉聽角之類的秋興，但全詩予人的感覺仍是帶點歐化的。主要的原因仍在語言。何的〈秋天〉裏，不少句子都省去了主詞，從頭到尾，更不見一個代名詞，這才是中文詩的常態。戴詩則不然，十七行詩用了十六個代名詞，我、你、它，一應俱全，詩境爲之零亂。何詩三次直言秋天，「擬人格」的運用在虛實之間，筆觸輕快。戴詩提到秋天，一共八次，除了八次直呼之外，其餘六次都用「它」代替，在中文裏，這種手法未免過於落實，太散文化了。在古典詩裏，詠時詠物之作，詩題既已標明，詩中往往就不再直呼其名，至於代名詞，更罕見使用。蘇軾詠海棠七古，近三十句而不稱其名，便是一例。古典的含蓄不泥，我們的新詩人似乎很少體認。

戴望舒接受古典的影響，往往消化不良，只具形象，未得風神。最顯著的毛病，在於詞藻太舊，對仗太板，押韻太不自然，以下各舉一例爲證：

我沒有忘記：這是家，

妻如玉，女兒如花，

——〈過舊居〉

貝殼的珠色，潮汐的清音，
山風的蒼翠，繁花的繡錦，

——〈示長女〉

我們彳亍在微茫的山徑，
讓夢香吹上了征衣，
和那朝霞，和那啼鳥，
和你不盡的纏綿意。

——〈山行〉

諸如此類的毛病，在戴詩裏經常發現。艾青卻說：「構成望舒的詩的藝術的，是中國古典文學和歐洲的文學的影響。他的詩，具有很高的語言的魅力。他的詩裏的比喻，常常是新鮮而又適切。」（註五）我認爲實際上並不如此。除了在少數佳作之中，戴詩的語言非但沒有魅力，甚且不夠穩妥，有時竟還欠通。再看三個例子：

你看，濕了雨珠的殘葉，
搖搖地停在枝頭，
（濕了淚珠的心兒
輕輕地貼在你心頭。）

——〈殘葉之歌〉

在一口老舊的，滿積著灰塵的書廚中，
我保存著一個浸在酒精瓶中的斷指；
每當無聊地去翻尋古籍的時候，
它就含愁地勾起一個使我悲哀的記憶。

——〈斷指〉

在疲倦的時候，
我常是暗黑的街頭的躑躅者，

——〈單戀者〉

在〈殘葉之歌〉中，心兒如何貼在心頭，令人費解。就算心兒可以貼在心頭吧，也只是陳腔而已。在〈斷指〉中，前三行累贅，末行近於不通。「含愁地」和「使我悲哀的」，意相近而語相淆，重複的形容反而對不準焦點。「長安不見使人愁」，豈不言簡意賅，一定要說「我哀長安不見使人愁」，反倒使人茫然了。這四行冗句如能改短如下，詩意也許反而清楚些：

在一架舊書廚裏，灰塵滿積。
有一個酒精瓶，久浸著一隻斷指；
每當無聊，去翻尋古籍，
就勾起我悲哀的記憶。

〈單戀者〉中的「躑躅者」，也是一個不大不小的毛病。這毛病來自譯文，久之，在作家筆下也成爲「正格」了。本來，西文所說「蕭伯納是一位素食主義者」，便等於中文的「蕭伯納吃素」。可哀的是，目前的作家大半避簡就繁，愛跟在西文的背後喋喋饒舌，受其洋罪。中國古典文學裏，用起「者」字來，都簡潔渾成，不至於拗口。「負者歌於塗，行者休於樹，前者呼，後者應」是一例。「誰知林棲者，聞風坐相悅」是一例。「客有吹洞簫者」又是一例。戴望舒筆下的「躑躅者」，所以不妥，是三字均爲雙聲，讀來重濁刺耳，同時前文「暗黑的街頭的」偏偏又是頗爲新文藝腔的白話，文白相牴，很不和諧，不過這種毛病並非戴氏所獨有：「我是一個……者」的公式早已爲歐化新文學作家普遍接受了。在《冰心詩集》的後記裏，巴金就這麼說：「十幾年前我是冰心的作品的愛讀者。」其實在純正的中文裏，我們不說「我是一個……者」只說「我如何如何」。前論戴詩之拗句，只要改成：「暗黑的街頭，我常躑躅。」就可以把「者」字化解於無形了。

至於一般評論戴詩的人所謂反映現實之作，我認爲〈斷指〉、〈祭日〉、〈村姑〉、〈元日祝福〉、〈心願〉、〈等待之一〉、〈過舊居〉、〈示長女〉、〈口號〉等，或太歐化，或太抽象，或太陳舊，都不能算是好詩。〈等待之二〉較爲堅實有力，但也未到成功之境。最成熟最自然的兩首，是〈獄中題壁〉和〈我用殘損的手掌〉。可惜前者仍未能完全擺脫歐化，民族感也未能充分發揮；後者的語言頗有張力，節奏的起伏也頗能吻合詩情，但仍不是一篇眞正撼人的傑作。

抒情小品之中，〈煩憂〉和〈白蝴蝶〉，一空靈，一自然，都是完整無缺的雋品。但眞正富於中國情韻，語言又純厚天然的，是下面這兩首：

旅　思

故鄉蘆花開的時候，
旅人的鞋跟染著征泥，

黏住了鞋跟，黏住了心的征泥，
幾時經可愛的手拂拭？

棧石星飯的歲月，
驟山驟水的行程：
只有寂靜中的促織聲，
給旅人嘗一點家鄉的風味。

蕭紅墓畔口占

走六小時寂寞的長途，
到你頭邊放一束紅山茶，
我等待著，長夜漫漫，
你卻臥聽著海濤閒話。

這兩首小詩都有唐詩的興味，前面一首像律，後面一首像絕。尤其是後面的這首，初讀似無文采，再讀始見眞情，是唐人絕句的意境。這些都是小品，可見戴詩成就終是有限。

戴望舒在中國象徵詩派中的評價，比李金髮為高。何其芳、卞之琳的風格和他接近，但語言比他純淨。台灣現代詩的先驅人物，如覃子豪與紀弦，似乎都受過他一些影響。在新詩史上，戴望舒自有他一席地位，不過這地位並不很高。他的產量少，格局小，題材不廣，變化不多。他的詩，在深度和知性上，都嫌不足。他在感性上頗下功夫，但是往往迷於細節，耽於情調，未能逼近現實。他兼受古典與西洋的薰陶，卻未能充分消化，加以調和。他的語言病於歐化，未能發揮中文的力量。他的詩境，初則流留光景，囿於自己狹隘而感傷的世界，繼則面對抗戰的現實，未能充分開放自己，把握時代。如果戴望舒不逝於盛年，或許會有較高的成就。這當然只是一廂情願的假想，因為三十年代的名作家，一九四九年以後，在創作上皆難以為繼，更無再上層樓。在早期的新詩人中，戴望舒的成就介於一二流之間。用中國古典與西洋大詩人的標準來衡量，他最多只能列於二流。

——一九七五年十月

註一：見一九七五年元月台北《創世記》詩刊三十九期所刊李金髮訪問記：〈答瘂弦先生二十問〉。李氏在訪問記中說：「那時（李留法期間）不常讀到國內的作品，只偶然與周作人先生有書信往還，我兩本詩集亦多蒙他推荐給北新書局……至於我的詩是無可否認的象徵派作品，然起初只知是一種體裁，無所謂象徵派，後來國內的人通稱為象徵派，頹廢派，而今已垂五十年了。我無寧說我的詩為神祕派。我於一九二五年讀了很多意大利鄧南遮的詩集，亦覺其很有神祕氣息，國人更看不懂了。」

註二：見方旗詩集《端午》中〈新雛〉一詩。《端午》一九七二年出版於台北。

註三：港大與中大合出的《現代中國詩選》，於何其芳的作品竟不選此詩，反選了不如此詩的〈我想談說種種純潔的事情〉等篇，殊堪惋惜。

註四：可參閱狄瑾蓀〈冬日的下午〉一詩：There's Certain Slant of Light: by Emily Dickinson。

註五：見《戴望舒詩選》艾青之序。

聞一多的三首詩

在二十年代的中國文壇，聞一多是一位重要的詩人，除了創作之外，還提出了所謂格律詩的理論，影響頗為深遠。有些史家和論者，遂稱他為大詩人。其實聞一多距大詩人之境尚遠。首先，他的作品太少，前後十年的創作只留下《紅燭》和《死水》兩部詩集。相比之下，《死水》的主題當然較為現實，境界較為開闊，技巧也較為成熟，但是仔細分析起來，他的作品之中真正耐人咀嚼的，恐怕也不過〈洗衣歌〉，〈一句話〉，〈死水〉，〈也許〉等這麼幾首。其他的作品，尤其是早期的一些，都難稱為佳作。他的格律詩理論，太淺顯單純，用來糾正胡適，冰心等的散漫也許有效，但賴以開啓謹嚴而完整的詩體，則仍嫌不足。至其末流，所謂「建築的美」在新月派晚輩作者的筆下便往往淪為塡字與湊詞，亦即英文詩中的所謂 filler。在節奏方面，聞詩或自由而至於散淺，或整齊而陷於刻板，尙未把握到適度的彈性。

聞一多早期的詩中，頗多失敗之作。本質上，聞的筆鋒宜於歌激情，不宜於詠柔情。下面試舉三詩爲例，稍加評述。第一首是〈忘掉她〉：

忘掉她，像一朵忘掉的花
那朝霞在花瓣上
那花心的一縷香
忘掉她，像一朵忘掉的花

忘掉她，像一朵忘掉的花
像春風裏一齣夢
像夢裏的一聲鐘
忘掉她，像一朵忘掉的花

忘掉她，像一朵忘掉的花
聽蟋蟀唱得多好
看墓草長得多高
忘掉她，像一朵忘掉的花

忘掉她，像一朵忘掉的花
她已經忘記了你
她什麼都記不起
忘掉她，像一朵忘掉的花

忘掉她，像一朵忘掉的花
年華那朋友真好
她明天就教你老
忘掉她，像一朵忘掉的花

忘掉她，像一朵忘掉的花
如果是有人要問
就說沒有那個人
忘掉她，像一朵忘掉的花

忘掉她，像一朵忘掉的花
像春風裏一齣夢

像夢裏的一聲鐘
忘掉她，像一朵忘掉的花

這首詩的毛病，一是濫調，二是費辭。據說這首詩是哀悼作者的女兒，果眞如此，則除了朝霞的意象外，實在看不出來。就詩論詩，予人的印象毋寧更近於愛情。這且不去管它。只看詩中浮泛而陳舊的意象，就令人難以接受朱自清給〈紅燭〉的美評：「講究用比喻，又喜用別的詩人所用不到的典故，最爲繁麗。」我所說的「濫調」，除了意象之外，尚有音調。前面三段第三行末的「香」，「鐘」，「高」三字，和段末的「花」字，在國語裏均爲第一聲，毫無層次感。至於每段首尾的疊句，則重複過甚，全詩廿八行中竟占十四行，令人生厭，是爲費辭。如果刪去前六段的末行，使疊句的數目減爲八句，相信效果反而會好些。聞一多的這首〈忘掉她〉令人想起美國現代女詩人蒂絲黛兒（Sara Teasdale, 1884-1933）的一首抒情小品 Let It Be Forgotten 。下面是原詩和我的中譯：

Let It Be Forgotten

Let it be forgotten, as a flower is forgotten,
Forgotten as a fire that once was singeing gold.

Let it be forgotten for ever and ever,
Time is a kind friend, he will make us old.

If anyone asks, say it was forgotten
Long and long ago,
As a flower, as a fire, as a hushed footfall
In a long-forgotten snow.

忘掉它

忘掉它，像忘掉一朵花，
像忘掉煉過黃金的火燄，
忘掉它，永遠永遠。時間是良友，
他會使我們變成老年。

如果有人問起，就說已忘記，
在很早，很早的往昔，

像花，像火，像靜悄悄的足音
在早被遺忘的雪裏。

蒂絲黛兒生於一八八四年，長聞一多十五歲，聞的〈忘掉她〉摹仿蒂絲黛兒的〈忘掉它〉，甚至字句都雷同，是顯而易見的。蒂絲黛兒本來就不是怎麼傑出的詩人，這首〈忘掉它〉也只是一首柔美感傷的小詩，算不上什麼傑作。聞一多學她學得太露骨，沒有原作那簡潔含蓄的韻味。尤其是下面這兩行：

年華那朋友真好，
她明天就教你老；

有兩個毛病。女詩人把時間稱爲朋友，是「他」；聞一多詩中卻改爲「她」，本來也無不可，但是後面緊接而來的卻是「忘掉她」，兩個「她」連在一起，易生誤解。其次，女詩人說時間是一位仁慈的朋友，我們逐漸老去，便會把一切看淡，不再痛苦。聞一多卻說「她明天就教你老」，無乃太急太快，失之生硬。

徐志摩的情詩，眞能深婉的，並不多見。聞一多在這方面，更遜於徐。下面是聞的短詩〈國手〉：

愛人啊！你是個國手；
我們來下一盤棋；
我的目的不是要贏你，
但只求輸給你——
將我的靈和肉
輸得乾乾淨淨！

愛情原非軍事或政局，用鉤心鬥角的棋賽來比喻十分不宜，而除了這個意象之外，其他的句子都是散文的直陳，坦露無韻。下面的一首叫做〈愛之神〉，副題是「題畫」：

啊！這麼俊的一副眼睛——
兩潭淵默的清波！
可憐孱弱的游泳者喲！
我告訴你回頭就是岸了！

啊！那潭岸上的一帶榛藪，
好分明的黛眉啊！

那鼻子，金字塔式的小邱，
恐怕就是情人底塋墓罷？

那裏，不是兩扇朱扉嗎？
紅得像櫻桃一樣，
扉內還露著編貝底屏風。
這裏又不知安了什麼陷阱！

啊！莫非是綺甸之樂園？
還是美底家宅，愛底祭壇？
呸！不是，都不是哦！
是死魔盤據著的一座迷宮！

聞一多留美時，曾在芝加歌藝術學院習畫，這首詩既云「題畫」，可以想見畫中的愛神不外是維納斯之類。作者從愛神的眼眸，眉毛，鼻子，一直寫到紅唇和皓齒，強調的是愛的恐怖和危險，詩意失之於露，詩風則趨於九十年代的頹廢。意象的結構散漫而不調和。已經說鼻子是塋墓，卻又猜皓齒之內是樂園；而嘴唇既是「兩扇朱扉」，卻又「紅得像櫻桃」，門扉和櫻桃，一大一小，是難以聯想在一起的。意象頗爲歐化，但因愛神原本來自西方，倒無多大關係。只是「美底家宅，愛底祭壇」，很像 Home of Beauty, Altar of Love 的直譯，頗爲生硬。西方語文裏抽象名詞的所有格，中譯最難討好，因此這樣的「移植」最爲不智。文字方面，淺白而且散文化。第三段已經說紅唇是「那裏」，卻又說皓齒之內是「這裏」，遠近的關係可謂倒置。末段第三行用「啞」字開始，未免太粗濁了。至於愛情一定要用死亡的形象來表現，而又表現得這麼重拙，也是一種病態。試將此詩和鄭愁予的〈如霧起時〉作一比較：

我從海上來，帶回航海的二十二顆星。
你問我航海的事兒，我仰天笑了……
如霧起時，
敲叮叮的耳環在濃密的髮叢找航路；
用最細最細的噓息，吹開睫毛引燈塔的光。
赤道是一痕潤紅的線，你笑時不見。
子午線是一串暗藍的珍珠，
當你思念時即為時間的分隔而滴落。

我從海上來，你有海上的珍奇太多了……

迎人的編貝，嗔人的晚雲，

和使我不敢輕易近航的珊瑚的礁區。

當可發現兩詩的主題都是描述女性的面貌，但是鄭愁予對愛情的態度是信任的，喜悅的，洋溢著青春的氣息。他用航海意象來影射情人的臉龐和感情的變化，手法靈巧而貼切。他的文字流利無阻，驅遣白話和文言渾不費力，而口語的節奏尤爲天然。這一切，都不是聞一多及得上的。鄭愁予寫這首詩時，也只有二十一歲。鄭愁予是五十年代的代表詩人，從聞一多到鄭愁予，三十年間中國新詩的進步，是顯而易見的。

新詩的評價

——抽樣評郭沫若的詩

中國的新詩發展到今天，已有近六十年的歷史，其間名家雖多，眞正的大家卻極爲罕見。前三十年裏的十幾位名家，不是已夭亡，就是已封筆，大半已成爲歷史的陳跡。其中即使有三兩位偶然還發表「近作」，也往往只給人生硬或退步的感覺，要求層樓更上，恐怕是希望甚渺了。有一天，時尚的煙霧散去，主義的光芒減色，階級的定義改觀，早期新文學的名作之中，究竟還有幾篇能禁得起嚴格的分析而傳之久遠，誦於後人之口呢？

常有人問起，所謂新詩，有沒有定規可循。我的答覆是：沒有。新詩迄今只有半個世紀，創作不能算豐收，理論和批評更是欠缺，而古典詩的繼承與西洋詩的吸收尤不調和，加以六十年間，文學批評往往蔽於政治的主觀，因此，新詩本身尚未建立起一個新的傳統。也因此，要評定一首新詩的高下，往往不得不乞援於中國古典詩源遠流長的傳統，或是向影響新詩人很深的西洋詩去借鏡。等到新詩的創作漸豐，理論漸富，而批評也日漸犀利而公正，我們要評定一首新詩，就可以用已經公認的新詩傑作來充試金石了。如果新詩之中已出現幾篇傑作，摹狀音樂的境界可以追及〈琵琶行〉、〈聽穎師彈琴〉、〈李憑箜篌引〉，或是〈聽安萬善吹觱篥歌〉，則批評家面對同一主題的新詩近作時，就有了新的標準可資比較，無須事事借重古典的試金石或磅秤了。就目前的情形而論，新詩的批評家還沒有這種方便。

目前，頗有一些文學史家或評論家，喜歡抽刀斷水，用中國新文學本身的標準（假定眞有這麼一件事）來評估新文學作家的地位　這種絕緣的評價，恐是站不住腳的。說徐志摩、聞一多、郭沫若、朱湘等是二十年代的名詩人或重要詩人，是可以的；但說他們是什麼大詩人，卻有欠斟酌。要斷定一位作家有沒有名，比較簡單，但要斷定他是否大作家，就必須先有評價的標準，然後再加以嚴密的分析和廣泛的比較，否則那評價是空洞而草率的。

據我看來，上述二十年代的四位名詩人，都不足稱爲大詩人。我所謂的大詩人，是指屈原、陶潛、李白、杜甫的這一等級。據此標準，其中的郭沫若連一流的詩人也稱不上，更無論大詩人。郭氏飽讀古典詩，也略識西洋詩，我擬從他的詩裏提出兩首來，和性質相近的古典詩及西洋詩相互比較，分個高下。

上海的清晨

郭沫若

上海市上的清晨

還不曾被窒息的 gasoline 毒盡。
我赤著腳，蓬著頭，叉著我的兩手，
在馬路旁的樹蔭下傲慢地行走，
赴工的男女工人們分外和我相親。

兄弟們哟，我們路是定了！
坐汽車的富兒們在中道驅馳，
伸手求食的乞兒們在路旁徙倚。
我們把伸著的手互相緊握吧！
我們的赤腳可以登山，可以下田，
自然的道路可以任隨我們走遍！
富兒們的汽車只能在馬路上面盤旋。

馬路上，面的不是水門汀，
面的是勞苦人的血汗與生命！
血慘慘的生命呀，血慘慘的生命，
在富兒們的汽輪下……滾，滾，滾……

兄弟們喲，我相信：
就在這靜安寺路的馬路中央，
終會有劇烈的火山爆噴！

茅屋為秋風所破歌

杜　甫

八月秋高風怒號，卷我屋上三重茅，茅飛渡江灑江郊。高者挂罥長林梢，下者飄轉沉塘坳。南邨群童欺我老無力，忍能對面為盜賊？公然抱茅入竹去，脣焦口燥呼不得，歸來倚杖自歎息。俄頃風定雲墨色，秋天漠漠向昏黑。布衾多年冷似鐵，嬌兒惡臥踏裏裂。床頭屋漏無乾處，雨腳如麻未斷絕。自經喪亂少睡眠，長夜霑濕何由徹！安得廣廈千萬間，大庇天下寒士俱歡顏，風雨不動安如山！嗚呼何時眼前突兀見此屋，吾廬獨破受凍死亦足！

〈上海的清晨〉作於一九二三年，指控社會的不平，鼓吹階級的意識，是所謂普羅文學的作品。〈茅屋爲秋風所破歌〉大約作於七六一年，其中也有生活之苦，不平之鳴，是所謂社會寫實的作品。郭詩指控的是貧富不均，杜詩慨歎的是欺老劫貧冷漠無情的社會，但欺他劫他的「南村群童」，本身想必也不是郭詩中所謂的「富兒們」。在社會意識上，兩詩都有所同情，甚至認同，也就是說，都有點所謂「階級性」。郭沫若認同的，是「赴工的男女工人們」他稱他們為「兄弟們」；杜甫認同的則是普天下之「寒士」。換句話說，杜甫的意識跳不出「知識分子的小圈子」，郭沫若卻認同無產階級，走群眾路線，意識上似乎「革命」得多。

可是眞正感動我們的，是杜詩，不是郭詩。杜詩感動我們，因爲詩中的世界是眞實的：怒號的秋風是眞實的，漏雨的茅屋是眞實的，公然爲盜的群童、踏被惡臥的嬌兒、終宵無寐的詩人，都是呼之欲出如在眼前的。郭詩不感動我們，因爲那裏面沒有一個充實而逼眞的世界，詩中的工人和富兒只是浮光掠影，面目模糊，並無生命。儘管詩人一再對工人呼兄喚弟，並強調「赴工的男女工人們分外和我相親」，他卻無法用形貌、言詞，或行動去描繪他們，賦給他們生命，而讀者也很難體會詩人究竟如何與工人「分外相親」。詩人再三保證說：「我們的赤腳可以登山，可以下田，自然的道路可以任隨我們走遍」，讀者卻知道這只是空洞的諾言，詩人會不會眞正這麼做，還有問題。

兩詩結尾時都有一個願望：郭詩希望的大概是暴動或革命，杜詩希望的，則是廣廈萬間以庇天下之寒士。郭詩裏的暴動，詩人是否準備參加，並沒有明確的承擔。杜詩裏的奇蹟，卻是詩人願意「吾廬獨破受凍死」以求的，杜甫的承擔十分肯定。總而言之，郭詩是從觀念出發，並無生活經驗可以印證，所以寫來模糊而破碎，生硬而勉強，不能感人；杜詩是從經驗出發，有他自己的生活可以印證，所以寫來眞實而自然。郭沫若一廂情願，以工人的兄弟自居，但對於工人的世界並無把握；杜甫發願要大庇天下寒士，因爲他自己就是一介寒士，至於怎麼寒法，詩中已有生動的描繪。杜詩篇末的宏願，乃推己而及人，他認同的「群衆」，是以個人的切身體驗爲基礎的。

在〈評戴望舒的詩〉一文中，我寫過這麼一段話：「詩人的態度要眞正有所轉變，並不容易，因爲『知道了』並不就等於『覺得了』。知性的轉變如果缺乏感性來充分配合，支持，那轉變就不眞實、不徹底，只是一個空洞的觀念吧。所謂『生活態度』，細加分析，『態度』只是知性，『生活』才是感性。許多所謂『健康寫實』的作品，只有『態度』，沒有『生活』，終不免淪爲半生不熟的宣傳品。」前述的郭詩便是一例。

純以詩藝而言，〈上海的清晨〉也是不高明的。此詩句法拖沓，散漫，頗爲散文化。郭詩常好嵌用外文，此地也不能免。「中道驅馳」和「路旁徙倚」不但陷於陳舊的對仗，而且出現在這麼一首「普羅」的作品裏，不嫌太文謅謅，太「封建」了一點麼？末段「血慘慘的生命呀，血慘慘的生命」等句，更不能免於郭詩濫用感歎的惡習。至於詩末的預言，就郭的意圖而言，該是高潮拔起情緒激昂的一結，但收尾的動詞卻是「爆噴」。「噴」字韻屬柔緩的上平十三元，無論用國語或是郭的四川鄉音來讀，都是如此，音不從義，是爲浮筆。

〈茅屋爲秋風所破歌〉的韻律，不但能充分表現詩中的感情，而且能銖兩悉稱曲達情緒的轉變。以用韻爲例，開篇的五句用先寬後收嘹亮而迤長的下平三肴爲韻，以配合秋高風勁之勢。「南村群童」到「秋天漠漠」七句，改韻十三職；「布衾多年」到「長夜霑濕」六句押九屑；均爲峭急偪仄的入聲韻，和詩人「脣焦口燥」之狀輾轉反側之情緊密呼應。「安得廣廈」到「風雨不動」三句，爲一突變，詩人想像飛迸，詩境豁然開朗，由人之現實躍入揚眉吐氣之理想，韻腳也從入聲解脫出來，舒展爲開闊平坦的上平十五刪。結尾的兩句，呼籲之中更表示犧牲自我以成全普天下寒士蹇儒的決心，情緒由適才的舒坦又轉入急迫，韻也由上平回到入聲，一放一收，極有控制。結尾的兩句，由於「嗚，呼，突，兀，屋，吾，廬，獨，足」等字如呼如哭的相疊效果，和前句末五字「突兀見此屋」，後句末七字「獨破受凍死亦足」串聯不斷的仄聲，節奏上又快又窄又急，技已入神。相形之下，郭詩可謂漫不經心。詩，是詩人最可靠的測謊器。從觀念出發而未經生活浸漬的作品，即使在聲調上，也會洩漏內心的空洞。

下面再以另一首郭詩和西洋的名詩相比：

晨安

一

晨安！常動不息的大海呀！
晨安！明迷恍惚的旭光呀！
晨安！詩一樣湧著的白雲呀！

晨安！平勻明直的絲雨呀！詩語呀！
晨安！情熱一樣燃著的海山呀！
晨安！梳人靈魂的晨風呀！
晨安呀！你請把我的聲音傳到四方去吧！

二

晨安！我年青的祖國呀！
晨安！我新生的同胞呀！
晨安！我浩蕩蕩的南方的揚子江呀！
晨安！我凍結著的北方的黃河呀！
黃河呀！我望你胸中的冰塊早早融化呀！
晨安！萬里長城呀！
啊啊！雪的曠野呀！
啊啊！我所畏敬的俄羅斯呀！
晨安！我所畏敬的 Pioneer 呀！

三

晨安！雪的帕米爾呀！
晨安！雪的喜瑪拉雅呀！
晨安！Bengal 的泰戈爾翁呀！
晨安！自然學園裏的學友呀！
晨安！恆河呀！恆河裏面流瀉著的靈光呀！
晨安！印度洋呀！紅海呀！蘇彝士的運河呀！
晨安！尼羅河畔的金字塔呀！
啊啊！你早就幻想飛行的達・芬奇呀！
晨安！你坐在萬神前面的「沉思者」呀！
晨安！半工半讀團的學友們呀！
晨安！比利時呀！比利時的遺民呀！
晨安！愛爾蘭呀！愛爾蘭的詩人呀！
啊啊！大西洋呀！

四

晨安！大西洋呀！
晨安！大西洋畔的新大陸呀！

晨安！華盛頓的墓呀！林肯的墓呀！惠特曼的墓啊！
啊啊！惠特曼呀！惠特曼呀！太平洋一樣的惠特曼呀！
啊啊！太平洋呀！
晨安！太平洋呀！太平洋上的諸島呀！太平洋上的扶桑呀！
扶桑呀！扶桑呀！還在夢裏裹著的扶桑呀！
醒呀！Mésamé 呀！
快來享受這千載一時的晨光呀！

You, Andrew Marvell

by Archibald Mac Leish

And here face down beneath the sun
And here upon earth s noonward height
To feel the always coming on
The always rising of the night

To feel creep up the curving east

The earthy chill of dusk and slow
Upon those under lands the vast
And ever climbing shadow grow

And strange at Ecbatan the trees
Take leaf by leaf the evening strange
The flooding dark about their knees
The mountains over Persia change

And now at Kermanshah the gate
Dark empty and the withered grass
And through the twilight now the late
Few travelers in the westward pass

And Baghdad darken and the bridge
Across the silent river gone
And through Arabia the edge

Of evening widen and steal on

And deepen on Palmyra's street
The wheel rut in the ruined stone
And Lebanon fade out and Crete
High through the clouds and overblown

And over Sicily the air
Still flashing with the landward gulls
And loom and slowly disappear
The sails above the shadowy hulls

And Spain go under and the shore
Of Africa the gilded sand
And evening vanish and no more
The low pale light across that land

Nor now the long light on the sea
And here face downward in the sun
To feel how swift how secretly
The shadow of the night comes on...

英文詩的作者麥克里希（Archibald MacLeish, 1892-1982）是美國著名的現代詩人；這首〈你，安諸・馬爾服〉是他最好的短詩之一。我把上面兩首詩相比，因爲雙方有許多相似之處。第一，兩位詩人年歲相同，均生於一八九二年。第二，兩首詩的寫作時間很接近，郭詩寫於一九二〇，麥詩寫於一九三〇年。第三，兩詩均用了許多地名，手法也均爲「枚舉式」或「巡遊式」，有一種「覽相觀於四極兮，周流乎天余乃下」的氣勢。第四，這種雲遊列國的巡行，在兩詩中都是自東而西，合乎地球自轉的現象。不同的是，郭詩的「場景」自東而西，是由於旭日之升，麥詩如此，是由於暮色之來。

表面的比較到此爲止，其實兩詩的用心大不相同。郭沫若寫〈晨安〉時，正在日本留學，也就是說，正在詩中的扶桑。扶桑神木，日所出也，在日本而寫旭日之升，朝暾之美，固所宜也。郭詩從日本出發，歷亞非歐美而回到日本，一路向各國的風土人物歡道晨安，最後是回到他客居的東瀛，呼醒日本來「享受這千載一時的晨光」。

這首〈晨安〉比前引的那首〈上海的清晨〉當然寫得好些，但仍不能算是一篇佳作。郭沫若早期的詩刻意摹仿美國十九世紀大詩人惠特曼，但惠特曼的汪洋渾涵並未得窺堂奧，只學到一點恣縱和浮泛的皮毛。「晨安」一詩學惠特曼不成，主要有兩個毛病。其一是濫用感歎詞和驚歎號，三十多行，一「呀！」到底，加上某些詩行句的「啊啊！」及「醒呀！」等等，一共用了六十五個感歎詞和八十八個驚歎號，給讀者的印象，是浮囂、幼稚，而不是生動。古典詩固然也有「噫吁戲危乎高哉」與「嗟爾遠道之人，胡為乎來哉」之句，但都是在感情高昂之時才偶一迸發，並不像郭詩那樣通篇咿唔，成為機械化的感歎。其二是郭詩在襲用「枚舉法」時，於細目之選擇與安排，往往只是興至漫舉，紛然雜陳，並列得不夠妥貼，不夠嚴肅。例如在第三段裏，自東而西，世界的文明古國，舉印度、埃及，而不及希臘，至於歐洲之文物，時而舉一藝術大師，時而舉一雕刻名作，時而舉遺民，時而舉詩人，更顯得頗為凌亂。新大陸一段，向三個墓呼喚晨安也不妥，因為墓的自然象徵應是夕陽而非晨曦。終篇時又回到日本，但放過現成的神話不加利用，和中國的血緣也未予點醒，至於晨光朝朝皆有，而謂之「千載一時」，也不妥。

通觀全詩，雖云樂觀而輕快，也許算是表現了一點世界公民的味道，卻未能發掘什麼深刻的主題，把握一些永恆的價值。〈你，安諸・馬爾服〉在這方面就深得多。讓我分三點解析這首詩。首先是詩題。安諸・馬爾服（Andrew Marvell, 1621-1678）原是十七世紀英國玄學派詩人，他的名作〈贈含羞之情人〉中有這麼兩行：

But at my back I always hear
Time's winged chariot hurrying near.
（但是啊在背後我時時驚聞
時間的飛車迫近的馳聲。）

歲月不居，人生苦短，古今之感歎相同。這兩行詩曾經艾略特和漢明威等現代作家引入自己的作品。麥克里希用安諸・馬爾服的名字做詩題，熟知英詩的讀者自然會聯想到這兩行詩。

其次，麥克里希用地球東轉暮色西侵的運動，來暗示光陰潛移，永不停息。詩中依次出現的地名——艾克巴坦、克爾曼沙（均爲米地亞古城，在今伊朗西部），巴格達，阿拉伯，巴爾邁拉（在今敘利亞中部），黎巴嫩，克里特，西西里，西班牙，非洲——由中東逐漸西移，表面上寫的是落日的西墜，其實是影射古代的文化，從巴比倫、希臘、羅馬等一直到晚近的西班牙，一朝接一朝，一代接一代，興亡相替，都在西風殘照之中成了敗垣頹壁。「事去千年猶恨速」，帝國興亡，不過如日之方中忽暮。麥克里希是美國詩人，在首段和末段說的正是美國。他說中東、南歐、北非之古國都已陸沉，成了第二段所謂的 those under lands，美國則日之方中，猶似二十世紀之羅馬帝國。詩人身在美國，正伏在草地上晒中午的太陽，卻深感冥冥之中夜色正吞噬地中海，橫跨大西洋，慢慢向美國襲來。夜色，正是敗亡的象徵。然則美國之爲現代強國，夜色出來時，不亦將隨巴比倫、希臘、羅馬以俱去乎？

麥克里希寫這首詩，一面是慨歎古來霸業之不久，一面是有以警惕美國同胞，用意很深。

最後，値得指出的是，麥詩雖亦分段，但通篇不加標點，各段的節奏亦皆均勻平穩，正可配合陰影西侵持續不斷的進程，實爲技巧上神來之筆。比之郭詩的浮與露，麥詩自然，深潛而含蓄，意在言外，耐人尋味得多。郭氏當然也不無三兩佳作，但能達到「鳳凰涅槃」那個水準的，畢竟罕見。但他認眞寫詩的時間很短，及至晚年，才盡之餘，更屢屢寫詩諛頌權貴，成爲獨裁者之淸客弄臣，而使繆思掩面嘆息。我用古典詩和西洋詩做試金石來試新詩之堅度，雖以郭沫若之詩爲例，但此法當可施於一切新詩而同然。取法乎上，始能自拔於下境。新詩人要求進步，砥礪的對象不能限於新詩。新詩的批評家和史家，也不能把評估的眼光囿於近六十年。我國的新詩上承古典，旁採西洋，必爲兼究兩者，新詩的來龍去脈和成敗得失，才有一個通盤的認識。

——一九七六年十一月十一日

論朱自清的散文

一九四八年，五十一歲的朱自清以猶盛的中年病逝於北平大醫院，火葬於廣濟寺。當時正值大變局的前夕，朱氏摯友俞平伯日後遭遇的種種，朱氏幸而得免。他遺下的詩，散文，論評，共爲二十六冊，約一百九十萬字。朱自清是五四以來重要的學者兼作家，他的批評兼論古典文學和新文學，他的詩並傳新舊兩體，但家喻戶曉，享譽始終不衰的，卻是他的散文。三十年來，〈背影〉，〈荷塘月色〉一類的散文，已經成爲中學國文課本的必選之作，朱自清三個字，已經成爲白話散文的代名詞了。近在今年五月號的《幼獅文藝》上，王灝先生發表〈風格之誕生與生命的承諾〉一文，更述稱朱自清的散文爲「清靈澹遠」。朱自清眞是新文學的散文大師嗎？

朱自清最有名的幾篇散文該是〈背影〉、〈荷塘月色〉、〈匆匆〉、〈春〉、〈溫州的蹤跡〉、〈槳聲燈影裏的秦淮河〉。我們不妨就這幾篇代表作，來討探朱文的高下。

楊振聲在〈朱自清先生與現代散文〉一文裏，曾有這樣的評語：「他文如其人，風華從樸素出來，幽默從忠厚出來，腴厚從平淡出來。」郁達夫在《新文學大系》的〈現代散文導論〉中說：「朱自清雖則是一個詩人，可是他的散文仍能夠貯滿著那一種詩意，文學研究會的散文作家中，除冰心外，文章之美，要算他了。」

樸素，忠厚，平淡，可以說是朱自清散文的本色，但是風華，幽默，腴厚的一面似乎並不平衡。朱文的風格，論腴厚也許有七八分，論風華不見得怎麼突出，至於幽默，則更非他的特色。我認爲朱文的心境溫厚，節奏舒緩，文字清淡，絕少瑰麗，熾熱，悲壯，奇拔的境界，所以咀嚼之餘，總有一點中年人的味道。至於郁達夫的評語，尤其是前面的半句，恐怕還是加在徐志摩的身上，比較恰當。早在二十年代初期，朱自清雖也發表過不少新詩，一九二三年發表的長詩〈毀滅〉雖也引起文壇的注意，可是長詩也好，小詩也好，半世紀後看來，沒有一首稱得上佳作。像下面的這首小詩〈細雨〉：

> 東風裏
> 掠過我臉邊，
> 星呀星的細雨，
> 是春天的絨毛呢。

已經算是較佳的作品了。至於像〈別後〉的前五行：

我和你分手以後，
的確有了長進了！
大杯的喝酒，
整匣的抽煙，
這都是從前沒有的。

不但太散文化，即以散文視之，也是平庸乏味的。相對而言，朱自清的散文裏，倒有某些段落，比他的詩更富有詩意。也許我們應該倒過來，說朱自清本質上是散文家，他的詩是出於散文之筆。這情形，和徐志摩正好相反。

我說朱自清本質上是散文家，也就是說，在詩和散文之間，朱的性格與風格近於散文。一般說來，詩主感性，散文主知性，詩重頓悟，散文重理解，詩用暗示與象徵，散文用直陳與明說，詩多比興，散文多賦體，詩往往因小見大，以簡馭繁，故濃縮，散文往往有頭有尾，一五一十，因果關係交代得明明白白，故龐雜。

東風不與周郎便
銅雀春深鎖二喬

這當然是詩句。裏面儘管也有因果，但因字面並無明顯交代，而知性的理路又已化成了感性的形象，所以仍然是詩。如果把因果交代清楚：

假使東風不與周郎方便
銅雀春深就要鎖二喬了

句法上已經像散文，但意境仍然像詩。如果更進一步，把形象也還原為理念：

假使當年周瑜兵敗於赤壁
東吳既亡，大喬小喬
就要被擄去銅雀台了

那就純然淪為散文了。我說朱自清本質上是散文家，當然不是說朱自清沒有詩的一面，只是說他的文筆理路清晰，因果關係往往交代得過分明白，略欠詩的含蓄與餘韻。且以〈溫州的蹤跡〉第三篇〈白水漈〉為例：

幾個朋友伴我遊白水漈。

這也是個瀑布；但是太薄了，又太細了。有時閃著些許的白光；等你定睛看去，卻又沒有——只賸一片飛煙而已。從前有所謂「霧縠」，大概就是這樣了。所以如此，全由於岩石中間突然空了一段；水到那裏，無可憑依，凌虛飛下，便扯得又薄又細了。當那空處，最是奇蹟。白光嬗為飛煙，已是影子；有時卻連影子也不見。有時微風過來，用纖手挽著那影子，它便嫋嫋的成了一個軟弧；但她的手才鬆，它又像橡皮帶兒似的，立刻伏伏貼貼的縮回來了。我所以猜疑，或者另有雙不可知的巧手，要將這些影子織成一個幻網——微風想奪了她的，她怎麼肯呢？

幻網裏也許織著誘惑；我的依戀便是個老大的證據。

這是朱自清有名的〈白水漈〉。這一段擬人格的寫景文字，該是朱自清最好的美文，至少比那篇浪得盛名的〈荷塘月色〉高出許多。僅以文字而言，可謂圓熟流利，句法自然，節奏爽口，虛字也都用得妥貼得體，並無朱文常有的那種「南人北腔」的生硬之感。瑕疵仍然不免。「瀑布」而以「個」爲單位，未免太抽象太隨便。「扯得又薄又細」一句，「扯」字用得太粗太重，和上下文的典雅不相稱。「橡皮帶兒」的明喻也嫌俗氣。這些都是小疵，但更大的，甚至是致命的毛病，卻在交代過分清楚，太認眞了，破壞了直覺的美感。最後的一句：「幻網裏也許織著誘惑；我的依戀便是個老大的證據」，畫蛇添足，是一大敗筆。寫景的美文，而要求證因果關係，已經有點「實心眼兒」，何況還是個「老大的證據」，就太殺風景了。不過這句話還有一層毛病：如果說在求證的過程中，「誘惑」是因，「依戀」是果，何以「也許」之因竟產生「老大的證據」之果呢？照後半句的肯定語氣看來，前半句應該是「幻網裏定是織著誘惑」才對。

交代太清楚，分析太切實，在論文裏是美德，在美文，小品文，抒情散文裏，卻是有礙想像分散感性經驗的壞習慣。試看〈荷塘月色〉的第三段：

路上只我一個人，背著手踱著。這一片天地好像是我的；我也像超出了平常的自己，到了另一世界裏。我愛熱鬧，也愛冷靜；愛群居，也愛獨處。像今晚上，一個人在這蒼茫的月下，什麼都可以想，什麼都可以不想，便覺是個自由的人。白天裏一定要做的事，一定要說的話，現在都可不理。這是獨處的妙處；我且受用這無邊的荷香月色好了。

這一段無論在文字上或思想上，都平庸無趣。裏面的道理，一般中學生都說得出來，而排比的句法，刻板的節奏，更顯得交代太明、轉折太露，一無可取。刪去這一段，於〈荷塘月色〉並無損失。朱自清忠厚而拘謹的個性，在爲人和教學方面固然是一個優點，但在抒情散文裏，過分落實，卻有礙想像之飛躍、情感之激昂，「放不開」。朱文的譬喻雖多，卻未見如何出色。且以溢美過甚的〈荷塘月色〉爲例，看看朱文如何用喻：

（一）葉子出水很高，像亭亭的舞女的裙。
（二）層層的葉子中間，零星地點綴著些白花……正如一粒粒的明珠，又如碧空裏的星星，又如剛出浴的美人。
（三）微風過處，送來縷縷清香，彷彿遠處高樓上渺茫的歌聲似的。
（四）這時候葉子與花也有一絲的顫動，像閃電般，霎時傳過荷塘的那邊去了。
（五）葉子本是肩並肩密密地挨著，這便宛然有了一道凝碧的波痕。
（六）月光如流水一般，靜靜地瀉在這一片葉子和花上。
（七）葉子和花彷彿在牛乳中洗過一樣；又像籠著輕紗的夢。
（八）叢生的灌木，落下參差的斑駁的黑影，峭楞楞如鬼一般。
（九）光與影有著和諧的旋律，如梵婀玲上奏著的名曲。
（十）樹色一例是陰陰的，乍看像一團煙霧。
（十一）樹縫裏也漏著一兩點燈光，沒精打彩的，是渴睡人的眼。

十一句中一共用了十四個譬喻，對一篇千把字的小品文說來，用喻不可謂之不密。細讀之餘，當可發現這些譬喻大半浮泛，輕易，陰柔，在想像上都不出色。也許第三句的譬喻較有韻味，第八句的能夠寓美於醜，算是小小的例外吧。第九句用小提琴所奏的西洋名曲來喻極富中國韻味的荷塘月色，很不恰當。十四個譬喻之中，竟有十三個是明喻，要用「像」、

「如」、「彷彿」、「宛然」之類的字眼來點明「喻體」和「喻依」的關係。在想像文學之中，明喻不一定不如隱喻，可是隱喻的手法畢竟要曲折，含蓄一些。朱文之淺白，這也是一個原因。唯一的例外是以睡眼狀燈光的隱喻，但是並不精警，不美。

朱自清散文裏的意象，除了好用明喻而趨於淺顯外，還有一個特點，便是好用女性意象。前引〈荷塘月色〉的一、二兩句裏，便有兩個這樣的例子。這樣的女性意象實在不高明，往往還有反作用，會引起庸俗的聯想。「舞女的裙」一類的意象對今日讀者的想像，恐怕只有負效果了吧。「美人出浴」的意象尤其糟，簡直令人聯想到月份牌、廣告畫之類的俗艷場面；至於說白蓮又像明珠，又像星，又像出浴的美人，則不但一物三喻，形象太雜，焦點不準，而且三種形象都太俗濫，得來似太輕易。用喻草率，又不能發揮主題的含意，這樣的譬喻只是一種裝飾而已。朱氏另一篇小品〈春〉的末段有這麼一句：「春天像小姑娘，花枝招展的，笑著，走著。」這句話的文字不但膚淺、浮泛，裏面的明喻也不貼切。一般說來，小姑娘是樸素天真的，不宜狀為「花枝招展」。〈溫州的蹤跡〉第二篇〈綠〉裏，有更多的女性意象。像〈荷塘月色〉一樣，這篇小品美文也用了許多譬喻，十四個明喻裏，至少有下面這些女性意象：

她鬆鬆地皺纈著，像少婦拖著的裙幅；她輕輕地擺弄著，像跳動的初戀的處女的心；她滑滑地明亮著，像塗了「明油」一般，有雞蛋清那樣軟，那樣嫩，令人想著所曾觸過的最嫩的皮膚……那醉人的綠呀！我若能裁你以為帶，我將贈給那輕盈的舞女；她必能臨風飄舉了。我若能挹你以為眼，我將贈給那善歌的盲妹；她必明眸善睞了。我捨不得你；我怎捨得你呢？我用手拍著你，撫摩著你，如同一個十二三歲的小姑娘。我又掬你入口，便是吻著她了。

類似的譬喻在〈槳聲燈影裏的秦淮河〉中也有不少：

那晚月兒已瘦削了兩三分。她晚妝才罷，盈盈地上了柳梢頭……岸上原有三株兩株的垂楊樹，那柔細的枝條浴著月光，就像一支支美人的臂膊，交互的纏著，挽著；又像是月兒披著的髮。而月兒也偶然從它們的交叉處偷偷窺看我們，大有小姑娘怕羞的樣子……電燈的光射到水上，蜿蜒曲折，閃閃不息，正如跳舞著的仙女的臂膊。

小姑娘、處女、舞女、歌姝、少婦、美人、仙女……朱自清一寫到風景，這些淺俗輕率的女性形象必然出現筆底，來裝飾他的想像世界；而這些「意戀」（我不好意思說「意淫」，朱氏也沒有那麼大膽）的對象，不是出浴，便是起舞，總是那幾個公式化的動作，令人厭倦。朱氏的田園意象大半是女性的、軟性的，他的譬喻大半是明喻，一五一十，明來明去，交代得過分負責：「甲如此，乙如彼，丙髣髴什麼什麼似的，而丁呢，又好像這般這般一樣。」這種程度的技巧，節奏能慢不能快，描寫則靜態多於動態。朱自清的寫景文，常是一幅工筆畫。

這種膚淺而天眞的「女性擬人格」筆法，在二十年代中國作家之間曾經流行一時，甚至到七十年代的台灣和香港，也還有一些後知後覺的作者在效顰。這一類作者幻想這就是抒情寫景的美文，其實只成了半生不熟的童話。那時的散文如此，詩也不免：冰心、劉大白、俞平伯、康白情、汪靜之等步泰戈爾後塵的詩文，都有這種「裝小」的味道。早期新文學有異於五十年代以來的現代文學，這也是一大原因。前者愛裝小，作品近於做作的童話童詩，後者的心態近於成人，不再那麼滿足於「卡通文藝」了。在意象上，也可以說是視覺經驗上，早期的新文學是軟性的，愛用女性的擬人格來形容田園景色；現代文學最忌諱的正是這種軟性，女性的田園風格，純情路線。七十年代的台灣和香港，工業化已經頗爲普遍，一位眞正的現代作家，在視覺經驗上，不該只見楊柳而不見起重機。到了七十年代，一位讀者如果仍然沉迷於冰心與朱自清的世界，就意味著他的心態仍停留在農業時代，以爲只有田園經驗才是美的，所以始終不能接受工業時代。這種讀者的「美感胃納」，只能吸收軟的和甜的東西，但現代文學的口味卻是兼容酸甜鹹辣的。現代詩人鄭愁予，在一般讀者的心目中似乎是「純情」的，其實他的詩頗具知性、繁複性，和工業意象。〈夜歌〉的首段：

這時，我們的港是靜了

高架起重機的長鼻指著天
恰似匹匹採食的巨象
而滿天欲墜的星斗如果實

便以一個工業意象爲中心。讀者也許要說：「這一段的兩個譬喻不也是明喻嗎？何以就比朱自清高明？」不錯，鄭愁予用的也只是明喻，但是那兩個明喻卻是從第二行的隱喻引申而來的，同時，兩個明喻既非擬人，更非女性，不但新鮮生動，而且富於亞熱帶勃發的生機，很能就地（港爲基隆）取材。

朱自清的散文，有一個矛盾而有趣的現象：一方面好用女性的意象，另一方面又擺不脫自己拘謹而清苦的身分。每一位作家在自己的作品裏都扮演一個角色，或演志士，或演浪子，或演隱者，或演情人，所謂風格，其實也就是「藝術人格」，而「藝術人格」愈飽滿，對讀者的吸引力也愈大。一般認爲風格即人格，我不盡信此說。我認爲作家在作品中表現的風格（亦即我所謂的「藝術人格」），往往是他眞正人格的誇大、修飾、昇華，甚至是補償。無論如何，「藝術人格」應是實際人格的理想化：瑣碎的變成完整，不足的變成充分，隱晦的變成鮮明。讀者最嚮往的「藝術人格」，應是飽滿而充足的；作家充滿自信，讀者才會相信。且以〈赤壁賦〉爲例。在前賦之中，蘇子與客縱論人生，以水月爲喻，詮釋生命的變即是常，說服了他的朋友。在後賦之中，蘇軾能夠「攝衣而上，履巉巖，披蒙茸，踞虎豹，登虯龍，攀栖鶻之危巢，俯馮夷之幽宮，蓋二客不能從焉。」兩賦之中，蘇軾不是扮演智者，便是扮演勇者，豪放而倜儻的個性攝住了讀者的心神，使讀者無可抗拒地跟著他走。假如在前賦裏，是客說服了蘇軾，而後賦裏是二客一路攀危登高，而蘇軾「不能從焉」，也就是說，假使作者扮演的角色由智勇變成疑怯，「藝術人格」一變，讀者仰慕追隨的心情也必定蕩然無存。

朱自清在散文裏自塑的形象，是一位平凡的丈夫和拘謹的教師。這種風格在現實生活裏也許很好，但出現在「藝術人格」裏卻不見得動人。〈荷塘月色〉的第一段，作者把自己的身分和賞月的場合交代得一清二楚；最後的一句半是：「妻在屋裏拍著閏兒，迷迷糊糊地哼著眠歌。我悄悄地披了大衫，帶上門出去。」全文的最後一句則是：「這樣想著，猛一抬頭，不覺已是自己的門前；輕輕地推門進去，什麼聲息也沒有，妻已睡熟好久了。」這一起一結，給讀者的鮮明印象是：作者是一個丈夫、父親。這位丈夫賞月不帶太太，提到太太的時候也不稱她名字，只用一個家常便飯的「妻」字。這樣的開場和結尾，既無破空而來之喜，又乏好處收筆之姿，未免太「柴米油鹽」了一點。此外，本文的末段，從「采蓮是江南的舊俗，似乎很早就有，而六朝時爲盛」到「於是又記起西洲曲裏的句子：采蓮南塘秋，蓮花過人頭；低頭弄蓮子，蓮子清如水」爲止，約占全文五分之一的篇幅，都是引經據典，仍然不脫國文教員五步一註十步一解的趣味。這種趣味宜於治學，但在一篇小品美文中並不適宜。

〈槳聲燈影裏的秦淮河〉一文的後半段，描寫作者在河上遇到遊唱的歌妓，向他和俞平伯兜攬生意，一時窘得兩位老夫子「踧踖不安」，欲就還推，終於還是調頭搖手拒絕了人家。當時的情形一定很尷尬。其實古典文人面對此情此景可從容應付，不學李白「載妓隨波任去留」，也可效白居易之既賞琵琶，復哀舊妓，既反映社會，復感歎人生。若是新派作家，就更放得下了，要麼就坦然點唱，要麼就一笑而去，也何至手足無措，進退失據？但在「槳」文裏，歌妓的七板子去後，朱自清就和俞平伯正正經經討論起自己錯綜複雜的矛盾心理來了。一討論就是一千字：一面覺得狎妓不道德，一面又覺得不聽歌不甘心，最後又覺得即使停船聽歌，也不能算是狎妓，而拒絕了這些歌妓，又怕「使她們的希望受了傷」。朱自清說：

一個平常的人像我的，誰願憑了理性之力去醜化未來呢？我寧願自己騙著了。不過我的社會感性是很敏銳的；我的思力能拆穿道德律的西洋鏡，而我的感情卻終於被它壓服著。我於是有所顧忌了，尤其是在眾目昭彰的時候。道德律的力，本來是民眾賦予的；在民眾的面前，自然更顯出它的威嚴了。

這種冗長而繁瑣的分析，說理枯燥，文字累贅，插在寫景抒情的美文裏，總覺得理勝於情，頗為生硬。〈前赤壁賦〉雖也在遊河的寫景美文裏縱談哲理，卻出於生動而現成的譬喻；逝水圓月，正是眼前情景，信手拈來，何等自然，而文字之美，音調之妙，說理之圓融輕盈，更是今人所難企及。浦江清在《朱自清先生傳略》中盛譽〈槳〉文為「白話美術文的模範」。王瑤在〈朱自清先生的詩和散文〉中說此文「正是像魯迅先生說的漂亮縝密的寫法，盡了對舊文學示威的任務的。」兩說都失之誇張，也可見新文學一般的論者所見多淺，又多麼容易滿足。就憑〈槳聲燈影裏的秦淮河〉與〈荷塘月色〉一類的散文，能向〈赤壁賦〉、〈醉翁亭記〉、〈歸去來辭〉等古文傑作「示威」嗎？

前面戲稱朱、俞二位做「老夫子」，其實是不對的。〈槳〉文發表時，朱自清不過二十六歲；〈荷〉文發表時，也只得三十歲。由於作者自塑的家長加師長的形象，這些散文給人的印象，卻似乎出於中年人的筆下。然而一路讀下去，「少年老成」或「中年沉潛」的調子卻又不能貫徹始終。例如在〈槳〉文裏，作者剛謝絕了歌舫，論完了道德，在歸航途中，不知不覺又陷入了女性意象裏去了：「右岸的河房裏，都大開了窗戶，裏面亮著晃晃的電燈，電燈的光射到水上，蜿蜒曲折，閃閃不息，正如跳舞著的仙女的臂膊。我們的船已在她的臂膊裏了。」在〈荷〉文裏，作者把妻留在家裏，一人出戶賞月，但心中浮現的形象卻盡是亭亭的舞女、出浴的美人。在〈綠〉文裏，作者面對瀑布，也滿心是少婦和處女的影子，而最露骨的表現是「我用手拍著你，撫摩著你，如同一個十二三歲的小姑娘。我又掬你入口，便是吻著她了。我送你一個名字，我從此叫你『女兒綠』，好麼？」用異性的聯想來影射風景，有時失卻控制，甚至流於「意淫」，但在二十年代的新文學裏，似乎是頗為時髦的筆法。這種筆法，在中國古典和西方文學裏是罕見的。也許在朱自清當時算是一大「解放」，一小「突破」，今日讀來，卻嫌它庸俗而膚淺，令人有點難為情。朱自清散文的滑稽與矛盾就在這裏：滿紙取喻不是舞女便是歌妹，一旦面臨實際的歌妓，卻又手足無措；足見衆多女性的意象，不是機械化的美感反應，便是壓抑了的慾望之浮現。

朱文的另一瑕疵便是傷感濫情（sentimentalism），這當然也只是早期新文學病態之一例。當時的詩文常愛濫發感歎，〈綠〉裏就有這樣的句子：「那醉人的綠呀！彷彿一張極大極大的荷葉鋪著，滿是奇異的綠呀。我想張開兩臂抱住她；但這是怎樣一個妄想呀。」其後尚有許多呢呢呀呀的句子，恕我不能全錄。〈背影〉一文久有散文佳作之譽，其實不無瑕疵，其一便是失之傷感。短短千把字的小品裏，作者便流了四次眼淚，也未免太多了一點。時至今日，一個二十歲的大男孩是不是還要父親這麼照顧，而面臨離別，是不是這麼容易流淚，我很懷疑。我認為，今日的少年應該多讀一點堅毅豪壯的作品，不必再三誦讀這麼哀傷的文章。

最後我想談朱自清的文字。大致說來，他的文字樸實清暢，不尙矜持，譽者已多，無須贅述，但是缺點亦復不少，敗筆在所難免。朱自清在白話文的創作上是一位純粹論者，他主張「在寫白話文的時候，對於說話，不得不作一番洗鍊工夫……渣滓洗去了，鍊得比平常說話精粹了，然而還是說話（這就是說，一些字眼還是口頭的字眼，一些語調還是口頭的語調，不然，寫下來就不成其為白話文了）；依據這種說話寫下來的，才是理想的白話文。」這是朱氏在《精讀指導舉隅》一書中評論〈我所知道的康橋〉時所發的一番議論（註一）。

接下去朱氏又說：「如果白話文裏有了非白話的（就是口頭沒有這樣說法的）成分，這就體例說是不純粹，就效果說，將引起讀者念與聽的時候的不快之感……白話文裏用入文言的字眼，實在是不很適當的足以減少效果的辦法……在初期的白話文差不多都有；因爲一般作者文言的教養素深，而又沒有要寫純粹的白話文的自覺。但是，理想的白話文是純粹的，現在與將來的白話文的寫作是要把寫得純粹作目標的。」最後，朱氏稍稍讓步，說文言要入白話文，須以「引用原文」爲條件；例如在「從前董仲舒有句話說道：『正其義不謀其利，明其道不計其功』」一句之中，董仲舒的原文是引用，所以是「合法」的。

這種白話文的純粹觀，直到今日，仍爲不少散文作家所崇奉，可是我要指出，這種純粹觀以筆就口，口所不出，筆亦不容，實在是劃地爲牢，大大削弱了新散文的力量。文言的優點，例如對仗的勻稱、平仄的和諧、詞藻的豐美、句法的精鍊，都被放逐在白話文外，也就難怪某些「純粹白話」的作品，句法有多累贅、詞藻有多寒傖、節奏有多單調乏味了。十四年前，在〈鳳・鴉・鶉〉一文裏，我就說過，如果認定文言已死，白話萬能，則「囀」、「吠」、「唳」、「呦」、「嘶」等字眼一概放逐，只能說「鳥叫」、「狗叫」、「鶴叫」、「鹿叫」、「馬叫」，豈不單調死人？

早期新文學的幼稚膚淺，有一部分是來自語言，來自張口見喉虛字連篇的「大白話」。文學革命把「之乎者也」革掉了，卻引來了大量的「的了著哩」。這些新文藝腔的虛字，如果恰如其分，出現在話劇和小說的對話裏，當然是生動自如的，但是學者和作家意猶未盡，不但在所有作品裏大量使用，甚至在論文裏也一再濫施，遂令原應簡潔的文章，淪爲浪費唇舌的嘰哩咕嚕。朱自清、葉紹鈞等純粹論者還嫌這不夠，認爲「現在與將來的白話文」應該更求純粹。他們所謂的純粹，便是筆下向口頭儘量看齊。其實，白話文可以分成兩類，一類是拿來朗誦或宣讀用的，那當然不妨儘量口語化，另一類是拿來閱讀的，那就不必擔心是否能夠立刻入於耳而會於心。散文創作屬於第二類，實在不應受制於純粹論。

朱自清在白話文上既信奉純粹論，他的散文便往往流於淺白、累贅，有時還有點歐化傾向，甚至文白夾雜。試看下面的幾個例子：

（一）有些新的詞彙新的語式得給予時間讓它們或教它們上口。這些新的詞彙和語式，給予了充足的時間，自然就會上口；可是如果加以誦讀教學的幫助，需要的時間會少些。（〈誦讀教學與「文學的國語」〉）

（二）我所以張皇失措而覺著恐怖者，因為那驕傲我的，踐踏我的，不是別人，只是一個十來歲的「白種的」孩子！（〈白種人——上帝之驕子〉）

（三）橋磚是深褐色，表明它的歷史的長久。（〈槳聲燈影裏的秦淮河〉）

（四）我的心立刻放下，如釋了重負一般。（同右）

（五）大中橋外，本來還有一座復成橋，是船夫口中的我們的遊蹤盡處。（同右）

（六）彎彎的楊柳的稀疏的倩影（〈荷塘月色〉）

這些例句全有毛病。例一的句法歐化而夾纏：兩個「它們」，兩個「給予時間」，都是可怕的歐化；後面那句「加以某某的幫助」也有點生硬。例二的「所以……而……者」原是文言句法，插入口語的「覺著」，乃淪爲文白夾雜，聲調也很刺耳。其實「者」字是多餘的。例三用抽象名詞「長久」做「表明」的受詞，乃歐化文法。「他昨天不來，令我不快」是中文；「他昨天的不來，引起了我的不快」便是歐化。例三原可寫成「橋磚深褐色，顯示悠久的歷史」，或者「橋磚深褐，顯然歷史已久」。例四前後重複，後半硬把四字成語攞薄、拉長，反爲不美。例五的後半段，歐化得十分混雜，毛病很大。兩個形容片語和句末名詞之間，關係交代不清；船還沒到的地方，就說是「遊蹤」，也有語病。如果改爲「船夫原說遊到那邊爲止」或者「船夫說，那是我們遊河的盡頭」，就順利易懂了。例六之病一目了然：一路亂「的」下去，誰形容誰，也看不清。一連串三、四個形容詞，漫無秩序地堆在一個名詞上面，句法僵硬，節奏刻板，是早期新文學造句的一大毛病。福羅貝爾所云：「形容詞乃名詞之死敵」，値得一切作家仔細玩味。除了三、五位眞有自覺的高手之外，絕大部分的作家都不免這種缺陷。朱自清也欠缺這種自覺。

於是槳聲汩——汩，我們開始領略那晃蕩著薔薇色的歷史的秦淮河的滋味了。

這正是〈槳聲燈影裏的秦淮河〉首段的末句。仔細分析，才發現朱自清和兪平伯領略的「滋味」是「秦淮河的滋味」，而秦淮河正晃蕩著一樣東西，那便是「歷史」，什麼樣的「歷史」呢？「薔薇色的歷史」。這眞是莫須有的繁瑣，自討苦吃。但是這樣的句子，不但繁瑣，恐怕還有點曖昧，因爲它可能不止一種讀法。我們可以讀成：我們開始領略那「晃蕩著薔薇色的歷史」的「秦淮河」的「滋味」了。也可以讀成：我們開始領略那「晃蕩著薔薇色」的「歷史的秦淮河」的「滋味」了。總之是繁瑣而不曲折，很是困人。

我與父親不相見已二年餘了。

〈背影〉開篇第一句就不穩妥。以父親爲主題，但開篇就先說「我」，至少在潛意識上有「奪主」之嫌。「我與父親不相見」，不但「平視」父親，而且「文」得不必要。「二年餘」也太文、太啞。朱自清倡導的純粹白話，在此至少是一敗筆。換了今日的散文家，大概會寫成：

不見父親已經兩年多了。

不但洗淨了文白夾雜，而且化解了西洋語法所賴的主詞，「我」，句子更像中文，語氣也不那麼僭越了。典型的中文句子，主詞如果是「我」，往往省去了，反而顯得渾無形跡，靈活而乾淨。

牀前明月光，
疑是地上霜：
舉頭望明月，
低頭思故鄉。

用新文學歐化句法來寫，大概會變成：

牀前明月的光啊，
我疑是地上的霜呢！
我舉頭望著那明月，
我低頭想著故鄉哩！

這樣子的歐化在朱文中常可見到。請看〈槳〉文的最後幾句：

黑暗重複落在我們面前，我們看見傍岸的空船上一星兩星的，枯燥無力又搖搖不定的燈光。我們的夢醒了，我們知道就要上岸了；我們心裏充滿了幻滅的情思。

短短兩句話裏，竟連用了五個「我們」，多用代名詞，正是歐化的現象。讀者如有興趣，不妨去數一數〈槳〉文裏究竟有多少「我們」和「它們」。前引這兩句話裏，第二句實在平凡無力：用這麼抽象的自白句結束一篇抒情散文，可謂餘韻盡失，拙於收筆。第一句中，「我們看見傍岸的空船上一星兩星的，枯燥無力又搖搖不定的燈光」，是一個「前飾句」：動詞「看見」和受詞「燈光」之間，夾了「傍岸的空船上（的）」，「一星兩星的」，「枯燥無力（的）」，「搖搖不定的」四個形容詞；因爲所有的形容詞都放在名詞前面，我稱之爲「前飾句」。早期的新文學作家裏，至少有一半陷在冗長繁瑣的「前飾句」中，不能自拔。朱自清的情形還不嚴重。如果上述之句改成「我們看見傍岸的空船上一星兩星的燈光，枯燥無力，搖搖不定」，則「前飾的」（pre-descriptive）形容詞裏至少有兩個因換位而變質，成了「後飾的」（post-descriptive）形容詞了。中文句法負擔不起太多的前飾形容詞，古文裏多是後飾句，絕少前飾句。《史記》的句子：

廣為人長，猿臂，其善射亦天性也。

到了新文學早期作家筆下，很可能變成一個冗長的前飾句：

李廣是一個高個子的臂長如猿的天生善於射箭的英雄。

典型的中文句法，原很鬆動、自由，富於彈性，一旦歐化成爲前飾句，就變得僵硬，死板、公式化了。散文如此，詩更嚴重。在新詩人中，論中文的蹩腳、句法的累贅，很少人比得上艾青。他的詩句幾乎全是前飾句；類似下例的句子，在他的詩裏俯拾皆是：

我呆呆地看簷頭的寫著我不認得的「天倫敘樂」的匾，
我摸著新換上的衣服的絲的和貝殼的鈕扣，
我看著母親懷裏的不熟識的妹妹，
我坐著油漆過的安了火缽的坑凳，
我吃著碾了三番的白米的飯，（註二）

朱自清在〈誦讀教學〉一文裏說：「歐化是中國現代文化的一般動向，寫作的歐化是跟一般文化配合著的。歐化自然難免有時候過分，但是這八九年來在寫作方面的歐化似乎已經能夠適可而止了。」他對於中文的歐化，似乎樂觀而姑息。以他在文壇的地位而有這種論調，是不幸的。在另一篇文章裏（註三），他似乎還支持魯迅的歐化主張，說魯迅「贊成語言的歐化而反對劉半農先生『歸眞反樸』的主張。他說歐化文法侵入中國白話的大原因不是好奇，乃是必要。要話說得精密，固有的白話不夠用，就只得採取些外國的句法。這些句法比較難懂，不像茶泡飯似的可以一口吞下去，但補償這缺點的是精密。」魯迅的論調可以說以偏概全，似是而非。歐化得來的那一點「精密」的幻覺，能否補償隨之而來的累贅與繁瑣，大有問題；而所謂「精密」是否眞是精密，也尚待討論。就算歐化果能帶來精密，這種精密究竟應該限於論述文，或是也宜於抒情文，仍須愼加考慮。同時，所謂歐化也有善性惡性之分。「善性歐化」在高手筆下，或許能增加中文的彈性，但是「惡性歐化」是必然會損害中文的。「善性歐化」是歐而化之，「惡性歐化」是歐而不化。這層利害關係，早期新文學作家，包括朱自清，都很少仔細分辨。到了艾青，「惡性歐化」之病已經很深。

「秦淮河裏的船，比北京萬生園，頤和園的船好，比西湖的船好，比揚州瘦西湖的船也好。」這種流水賬的句法，是淺白散漫，不是什麼腴厚不腴厚。船在「河裏」，也有語病，平常是說「河上」的。就憑了這樣的句子，〈槳聲燈影裏的秦淮河〉能稱爲「白語美術文的模範」嗎？就憑這這樣的一、二十篇散文，朱自清能稱爲散文大家嗎？我的評斷是否定的。只能說，朱自清是二十年代一位優秀的散文家：他的風格溫厚、誠懇、沉靜，這一點看來容易，許多作家卻難以達到。他的觀察頗爲精細，宜於靜態的描述，可是想像不夠充沛，所以寫景之文近於工筆，欠缺開闔呑吐之勢。他的節奏慢、調門平、情緒穩，境界是和風細雨，不是蘇海韓潮。他的章法有條不紊，堪稱紮實，可是大致平起平落，順序發展，很少採用逆序和旁敲側擊柳暗花明的手法。他的句法變化少，有時嫌太俚俗繁瑣，且帶點歐化。他的譬喻過分明顯，形象的取材過分狹隘，至於感性，則仍停留在農業時代，太軟太舊。他的創作歲月，無論寫詩或是散文，都很短暫，產量不豐，變化不多。

用古文大家的水準和分量來衡量，朱自清還夠不上大師。置於近三十年來新一代散文家之列，他的背影也已經不高大了，在散文藝術的各方面，都有新秀跨越了前賢。朱自清仍是一位重要的作家。可是作家的重要性原有「歷史的」和「藝術的」兩種。例如胡適之於新文學，重要性大半是歷史的開創，不是藝術的成就。朱自清的藝術成就當然高些，但事過境遷，他的歷史意義已經重於藝術價值了。他的神龕，無論多高多低，都應該設在二、三十年代，且留在那裏。今日的文壇上，仍有不少新文學的老信徒，數十年如一日那樣在追著他的背影，那眞是認廟不認神了。一般人對文學的興趣，原來也只是逛逛廟，至於神靈不靈，就不想追究了。

——一九七七年六月廿四日

註一：一說為葉紹鈞之論，唯香港中學之中國文學課本置於朱自清名下。《精讀指導舉隅》與《略讀指導舉隅》等書，是朱、葉合著，故難分彼此。不過兩人在白話文的純粹觀上，大體是一致的，評葉即所以評朱。

註二：摘自艾青的長詩〈大堰河——我的褓姆〉。艾青之詩毛病甚多，當另文專論之。

註三：〈魯迅先生的中國語文觀〉：見《朱自清文集》六三七頁。

第四輯

廬山面目縱橫看

——評叢樹版英譯《中國文學選集》

中國古典文學的英譯，從翟理斯的《中國文學史》到現在，已經有半個世紀的歷史，論質論量，可說都不理想。文化背景迥異，語言結構不同，中國古典作品的英譯，先天上已經難關重重，不易討好。像「感時花濺淚，恨別鳥驚心」這樣的詩句，文法曖昧，歧義四出，難有定解，當然難有定譯。可是也有不少英譯，所以令人遺憾，並非天意難迴，而是人力未盡。說得簡單一點，就是譯者的中文程度不夠，而又不肯查書或問人。至於師心自用，臆測妄猜，竟爾輕下譯筆的，也大有人在。因此英譯的水準極爲懸殊。最理想的譯法，應該是中外的學者作家兩相合作，中國人的中文理解力配上英美人英文的表達力，當可無往不利。龐德要是請梁啓超做翻譯顧問，該有多好。問題在於兩人如何交談。

加州大學東方語文系主任白芝主編的《中國文學選集》（註一），自從一九六五年出版以來，曾經美國多家大學採用，影響頗大。我在美國講授中國古典文學，也用它做課本，不是因爲它有多好，而是因爲別無可用之書。這本選集雖是新書，選的譯文卻新舊參半。課文是新是舊，原無所謂，只是水準高低參差，其尤下者，謬誤既多，文字亦欠佳。我對整部《中國文學選集》的評價是：瑜中多瑕，愼予選用。

在編輯的體例和作品的選擇上，本書大致尚稱穩妥。比例失調之處仍復不少。以詩而言，《詩經》入選三十三篇，樂府則全然未選。編者把魏晉南北朝三百年稱爲「分裂時期」，另成一章，大詩人曹植之詩一篇未選，詩僧寒山的作品卻收了二十四首。寒山的詩先後經過魏里、史耐德（Gary Snyder）、華茲生（Burton Watson）三人的譯介，頗合嬉皮口味，在英美甚爲流行。儘管如此，一部中國古典選集，有寒山而無曹植，是說不過去的。據說梁實秋先生正用中文寫一部英國文學史。如果他在書中大談王爾德，而於史賓塞一字不提，那樣的英國文學史，能令人接受嗎？同時，寒山明明是唐貞觀時的高僧，不置於唐，竟置於魏晉南北朝，且使前有鮑照（公元五世紀），後有陸機（公元三世紀），也是令人難以接受的事。

唐詩的安排也不很令人滿意。例如李賀，在《唐詩三百首》裏竟無一首，固然不對，在這部《中國文學選集》裏李賀一口氣選了六首，而孟浩然、韋應物、杜牧竟未列名，顯然也是輕重倒置。孟、韋以淡遠取勝，自然不如穠麗的李賀，李商隱易爲外國讀者欣賞。宋詞選得也很偏。大詞家如周邦彥、辛棄疾、姜夔等一首都沒有，但二、三流的角色如鹿虔扆、閻選、毛熙震等，卻都入選。薛昭蘊也入選，但是誤譯爲謝昭蘊（Hsieh Chao-yün）。宋詩之盛，只選了一位范成大。陸游之名，既不見於宋詩，也不見於宋詞，可謂怪事。

以上是編排毛病的部分例證，也許編者會自圓其說，說現成的佳譯難求，免不了掛一漏萬。其實現成的佳譯雖然不多，也不如編者想像的那麼罕見，只要他肯虛心求賢，廣爲蒐輯，這部《中國文學選集》的譯文水準，當會更高。本書譯文出於二十三人之手，其中只有五位是中國人，且皆旅居海外。台灣和香港兩地，邃於漢學的英譯高手大有人在，盡成遺珠，未免可惜。

入選的英美譯者凡十八位。其中如格瑞安（A. C. Graham）、霍克司（David Hawkes）、海濤爾（J. R. Hightower）、賴道德（J. K. Rideout）及華茲生等，都是此中高人，即有小疵，也不掩大瑜。霍克司譯的《離騷》，華茲生譯的《李將軍列傳》，信實、流暢，整潔而有文采，堪稱此道典範，比起漢學英譯大家魏里來，可謂進一大步。最顯赫的名字當然是龐德。論創作，他是大詩人，連艾略特也以師兄相視。論漢詩英譯，他的可讀性自然很高，可靠性卻很低。《詩經》古拙天然的風味，一到龐德筆下，伸之縮之，扭且曲之，都成了意象派自由體仿古的調調兒，只能算是一位西方大詩人面對《詩經》，感發興起的摹擬之作吧，拿來當作信實的翻譯，無論如何是不稱職的。茲以小雅〈何草不黃〉爲例：

何草不黃？
何日不行？

何人不將，
經營四方？

何草不玄？
何人不矜？
哀我征夫，
獨為匪民。

匪兕匪虎，
率彼曠野。
哀我征夫，
朝夕不暇。

有芃者狐，
率彼幽草；
有棧之車，
行彼周道。

Yellow, withered all flowers, no day without its march ,
Who is not altered?
Web of agenda over the whole four coigns.

Black dead the flowers,
No man unpitiable.
Woe to the levies,
Are we not human?

Rhinos and tigers might do it, drag it out
Over these desolate fields, over the sun-baked waste.

Woe to the levies,
Morning and evening no rest.
Fox hath his fur, he hath shelter in valley grass,
Going the Chou Road, our wagons our hearses, we pass.

龐德的英譯，無論在形式上或意義上，都很不忠實。原文句法整齊，韻律鏗鏘；譯文每段行數不一，句法長短出入很大，除末二行以外，全不押韻，至於中間稍頓的四言節奏，當然更看不出來。譯文第一行在原文裏明明是兩句，如果在 flowers 後面就轉行，可謂輕而易舉，硬要拉得那麼長，毫無道理。譯文第二段四行均短，短得只剩五、六個音節，比起第一行的十二個音節來，簡直不成比例。《詩經》的句法短而整齊，偶有變化，也不會遠離四言的基調。龐德身爲中世紀文學的行家，豈有不知民歌原則之理？試看英國古代抒情歌謠和敘事歌謠，哪一首不是長短適中、句法平衡，便於歌者換氣？

　　龐德的譯文是從日譯轉手，走樣在所難免（註二），可是文義的誤解實在太多了。「草」譯爲「花」已經不妥，「將」譯爲 altered（改變）出入更大。「經營四方」譯成 web of agenda over the whole four coigns 也嫌做作。南北爲經，東西爲營；直行爲經，周行爲營。「經營」無非四方往來奔走之意，龐德顯然誤解，以爲縱橫織布，經緯相交，所以說成「事繁如織，網牽四隅」。「不矜」是不生病的意思，譯成 unpitiable 也不妥當。譯文第三段前兩行，當作創作也不算好句，當作翻譯謬誤更多，might do it 和 over the sun-baked waste 全係添足之舉。「幽草」譯成「谷中之草」，不對。「周道」乃大道之意，誤爲「周代之道路」。「有棧之車」竟變成「我們的貨車（有如）柩車」，更不應該。總之，龐德英譯《詩經》有點英雄欺人，只能視同擬古之作。

　　高明的譯者偶爾也難免失手，情有可原。例如海濤爾譯的〈報任少卿書〉，其中有「同子參乘，袁絲變色」一句，英譯 When T'ung-tzu shared the emperor's chariot, Yüan Ssu blushed。此地的「同子」並非人名，而是「同名之人」的意思。司馬遷之父爲司馬談，而與漢文帝同車的宦官叫趙談，所以諱稱「同子」。因此應該譯作 my father's namesake 或逕譯 Chao T'an 以便西方讀者。同時，「變色」也不可譯成「臉紅」。

陶潛〈責子詩〉中的兩句：「阿宣行志學，而不愛文術」，在艾克爾（William Acker）的譯文裏成爲 Ah-hsuan tries his best to learn ／ But does not really love the arts 。「行志學」是「快要十五歲了」的意思，典出論語「吾十有五，而志於學」。艾克爾沒有看出來，乃譯作「努力學習」了。同樣地，把「悠然見南山」譯作 And gaze afar towards the southern mountains，也未能傳神。原來是無意間瞥見南山，竟而看出了神，在譯文中成爲有意眺望，詩味大減。至於「塵網」譯作 dusty net，也欠妥。英文 dust 有死亡之意，和中文的「塵網」、「塵世」、「塵寰」等等適爲相反，易招誤解。

格瑞安譯的前後〈赤壁賦〉，大體上說來，文筆清雅，堪稱力譯。毛病不是沒有。例如「望美人兮天一方」句之「美人」，只譯 the girl，未免太坦俗。「餘音嫋嫋，不絕如縷，舞幽壑之潛蛟，泣孤舟之嫠婦」諸句的英譯是 the wavering resonance lingered, a thread of sound which did not snap off, till the dragons underwater danced in the black depths, and a widow wept in our lonely boat，文學作品裏發生的事情，有虛有實，虛者實之，實者虛之，高妙的境界往往就在虛實之間。此地的蛟舞婦泣是虛擬，正如前文的馮虛御風，羽化登仙是假想的一樣。

後文不用「如」、「似」之類的字眼標示出來，譯者遂將潛蛟幽舞嫠婦孤泣當作眞事處理，這就是想像坐實之病，常爲西方譯者所犯。其實僅僅坐實，也不爲大病，可是格瑞安把「泣孤舟之嫠婦」譯成「一位寡婦在我們的孤舟上哭了起來」，卻是大錯。譯者把想像之中的孤舟和東坡與客共泛之舟，也就是前文所謂的「一葦」，混爲一談，因而把嫠婦也搬到東坡先生的船上去了。試想蘇子與客泛舟，帶一位寡婦幹什麼？幾個男人和一位寡婦「相與枕藉乎舟中」，在北宋時代可能嗎？

「方其破荊州，下江陵，順流而東也」譯爲 At the time when he smote Ching-chou and came eastwards with the current down from Chiang-ling，也錯了。此地的「下」字就是「破」、「陷」的意思，正如《史記》所說：「吾攻趙，旦暮且下。」譯文的意思卻成了「從江陵順流東下」了。至於「固一世之雄也，而今安在哉？況吾與子漁樵於江渚之上，侶魚蝦而友麋鹿」一段，則被譯者誤解爲「固一世之雄也，而今安在哉？況吾與子？漁樵於江渚之上……」（…… truly he was the hero of his age, but where is he now? And what are you and I compared with him? Fishermen and woodcutters on the river's isle ……）我國的古文講究的就是神完氣暢，東坡行雲流水的文筆，絕對不會此地來一個急煞車的短句「況吾與子」。此地的「漁樵」，正如後文的「侶」、「友」、「駕」、「舉」等字眼，全是承接「吾與子」而來的一連串動詞。格瑞安把「況吾與子」和下文一切兩斷，乃使後面的一大段，從「漁樵於江渚之上」一直到「託遺響於悲風」，陷於群龍無首之境。

英美學者譯中國文學，好處是踏實，不輕易放過片言隻字，缺點往往也就在這裏，由於字字著力，反而拘於字面，錯呢不能算錯，可惜死心眼兒。例如「天地之間，物各有主」一句，譯成 each thing between heaven and earth has its owner，就未免太「直譯」了。「相與枕藉乎舟中」譯成 we leaned pillowed back to back in the middle of the boat，也很不妥。「舟中」其實只是「船裏」的意思，不必說成「舟之中央」，因爲「一葦」之舟也無所謂中央不中央了。同樣地，「相與枕藉」也無非是說「橫七豎八地靠在一塊兒睡」，不必那麼字字拘泥，譯成「背靠背地相倚相枕」。〈後赤壁賦〉中的句子：「曾日月之幾何，而江山不可復識矣」格瑞安譯成 even after so few months and days river and mountains were no longer recognisable，也是太泥於字面。「江山」直譯，倒也罷了，「日月」也直譯卻很彆扭。前後〈赤壁賦〉相去不過三月，所以「曾日月之幾何」譯成 even after a few months 便可，不必直譯作「才過了短短幾個月和幾天」。中文裏的「日月」一詞，用在「日月如梭」、「日就月將」、「日積月累」等等成語裏，等於「時間」的代詞，絕無「幾天幾月」的意思，正如「歲月」一詞也只是泛指光陰，不能動輒譯爲 years and months 吧。

「適有孤鶴，橫江東來」一句，譯作 Just then a single crane came from the east across the river，是對的。孤鶴來自東岸，「掠予舟而西也」，甚合情理。有一本《古文觀止》把「橫江東來」語譯成「橫江朝東邊飛來」，恐怕是錯了（註三）。可是格瑞安把「掠予舟而西也」譯成 it dived at our boat and flew on westwards，則又不妥，因爲 dive 是「俯衝」，不是

「掠」。

綜而觀之，格瑞安譯的前後〈赤壁賦〉，文筆不惡，成績可觀。這樣高妙的神品，對翻譯的能手實在是一大考驗。細讀前後二賦，當可發現由於季節變化，江山改觀，作者的心境亦前後相異。表現在作品風格上的，是前賦句法舒緩，韻律開朗，造境空靈，後賦句法緊促，韻律低抑，造境怪異，有超現實意味。表現在哲理上的，是前賦曠達，後賦悲悵。前賦才夷然說過：「自其不變者而觀之，則物與我皆無盡也，而又何羨乎？」後賦竟又喟歎：「曾日月之幾何，而江山不可復識矣！」這豈不是前賦所說的「自其變者而觀之」嗎？兩賦破題都平實無奇，但結句都是神來之筆，餘韻不絕。畢竟心情不同，所以前篇一結天下大白，始於夜遊，終於曉寤，而後篇一結惘然自失，始於夜而終於夜，始於不識江山而終於不見其處。另一對照則表現在敘事的角度上：前賦敘事是用第三人稱，後賦則用第一人稱。前者感覺較爲悠遠從容，所以主客可以相對清談，後者逼近而切身，所以動作多而對話少。不過中文句法常常省去主詞，因此前賦表面上雖以蘇子爲第三人稱，但是遇到像「舉酒屬客」之類的「無頭句」，還是有點第一人稱的感覺。中文曖昧得可愛，就在這裏。李白的〈贈汪倫〉也是這樣：

李白乘舟將欲行　忽聞岸上踏歌聲
桃花潭水深千尺　不及汪倫送我情

起句逕用李白之名，似乎這是第三人稱的客觀敘事，結句感情升到高潮，竟急轉直下，變成第一人稱的主觀抒情。這種人稱的轉換，在英詩之中似乎從未一見。〈前赤壁賦〉裏的蘇子，在格瑞安的譯文裏一律改爲第一人稱，因此在感覺上和〈後赤壁賦〉並不能形成對照。同樣地，我在前面列舉前後兩賦的種種對比，在英譯裏都難以表現出來。例如後賦「履巉巖，披蒙茸，踞虎豹，登虬龍」四句，結構相同，給人一種快速跳鏡的動感。格瑞安的譯文是 Treading on the steep rocks, parting the dense thickets, I squatted on stones shaped like tigers and leopards, climbed twisted pines like undulating dragons.。英譯已經很好，但是四個動詞主客異勢，分量不像中文裏那麼平衡。主詞「我」更爲中文所無。同時中文的「虎豹」與「虬龍」是虛象實用，妙處全在似幻似眞之間，英譯作「蹲在形如虎豹的石上，爬上形如蟠龍的曲松」，表裏虛實判然，味道當然大減。事實上，中文語法最大的特質，對稱與平衡，一到英文裏面，往往無法保存。例如「清風徐來，水波不興」在格瑞安的英譯裏就成了 A cool wind blew gently, without starting a ripple，確是佳譯，但是後一句成了前一句的附庸，不再對等了。這當然不能怪譯者，實際上再高明的譯者往往也爲之束手。我這麼說，只是想指出，中英文的語法在先天上常常鑿枘難合，不是在意義上，而是在風格上，這眞是莫可奈何的事。

賓納（Witter Bynner）的翻譯尚稱流暢，但不夠精細，每有謬誤。例如在〈長恨歌〉裏，他就把「六宮粉黛無顏色」譯成 And the powder and paint of the Six Palaces faded into nothing，這也是犯了譯字而不譯詞的通病。同樣地，「九重城闕煙塵生」譯成 The Forbidden City, the nine-tiered palace loomed in the dust……也太拘泥了。帝閽重重深閉，九重不過極言甚多，譯成「九疊宮殿」，令人誤解是樓高九層。「宛轉蛾眉馬前死」譯作（The men of the army stopped, not one of them would stir）／Till under their horses, hoofs they might trample those eye-brows，也很不妥。此地「馬前」不過是指明皇車駕，亦即後文所謂「龍馭」，充其量是說當著兵士之面死去（事實上是縊殺佛堂之內），斷斷不可譯成「馬踐蛾眉」。同時貴妃在這句詩裏是眞的死了，在譯文裏卻是六軍要她死。「宛轉」極言臨縊掙扎之苦，是很傳神的字眼，譯文根本未譯。稍後的「雲棧縈紆登劍閣。峨嵋山下少人行」原來是不相聯貫的兩句，譯文卻成爲

> At the cleft of the Dagger-Tower Trail they crisscrossed through a cloud-line
> Under O-mei Mountain. The last few came.

這是大錯，譯者把「峨嵋山下少人行」斷爲兩句，把前面的一半強行併進文義既不相屬地理更不相接的「雲棧縈紆登劍閣」裏去，直譯回來，成爲

> 在劍閣小徑的隘口他們曲折走過

峨嵋山下的雲索。殿後的少數人馬也到了。

白居易把幸蜀行旅寫到峨嵋山下，已經太遠，賓納錯得更加嚴重。賓納譯了這麼多唐詩，應該知道中國古典詩句絕少像英詩那樣跨行，更無行中斷句之理。此外，「少人行」也譯走了樣。「聖主朝朝暮暮情」譯爲 So changeless was his majesty's love and deeper than the days 也不恰當。所謂「朝朝暮暮情」，除了日夕思念之外，還有宋玉朝雲暮雨的聯想，譯文只有情久益深之意，失之籠統。「椒房阿監青娥老」中的青娥是指宮女，譯者誤爲清淡的眉毛，竟譯成 And the eunuchs thin-eyebrowed in her Court of Pepper-Trees（「椒房宮中的太監眉毛都老稀了」）。

「臨邛道士鴻都客，能以精誠致魂魄，爲感君王展轉思，遂教方士殷勤覓」四句，在賓納的英譯中是：

At Ling-ch'un lived a Taoist priest who was a guest of heaven,
Able to summon spirits by his concentrated mind.
And people were so moved by the Emperor's constant brooding
That they besought the Taoist priest to see if he could find her.

此地的 people 如作「人民」解（譯文中顯然如此），就大錯特錯。安史劫餘，黎民自哀之不暇，哪有閒情去管明皇的愛情？中國詩裏省去主詞的「無頭句」，再度令譯者猜測爲難。我認爲此地「爲感」與「遂教」兩句的主詞可能有兩解：其一是兩句主詞不同，即道士感於君王之誠，君王遂教道士尋覓。其二是兩句主詞一致，即道士爲感君王之誠，於是爲君王殷勤尋覓，「遂教」可作「使得」解，意思正如「遂令天下父母心」句之「遂令」；或謂明皇左右侍臣爲感君主之誠，乃命道士殷勤尋覓。中國古典英譯之難，往往不在有形的詞句，而在無形的文法：省去的部分，譯者必須善加揣摩，才能妥爲塡補。後面的一句「蓬萊宮中日月長」，賓納譯爲 And moons and dawns had become long in Fairy-Mountain Palace，直譯的情形和格瑞安的 even after so few months and days（曾日月之幾何）很相似。我在前文已經指出，「日月」只是「時間」的代用詞。在英文修辭學裏，這種手法叫做換喻（metonymy），例如以皇冠喻帝王，以鹽或焦油喻水手都是。中文裏的鬚眉、紅顏、心腹、骨肉、肝膽、耳目、手足等等也屬於這一類。這些代用語全是英譯的難題，因爲在中國人的感覺裏，習用太久，它們已經成爲近乎抽象的名詞，可是對於西方的讀者，它們仍是非常鮮活的形象，「具體性」很高，要但取其意而遺其形，實在很難。這也是中國人和西方人從事中國古典英譯的一大差別：遇到「日月」，中國人大概只譯其意（time）西方人往往直譯其物（sun and moon 或 days and months）。其實蓬萊歲月就是神仙的日子，也就是永恆。因此「蓬萊宮中日月長」不妨譯成 And eternity dragged on in Fairy-Mountain Palace。就算一定要保留「具體性」吧，

恐怕 noons and moons 也要比 moons and dawns 好些。（註四）

艾克爾的譯文亦失之粗疏。例如李白〈月下獨酌〉之二，艾克爾是這樣英譯的：

If Heaven itself did not love wine,
Then no Wine Star would shine in the sky.
And if Earth also did not love wine,
Earth would have no such place as Wine Fountain.
Have I not heard that pure wine makes a sage,
And even muddy wine can make a man wise?
If wise men and sages are already drinkers,
What is the use of seeking gods and fairies?
With three cups I understand the great Way,
With one jar I am one with Nature.
Only, the perceptions that one has while drunk
Cannot be transmitted after one is sober.

天若不愛酒，酒星不在天。

地若不愛酒，地應無酒泉。
天地既愛酒，愛酒不愧天。
已聞清比聖，復道濁如賢，
聖賢既已飲，何必求神仙？
三盃通大道，一斗合自然；
但得醉中趣，勿為醒者傳。

兩相對照，當可發現英譯錯得很多。例如「天地既愛酒，愛酒不愧天」兩句，根本漏譯了。短短十四行竟漏掉兩行，等於少了七分之一。「三杯通大道」兩句不能算譯錯，但也沒有傳神。不妨譯為 Three cups lead right to the great Way; ／ One jar merges me with Nature，當然這也說不上傳神。末二句的英譯再譯成中文，就成了「只是一個人醉時的種種感覺，無法在醒後向人述說」，和李白原意出入很大。〈月下獨酌〉之三句云：「窮通與修短，造化夙所稟。一樽齊死生，萬事固難審。」艾克爾的英譯是

Infinite things as well as short and long
Alike have early been offered us by Creation.
A single cup may rank with life and death,

The myriad things are truly hard to fathom.

此地「窮通」與「修短」是相對之詞；「窮通」是貧賤與顯達，指宦途；「修短」是長壽與短命，指年壽。「窮通與修短」勉強可譯為 failure and success, short life and longevity 或者 luck of career and span of life 。無論如何，「窮通」在此不應作「窮理通變」解，所以譯 infinite things（無窮的事物）是不對的。何況後文的「萬事」又譯作 the myriad things 令人有詞彙貧乏之感。「一樽齊死生」是接前文「修短」來的，意謂有酒便足，醉中遑論壽夭生死，正如王羲之所說的，「修短隨化」，聽天由命吧。譯文作 A single cup may rank with life and death（一樽酒與生死等量齊觀，或者，一樽酒和生死同樣重要），與原意不符；如果稍稍更動一下，變成 A single cup ranks life with death ，就接近原意了。

郭長城與麥克休（Vincent McHugh）合譯的詩，在排列的形式上把典雅工整的中國詩割裂過甚，幾乎像現代詩人康明思的詩行。這且不去說它，可是誤譯之處卻不容忽視。例如李白〈夜泊牛渚懷古〉的頸聯：「余亦能高詠，斯人不可聞」，他們的合譯是：

I also
　　can make poetry
but that man's like

will not be found again

李白在此地用的是袁宏江上詠聲動謝尚的典故，所以「詠」和「聞」相爲呼應，乃實寫，應直譯，才夠戲劇化。譯文使生動的變成呆板，索然乏味。同樣地，王維的〈渭城曲〉末二句譯成：

I summon you:
Drink one more cup
No old friends, my friend
When you start westward
for Yang Kuan

也是大錯。原文是「西出陽關無故人」，譯文竟誤爲「西去陽關無故人」了，相去不可以道里計。至於「勸君」譯作 I summon you（我命你），也與原意相反。

最後，說到本書主編白芝教授自己的翻譯，有時不錯，有時也同樣令人失望。例如他譯的〈桃花源記〉，大致頗佳，可是「芳草鮮美，落英繽紛」的名句是這樣譯的：there were fragrant flowers, delicate and lovely to the eye, and the air was filled with drifting peachbloom。

英譯太冗長，倒也罷了，不過「芳草」變成了「芳花」，卻萬萬不該。原文是青草地上落滿紅英，對照才鮮明，譯文就單調了。同時，晉太元中應該是公元三七六年至三九六年，譯文註爲三二六年至三九七年。可是錯得最離譜的，是他譯的〈酬張少府〉：

In evening years given to quietude,
The world's worries no concern of mine,
For my own needs making no other plan
Than to unlearn, return to long-loved woods:
I loosen my robe before the breeze from pines,
My lute celebrates moonlight on mountain pass.
You ask what laws rule "failure" or "success"—
Songs of fishermen float to the still shore.

晚年惟好靜　萬事不關心
自顧無長策　空知返舊林
松風吹解帶　山月照彈琴
君問窮通理　漁歌入浦深

四聯八句，幾乎無聯不錯，有些地方錯得令人不敢相信。一開始，「晚年」就直譯得毫無必要。前四行既無主詞，又無動詞，英文的文法夾纏不清，王維的空靈和中國律詩的對稱，蕩然無存。第一行的分詞片語和三、四兩行的分詞片語，一被動，一主動，極不平衡，中間還夾著文法身分待考的一個句子。「自顧」和「空知」在此地文法上的地位，是從屬性的，近於副詞，主要的動詞是「無」與「返」。「自顧無長策」意爲「自己覺得沒有什麼匡君濟世的良策」，但譯者說成「沒有別的什麼打算來照顧自己」，顯然把「自顧」誤爲「自顧不暇」的「自顧」了。「空知」原是「只知道」、「只好」的意思，譯文竟作 **unlearn**（忘掉所知，除去舊念），想必譯者把「空」當成動詞，「知」當成名詞，所以要「滌空已有的知識」吧。第五句風吹帶解，才顯得物我相忘，譯文說成詩人在風前自解衣帶，豈不做作而落實？「山月照彈琴」句譯成「我的琴音歌詠山隘口的月光」，也離題稍遠。本來是山月照著詩人彈琴，卻反過來，變成詩人彈琴以詠月，可能音樂是月光曲，倒不一定是在月下彈奏呢。末兩句最深，反而沒有譯錯，只是不很好聽罷了。

叢樹版《中國文學選集》一書，頗合英美讀者所需，遺憾的是，諸家譯文水準不齊，謬誤尚多，前面指出來的，只是其中的一部分而已。希望再版時能核對原著，逐一改正，同時廣蒐佳譯，予以充實。欣聞近日香港中文大學翻譯中心出版英文《譯叢》季刊一種，行於國際。漢學英譯，英美學者已經貢獻不少，該是中國學者自揚漢聲的時候了。

——一九七四年四月於台北

註一：Anthology of Chinese Literature: from early times to the fourteenth century. edited by Cyril Birch, Grove Press, 1965.

註二：葉慈就說龐德是「一位才氣橫溢的即興詩人，面對一篇佚名的希臘傑作，邊看邊譯。」龐德譯《詩經》，就是這種味道。

註三：見三民書局版，謝冰瑩、林明波、邱燮友、左松超聯合編譯的《古文觀止》六五九頁。

註四：這樣的手法，豈不是有點狄倫・湯默斯的味道？湯默斯在〈薇山〉中就有 all the sun long 與 all the moon long 一類的句子。

山河歲月話漁樵

——評胡蘭成新出的舊書

胡蘭成的文集《山河歲月》，妍媸互見，是一部很不平衡的書。早在十多年前，就有多情的朋友向我力薦他的《今生今世》，說那是一部慧美雙修的奇書。當時我取來看了，覺得文筆輕靈，用字遣詞別具韻味，形容詞下得頗爲脫俗，但是對於文字背後的情操與思想，則嫌其遊戲人生，名士習氣太重，與現代知識分子相去甚遠。據說文壇人士所以歡喜《今生今世》，一半是因爲作者與張愛玲女士的一段緣分，在該書中頗多述憶。我原不算「張迷」，結果當然也沒有成爲「胡迷」。

十多年後，又讀到胡蘭成另一部書《山河歲月》，我的感覺仍然是「憎喜參半」，也許比起《今生今世》來，憎的成分更多。先說喜的一面。《山河歲月》的佳妙至少有二。第一仍然是文筆，胡蘭成於中國文字，鍛鍊頗見功夫，句法開闔吞吐，轉折迴旋，都輕鬆自如。遣詞用字，每每別出心裁，與衆不同。「這眞是歲月靜好，現世安穩，事物條理一一清嘉，連理論與邏輯亦如月入歌扇，花承節鼓。」（一〇三頁）「中國人是喜歡在日月山川裏行走的，戰時沿途特別好風景……年輕學生連同婉媚的少女渡溪越嶺，長亭短亭的走。」（二七〇頁）這樣「清嘉」而又「婉媚」的句子，《山河歲月》之中，俯拾皆是。「胡體」的文字，文白不拘，但其效果卻是交融，而非夾雜。

第二個優點，是作者的知識。從《山河歲月》一書，可以看出作者學兼中外，對於中國的文化傳統與民情風俗都頗有認識，具能處處與外國文化相比並論，時有卓見。至於作者的氣度，大致說來，亦可謂胸襟恢宏，心腸仁厚，對天地間一切人物，都表示尊重與同情，字裏行間，充滿了樂觀精神。作者對於中國歷史，一往情深，對於中國文化，則是絕對信任。

可惜《山河歲月》的嚴重缺陷，也因此而來。胡蘭成對於中國文化，只有肯定，絕少檢討。直接間接，他認定中國五千年的文化是至上美滿，冠於世界，相形之下，夷狄的文明總有所不足。這種感覺，當作一種愛國情緒來欣賞，也許是動人的，可是當作一種知性的認識來宣揚，則容易誤人。胡先生在書中一再強調「知性的指導」，可是在自己的立論時，又擺脫不了民族情緒的束縛。本質上說來，胡先生學高於識，是一位復古的保守分子。他主張「廢止美國杜威式的教育體質與方法，依據周禮的學校原理，並參照法國的教育制度與教學方法，重點是在育士。」又說要「恢復讀經，從小學起教以經書。五四廢經至今已五十餘年，今已是恢復的時期了。此事要先經過議論，以今世紀的新的證據與言語來把反對者的浮語陳言都掃清了，然後政府可以法規制定之。」（二八五頁）

儘管杜威也有他自身的局限，他的教育哲學仍然比較適合現代的社會。他的教育觀是創新而開放的，展望將來多於緬懷過去。和史賓塞一樣，他也認為舊式教育偏重人文而忽略科學，應予重新調整，但是他比史賓塞更進一步，主張科學的教育，應該來自各行各業的實習，而不是來自書本。這種教育毋寧更適合民主而科學的現代社會。我國正從事十大建設並提倡職業教育，杜威的教育觀接受之不暇，豈可輕言廢止？胡蘭成不但要廢新式教育，還要恢復讀經，而且要從小學教起，這簡直是開倒車。胡先生對教育的要求，基本上說來，仍是要造就一批舊式的讀書人。在古代，這批人叫做「士」，也可以叫做「君子」。有暇的時候，士可以寫寫文章，發發議論，有機會的時候，當然還可以做官，可是實際的建設，往往不勞他們動手。胡蘭成說：「士從五四運動成了新的知識分子，但亦仍是天下士，五四時代的青年只想做詩人，因詩人是不為職業的。也希望能當大學教授，因教授的高尚不可拿它來與職業聯想。也願將來做個發明家，因為科學亦如詩心的清潔……也有人很痛心，怪中國的知識分子為何不像外國的列身社會組織裏，各勤一業，殊不知中國之士向來是志在天下。」（二四六頁）胡蘭成理想的士不事生產，不食煙火，不與庶民為伍，其志卻在天下：這種風光賴以寄託的農業時代與貴族社會，已經一去不返了。台灣正從農業社會轉入工業社會，我們目前亟需提倡的是民主意識與科學精神，而不是思古的幽情。讀經，不妨讓少數學者帶領著相關學科的大學生甚或研究生去做，但一般國民的精力必須投入國家的重大建設。

一個健康的社會，即使前瞻不多於後顧，至少也應兩者平衡。中華民國往何處去？目前的問題應如何解決？未來的危機應如何對付？這些才是當務之急，不此之圖，而要全國學童咿唔讀經是輕重倒置的。何況讀幾部經書，也不一定能夠保證「思想純正」。章士釗、郭沫若，甚至毛澤東，沒有讀過經嗎？相反地，從韓戰沙場上來歸的一萬三千壯士，又有幾位是讀過經的呢？台灣目前的建設，有哪幾件是根據經書而成功的呢？鴉片戰爭以前，中國不是一直在讀經嗎？何以不能救中國呢？

我們不能否認，古代的經典是我們文化的基礎，文化界與學術界有責任加以保存、維護。但是文化也有靜態與動態兩面，一成不變地復古，只能守住一個靜態的博物館式的文化，必needs後人不斷發揚甚或創新，不斷接受外來文化的挑戰而加以克服，才能產生一個動的文化。要談反共，僅憑一個靜止的文化是絕對不夠的。

反共，應該是一種全民的運動，依賴一小撮「志在天下」的清談之士是不會成功的。胡蘭成以爲培養了幾千名「革命青年」(二八六頁)，就能夠扭轉大局，實在天眞。馬克思當初預言，未來的革命必由資本主義國家的工人來發難，可是到目前爲止，共產主義眞正得手的幾個地區，如蘇俄、中國大陸、越南、高棉、南斯拉夫、古巴等等，基本上仍是農業社會。共產黨在眞正的工業社會，如美國與西歐各國，卻始終不能得勢。事實證明，一個健全的社會無虞共產主義的侵入。台灣的社會，在生活水準上已遠超大陸之上，將來在充分的工業化之後，如能在權利和財富的分配上，整調得更爲合理，則人民盡皆心平氣和，對於這樣的社會，共產主義該無機可乘。

《山河歲月》的另一嚴重毛病，是作者對日本的態度。對我這一代的中國人而言，抗戰是永難忘懷的國難，其爲經驗，強烈而且慘痛，另一方面，全國軍民一心一德同仇敵愾的精神，卻又令人壯懷激烈感奮莫名。對於長我一輩的中國人，想必更其如此。可是胡蘭成在這件事上表現得太輕鬆了，他那種避重就輕模稜兩可的語氣，凡是親歷抗戰的人都是難以接受的。他說：「抗戰的偉大乃是中國文明的偉大。彼時許多地方淪陷了，中國人卻不當它是失去了，雖在淪陷區的亦沒有覺得是被征服了。中國人是能有天下，而從來亦沒有過亡天下的，其對國家的信是這樣的人世的貞信。彼時總覺得戰爭是在遼遠的地方進行似的，因爲中國人有一個境界非戰爭所能到……彼時是淪陷區的中國人與日本人照樣往來，明明是仇敵，亦恩仇之外還有人與人的相見，對方但凡有一分禮，這裏亦必還他一分禮……而戰區與大後方的人亦並不剋定日子要勝利，悲壯的話只管說，但說的人亦明自己是假的。中國人是勝敗也不認眞，和戰也不認眞，淪陷區的和不像和，戰區與大後方的戰不像戰。」（二六七—二六八頁）又說：「凡是壯闊的，就能夠乾淨，抗戰時期的人對於世人都有樸素的好意，所以路上逃難的人也到處遇得著賢主人。他們其實連對於日本人也沒有恨毒，而對於美國人則的確歡喜。」（二七一—二七二頁）

這兩段話豈但是風涼話，簡直是天大的謊言！這一番話只能代表胡蘭成自己，因爲在水深火熱的抗戰之中，他人都在流汗流血，唯獨胡蘭成還在演「對方凡有一分禮，這邊亦必還他一分禮」的怪劇。也許胡蘭成和敵有方，「有一個境界非戰爭所能到」，可是南京大屠殺、重慶大轟炸中，無辜的中國人民卻沒有那麼飄逸的「境界」。只因爲胡蘭成個人與敵人保持了特殊友善的關係，他就可以誣衊整個民族的神聖抗戰說的是假話，打的是假仗嗎？這麼看來，胡蘭成的超越與仁慈豈非自欺欺人？看來胡蘭成一直到今天還不甘忘情於日本，認爲美國援助我們要經過日本（二八二頁），而我們未來的方針，還要與「日本印度朝鮮攜手」（二八八頁）。胡先生以前做錯了一件事，現在非但不深自歉咎，反圖將錯就錯，妄發議論，歪曲歷史，爲自己文過飾非，一錯再錯，豈能望人一恕再恕？

胡蘭成對於胡適等五四人物，始終懷有偏見。在二八〇頁上他說：「文化人的浮躁淺薄，見於他們的叫囂科學而疏隔自然法則，叫囂民主而疏隔民間之眞意，叫囂進步而疏隔中國之歷史。他們以杜威的實驗哲學與科學民主云云來損傷了中國人之智慧與教育的原理。」我不懂此胡有什麼資格來指摘彼胡。難道中國人的智慧就是與敵人在恩仇之外握手講禮嗎？難道民間之眞意就是胡蘭成津津樂道的「新的朝廷與眞命天子」（二七九頁）嗎？請問，抗戰的時候，胡適在做什麼，胡蘭成又在做什麼？事實的證明不是比大言炎炎更有力嗎？

《山河歲月》用鹿橋先生致胡蘭成伉儷的信代序。鹿橋在信上說：「知先生爲《人子》寫了書評，刊在《中國時報》上。大文尚未見到，總要四、五日後才能寄來，先此道感，當今之世能解、能評、能開導、教誨弟者更能有何人？世有伯樂方能有千里馬。」當然，有什麼樣的伯樂，就有什麼樣的千里馬。難怪《未央歌》裏的抗戰，也是那麼輕飄飄的，金童玉女，似眞似幻，如在霧裏。

——一九七五年五月廿五日

天機欲覷話棋王

——張系國小說的新世界

論者常說，台灣的小說近來一直陷於低潮，欲振乏力。對於我們的小說家說來，這是不太公平的。我認爲這幾年的小說，非但沒有萎縮，而且頗有變化。多采多姿，當然還說不上，可是風格獨具的作品卻不斷出現，而彼此之間在風格上的差異，也顯示了台灣小說生活的多般性。以「受評量」最大的兩本小說《家變》與《莎喲哪啦，再見》爲例，當可發現，無論在主題、語言，或態度上，目前的「熱門書」和於梨華、白先勇、林懷民等等的那個「時代」已經頗有距離了。大致上說來，近年台灣小說的作者與讀者，已經漸漸把注意與關切的焦點，在空間與時間上加以調整，轉移到七十年代的台灣來了。無可諱言，近年台灣社會的形態已隨政局的驟變而大爲改觀，反映在文學上，這種新的形態也需要新的詮釋。除了少數例外，已經成名的小說家，面對新時代與新形態，似乎詮釋爲難，一時無話可說。新的詮釋來自更年輕的一代。在台灣長大的張系國先生，正是代表之一。張系國在文壇上是一位獨來獨往的人物。他研究的是科學，關心的是民族與社會，創作的卻是小說。他寫小說，是有感而發，有爲而作，因此對於社會的病態、民族的危機，著墨最多。以前的小說家批評的對象是農業的舊社會，張系國批評的卻是工業的新文明。他身爲科學專家，對於機器壓倒人性的工業文明，自然比一般文科出身的作家了解更深。如果說，白先勇的作品是感性的、回顧的、絕望的，則張系國的該是知性的、前瞻的、企望的。如果說，白先勇的作品是從肺腑中流出來的，則張系國的，該是冷靜的腦加上熾熱的心的結晶。張系國的科學訓練、人道胸襟，和遠矚眼光，令我們想起威爾斯、赫克斯黎、歐威爾、史諾等現代作家的先知精神與知性傳統。中國小說，甚至中國的文學，在這一方面如果不是十分荒蕪，至少也是開墾不力。張系國這樣的作家出現在當前的文壇，可說是一股健康而清醒的活流。

實際上，這股活流注入台灣的文壇，先後已經有十年了。從早期的《皮牧師正傳》到最近的這本《棋王》，張系國的作品從小說到劇本，從批評到方塊小品，觀察和思考的天地是異常廣闊的。六十年代的台灣小說，一度幾乎爲盜印版的存在主義和意識流技法所淹沒。年輕的張系國始終把握著他的民族意識和社會良心，不甘隨潮浮沉。他是我們最肯想，最能想，想得最切題的作家之一。

在《讓未來等一等吧》的後記裏，張系國說：「這些年來，困擾著我的始終是同一個問題：我們這一群植根於台灣的中國人，究竟是怎樣的中國人？我們是什麼？我們應如何安身立命？我說『植根於台灣的中國人』，因爲在我看來，籍貫不重要，出生地點不重要，甚至現在身在何處也不重要。只要關心台灣，自認是這個社會的一分子，就是植根於台灣的中國人……我很想從系統科學、人道主義以及中國傳統哲學的迷宮裏，整理出一套可行的實用哲學，作爲個人安身立命的基礎。」一位小說家有這樣的抱負，這樣的先知先覺，自然言之有物，立腳點先已高人一等，不用像瘂弦筆下喟歎的「走馬燈，官能，官能，官能」那樣，在意識流的盲目世界裏亂衝亂撞。

三十歲一代的青年人物之中，能出現張系國這樣有擔有當，能感能想，既不悲觀自傷也不激傲凌人的角色，是極其難能可貴的。不少所謂「旅美學人」，偶爾回國作一次客，事事看不順眼，便指東指西地評論一通，似乎國家興亡全是他人的責任，似乎只有台灣負他，他卻不負台灣。張系國每次回來，不是上山下鄉，深入民間，便是發展中文電腦，寫小說和方塊，做的都是正面的建設工作。我總認爲，張系國對於國內青年的意義，不但是文學的，更是文化的。我認爲他是一位心胸寬闊而目光犀利的「文化人」，七十年代海外的中國知識分子之中，他的觸覺該屬於最敏感的一等。值得高興的是，這樣的敏感能生動而具體地表現於小說。

張系國的小說大致說來有下列幾個特點。其一是長於思想，饒有知性。此點前文已略加申述。張系國自己也承認他有探討哲學的傾向。儘管如此，他的作品並不流於抽象或炫學。相反地，他的小說頗爲經驗化，很有戲劇性，故事的發展簡潔而明快，絕少冗長的敘述或繁瑣的形容。其二是語言豐富而活潑。張系國的白話不但寫得純淨而流暢，更因融合了少量的文言和歐化語而多采多姿。他的語言十分自然，絕少雕句琢詞，或是跑意識流的野馬。他的對話生動而有現實感並且充分配合身分各殊的口吻：〈亞布羅諾威〉和〈地〉兩篇裏的對話就是最好的例子。在處理知識分子尤其是學生的口語上，張系國確乎自成一家，台灣地區流行的學生俚諺，甚至章回小說、武俠小說的用語，到了他的筆下，每每都有點睛之妙。嚴肅的主題和幽默的語言，在他的作品裏形成了有趣的對照。其三是時代性與社會感。這兩種因素一經一緯，交織成立體的感覺。就知識分子的現實生活和心理狀態而言，張系國是很能夠「進入情況」的一位小說家。近六年來，他間歇回國，定居的時間並不算長，但是由於關心國家和社會，更由於科學修養的背景，他對於台灣經濟發展的現況和新社會知識分子的處境等等，可說比一般定居國內的作家更有認識。日趨工業化的台北市，在他的作品裏勾出了一個新的面貌：那裏的台北人，生活在經濟掛帥的七十年代，和白先勇筆下的已有頗大的不同。但是這樣的時代性並不止於表面的描寫，因爲背後包含的是知識分子對於社會深切的關懷，以及愛之深責之切的批評。張系國的小說手法有時是寫實，例如〈地〉，有時是寓意，例如〈超人列傳〉，手法儘管不同，社會批評的苦心卻是不變的。他在《地》一書的後記裏說：「孔拉德曾說過，小說的功用是『使人們看見』。至於看見的世界是美是醜，卻並非小說的作者所能左右。」又說：「在這灰暗的世界裏不論做什麼事都是灰暗的，寫小說也不能例外吧？」我不認爲張系國小說的世界是灰暗的，因爲他仍然心存批評，而批評就意味著不放棄希望。只有虛無主義那種官能的走馬燈，才是灰暗的。

上述的三種特色，並見於去年在「人間」連載的小說《棋王》，並且有了更新的組合。《棋王》敘述的故事，生動而緊湊，從頭到尾節奏明快，加速進行，以達於篇末的高潮。就說故事的技巧而言，《棋王》雖不是一篇偵探小說，卻充滿此類小說的懸宕感，令人一開了卷就無法釋手。

《棋王》一開始，故事的線索就牽出了好幾根。電視公司的伙伴是一根，老同學是一根，廣告社的同人是一根，弟弟又是一根。這幾條線都由主角程凌牽出來，起初牽來繞去，似乎很亂，但是等到五子神童的主線拉開來之後，幾根輔線便各就各位，漸漸地扭成一股了。從神童顯靈到祕密洩漏，再從神童失蹤到棋王決賽，故事之索愈扭愈緊，甚至到決賽之後仍不放鬆：張系國說故事的技巧是迷人的。

我認爲《棋王》的主題有正反兩面：正面是寓意，反面是寫實，正面是哲學的，反面是社會的。正面的主題在於探討所謂神童的意義。作者在書中的代言人是主角的弟弟，他不時假弟弟之口來思考神童的意義。弟弟先後用來布尼茲的「單子論」和熱力學上的熵，來解釋神童超人的智力。來布尼茲的單子是一個個絕緣的靈魂，由於沒有窗戶，雖有選擇的自由，卻無選擇的先見。超入的智力就像開了窗的單子，能夠參造化，覷天巧。但天機玄妙，豈容洩漏？一個人要獨坐在空而大的暗廳中駭視人類未來的預告片，負擔未免太重了。卡珊朱婀能預卜未來，乃遭天譴。普洛米修司盜火授人，爲神所懲。賴阿可昂覷破木馬，爲蟒所縊。中國的寓言也是如此：倉頡造字，天竟雨血；渾沌開竅，七日而終。莊子渾沌鑿竅的寓言，和程凌弟弟所說的宇宙留縫的譬喻，有異曲同工之妙。天機既不可洩，超人竟要張目逼視，驚心傷神，自然不堪負荷，為求自保，不如關上窗子，混沌度日。

凡人是常態，超人是變態，變態的東西是不能持久的。正如熱力學上所說，一樣體系裏熵愈多則愈混亂，熵愈少則愈整齊，但是熵少的體系都不能持久，神童的體系少熵，故不能持久。五子神童處於這樣的反常狀態，前有繁複的天機要他獨力去搏鬥，後有社會的壓力要利用他的神通，他畏縮了。而最饒意義的一點，是他在畏縮不前的緊要關頭，竟發現了人的尊嚴和勇氣：他臨時決定放棄非分的天賦，僅憑人力，僅憑他的「本分」（normal share）來克服難關。天賦猶如中獎，是運氣，也是不幸。人為的選擇才是努力，才是自立，才是眞正的自由。與其迷信「成事在天」，不如相信「人定勝天」。這才是存在主義最高的意義。這一點，值得程凌的朋友們，也值得一切關心國家前途的人，細細體味。

解罷主線，再來試解輔線。《棋王》故事的主，是神童之發現、考驗，與變質，但是在放線的過程之中，本書的反面主題也藉幾根輔線的交織而漸漸展開，呈現在讀者眼前的，是七十年代台灣新型社會裏知識分子的面貌。搞電視的張士嘉，畫裸女的高悅白，炒股票的周培，以這些人物為代表，七十年代典型的小知識分子都十分現實，為了拜金，不惜投機取巧，甚或嘲弄他人的理想。這些人都是程凌的朋友，至少也是伙伴，他們的弱點程凌都很明白，可是程凌自己也是脆弱的，並無抗拒的力量。在半迎半拒的心情下，他被朋友牽著鼻子走，結果是電視也搞了，裸女也畫了，股票也炒了。

套用張系國愛用的江湖術語，程凌這人不能分入黑白兩道，只能算是可黑可白，一味妥協的灰色人物。他追女孩沒有魄力，搞節目不夠四海，炒股票缺乏狠勁，正經畫畫呢，又沒有自信，不耐寂寞。白道可敬，黑道可恨，可白可黑的人物才是小說裏最可玩味的角色。大賢大奸畢竟不是人性的常態，因爲兩者都是「吾道一以貫之」的高度秩序，人生觀的焦點對得非常之準。但是芸芸衆生只能在黑白兩道之間徘徊，爲善無志，作惡無膽，對人生的看法只像一具焦點對不準的鏡頭。其實。程凌的朋友們也算不得黑道人物，只是比程凌更灰罷了。

程凌灰得不深，在小人與君子之間，似乎還更近君子，所以他一方面可以喻於利，另一方面也可以喻於義。《棋王》裏面也儘有肯定的人物，程凌的母親，弟弟，同學黃端淑和馮爲民，老師方教授，還有，不要忘了，那位五子神童本身，都可歸入此類。程凌不能投入他們的行列，卻能夠欣賞他們的力量和情操。不過這種欣賞是片段的，不足以形成信仰。早年他也曾信仰過宗教和藝術，也曾和同學辦過雜誌，肯定過文化的價值，但不久即安於「第二流」的自覺，放棄了。馮爲民稱讚方教授退休以後還計畫寫書，他說：「他們老一輩的讀書人……硬是守得住。換了我，我就守不住。你守得住嗎？」程凌的回答是：「時代變了。我敢說，方先生一輩子沒有爲錢操過心。他不會賺錢，也不想賺錢。老一輩都是這樣，價值觀念不同。我們非要賺錢不可。」對於程凌，錢就是自由，而自由比歷史潮流更重要。可是爲了賺錢，首先必須犧牲不少自由。錢所保障的那點自由，是用更多的自由換來的。我認識一些心活手快的優秀青年，他們認爲叫化子不能搞文化，得先賺錢，等錢賺夠了再回頭搞文化還不遲。問題是賺了錢之後，一個人的價值觀念就變了。經濟帶頭的社會，對我們的青年眞是一大考驗。

五子神童一出現，程凌的價值觀念便受到新的震撼。對於他的朋友們，能夠未卜先知的神童是一株搖錢樹，可以用來號召觀衆，猜考題，測股票。馮爲民提議向神童求解人類前途之類的大問題，立刻遭到否決。大家都認爲大問題太浪費時間，還是搖錢重要。正當這時，神童忽然失蹤了。等到他尋獲時，他已經喪失了神力，於是搖錢樹倒，財奴四散。台北社會唯利是圖的現象，到此反映無遺。通俗電影和武俠小說裏群雄奪寶的公式，到了張系國筆下，揚棄了暴力，保留了懸宕，竟用來處理這麼嚴肅的題材。這一點再度證明，廢銅爛鐵，張系國隨手拈來，都能派上用場。

人人都想投機取巧，不勞而獲，身爲機巧之鑰的神童，在接受重大考驗的關頭，竟然捨天巧不用，而用人謀。這種死裏求生，自絕以自拯的勇氣，令程凌感愧。這才是眞正的自由，誰說歷史是不由人的？神童說：「我不需要未卜先知。我自己會下。」下棋，是一個象徵。世事如弈，成敗還靠自己。程凌回到自己的畫，他恢復了信心。《棋王》不愧是一部傑出的寓言。

書中還有一位獨來獨往的角色，劉教授。這是張系國創造的最迷人的角色之一。（眞希望張系國寫一部「儒林新史」，讓我做第一位預約的讀者吧。）我說迷人，因爲劉教授也是一位可黑可白彈性很大的角色，僞君子，大蓋仙，江湖學者，青年才俊，似乎交疊在他的身上。初見此人，有點可笑，有點可鄙，也有點可惡。在張系國嘲弄的筆法下，這位大騙子竟然被衆人同謀的騙局所愚，反而處之泰然。看到這一幕，又覺得此人値得同情，竟有點可愛了。劉教授既不願死讀書，也不願死賺錢，只願意戲弄人間，「小混」一場。

這麼說來，《棋王》的世界裏並沒有一個眞正的惡人。張系國審視的人性，是弱點，不是罪惡。弱點是値得同情的，張系國對他的人物，向來是同情多於譴責。他是一位寬厚的道德家，一位筆鋒略帶漫畫諧趣的諷刺作家，性情溫和，點到痛處爲止，並不刻意傷人。他的諷刺畫是線條清晰的鋼筆素描，簡潔而精確，不是刀鋒凌厲的木刻，是庫魯克先克，不是杜米葉。

《棋王》的文體穩健中透出詼諧與灑脫；對話，動作，外景，意識，回憶等等組合得自然而流暢，偶爾也穿插一點蒙太奇之類的手法，但不耽溺成癖。作者是一位能放能收的文體家。他的對話是一絕，從不失誤。比起他的對白來，某些作家的對白顯得死氣沉沉，像台詞不熟的排演。他的敘述部分有時稍感逞才，失之駁雜。例如程凌見到丁玉梅，「一股怒氣，頓時飛散到爪哇國」之類的文句，放在敘述裏就不如在對白裏好。我始終以爲，對白的文體應與敘述的文體有所分別，才能收對照相襯的之功。此外，長於思考的張系國並不拙於抒情與寫景，他的小說在知性與感性之間乃得保持適度的平衡。他的發展輕快而有節奏，少有拖泥帶水之病。故事說得這麼高明，對白簡直不用改寫，《棋王》如能拍一部電影，即以台北市爲背景，一定非常叫座。就看那些成天在什麼風什麼夢裏捉迷藏的「愛情卡通」的導演們，有沒有先見之明了。

因爲這才是台北。

——一九七五年三月

山名不周

——寫在夏菁新詩集《山》出版前夕

認識夏菁，前後已有廿二年了。開始的十四年，我們都住在台北，經常聚首，有一段時期，幾乎每星期要見一兩次面，爲了詩，也爲了友情。近八年來，他以農業專家的身分受聘於聯合國，先後在牙買加和薩爾瓦多工作，假然成了世界公民，煙水遠隔，我們就絕少見面了。「渭北春天樹，江東日暮雲」，對於李杜來說，已恨其遠，而對於今日飄零在海外的中國人說來，又羨其近了。渭北江東，畢竟是相連的母泥后土，這頭痛時，那頭會癢的。但小島多的中美，把加勒比海的碧波，圍成了另一個世界，和迢遙的東方，幾乎闃不相聞了。

近八年來，我和夏菁只見過三次面，一次比一次更短促。第一次是一九七〇年初，在丹佛。當時他的大公子世贊在爸爸的母校科羅拉多州立大學讀書，他和杏涓從牙買加飛去那高寒的山國探視，我們乃幸有半日的小聚，最後是我開車送他們上了回程的飛機。第二次是一九七三年的夏天，在台北；夏菁和杏涓正遊罷歐洲，算是回牙買加的中途。兩個台北人在台北相逢，欣慰之中難免另有一番感慨。第三次則是今年的八月，在一架越洋的噴射機上。當時他已遷去薩爾瓦多，方在台北小住罷，假道東京又去美國看他的孩子，我則已遷來香港，正在去英國開會的途中。天造地設，緣結雲上，我們竟在東京飛舊金山的七四七泛美飛機上不期而遇。東向而飛，我們並肩凌越了一藍無際的太平洋，分享了一個最短的黑夜和一個最早最純的黎明，而沖霄三萬呎，跨水七千哩，一夕敘舊眞是高乎其談而闊乎其論了。到了舊金山後，他續飛丹佛，我續飛西雅圖，唐人詩境「數聲風笛離亭晚，君向瀟湘我向秦」，正是當日心情。

如果再往後回溯，則夏菁從台灣去科羅拉多州可臨視堡（Fort Collins）的州立大學讀書，更在十四年前。一九六六年夏天，我在回台途中，駛車橫越美國西部，一進科羅拉多，便仰見疊峰重嶺與天爭地，不禁笑對我存說：「夏菁這一州除了一堆怪石，什麼也沒有！」絕未料到三年之後，夏菁已人去山空，卻輪到我去那一堆怪石之間做了兩年山人。夏菁和我便是這樣：時而他坐守國內，我遠客異鄉，時而他浪跡天涯，我歸居故島，物換星移，我們的經驗交相輪迴，彼此印證。

最值得紀念的，當然還是安土重遷，同居長干里，皆爲台北人的那一段歲月。我住台北，前後凡二十四年，除了最初的一年半是在同安街之外，後來一直是在廈門街，也就是〈伐桂的前夕〉裏的那幢古屋。夏菁則從鄭州路搬到晉江街，又從晉江街搬去中和鄉，最後則住在安東街，梁實秋先生的故居只有兩三柱電線桿之遙。他在晉江街與中和鄉的時候，和我寓所最近，不是他來按我的鈴，便是我去敲他的門，過從十分之頻。做客人的一方，常是袖懷新作，有所炫耀而來。做主人的當然不免虛加歎賞，有時適得近製，也拿出來對照一番，終於賓主盡歡而散。這種樽酒論詩的場合，當然也不盡是兩人相對。不久便有吳望堯和黃用來加入，而等到周夢蝶、張健、敻虹等陸續出現時，已是後來的事了。

夏菁和我早年的詩風，頗多相近之處。有一時期，我們的小品幾乎月有數次相間出現在《中央副刊》上。起初我們的新詩襲浪漫之餘風，步新月之後塵，同屬稚嫩之少作。後來眼界稍開，又共賞女詩人狄瑾蓀那種清新刻露天機獨窺的歌謠體長短句（ballad stanza），而競相效顰。這種相互觀摩彼此激勵的情況，大約一直維持到一九六〇年，過此我們便分道揚鑣：夏菁去美國讀書，西方的文明，異國的生活，新大陸開闊的空間，在在拓展了他的詩境，而我也在短暫而駁雜的現代化之後，漸漸回歸古典傳統了。

夏菁於詩，一向我行我素，獨來獨往，詩壇的風尚他一概冷眼靜觀。這樣的作風，注定他不會乘潮驅風，睥睨自雄，但也不會擱淺在退潮後的沙岸。我認爲在詩的本質上，夏菁較近於知性，他的作品在感性和抒情的核心往往有一個可以把握的意念。也就是說，他是一位主題性頗強的詩人。其次，夏菁的詩對於人生世態常常保持一種客觀的批判態度，他的詩觀也往往強調靜觀。我覺得夏菁在作品中扮演的角色，常是一位旁觀者，而不是投入者；旁觀者的立場有助於提高知性，保持冷靜，分析事理，但對於讀者的作用，是認識，不是認同，是點醒，不是震撼。不過夏菁是一位溫厚而樂觀的詩人，他對人生世態的批評　不是嚴厲的控訴，而是含笑的諷喻，不是割痛，而是搔癢。正如羅青一樣，夏菁作品的一大特色是從容自得的理趣，有時更是苦笑的反躬自嘲。所謂理趣，往往得之於詩和散文交界的地帶，爲耽於感性熱中抒情的大多數「悲劇詩人」所不取；其實中國和西洋的傳統詩中儘多此種諧趣的流露，但二十年來的現代詩，在緊張的自虐之餘，卻很少朝這方向開疆拓土，實在可惜。我在《萬聖節》中的一首詩〈我的年輪〉，有這麼一段：

而秋仍熟睡在七月的胎裏
歸舟仍夢寐在西雅圖的海灣
美國太太新修過鬍子
　　　　　　　　的芳草地上
仍立著一株掛滿牛頓的
蘋果樹，一株
掛滿華盛頓的櫻桃

其中意趣，就有點「夏菁風」。當時夏菁看了，曾向我表示頗喜歡「美國太太新修過鬍子——的芳草地上」那兩行的斷句手法。就我的作品而言，這樣的理趣表現在散文裏似乎多於詩裏。同樣是涉及美國女詩人愛蜜麗・狄瑾蓀，夏菁的心境便與葉珊截然相反：

如一場悲傷的歌劇
因雨取消

——葉 珊

一球蒲公英險將我擊中，
那許是愛蜜麗的戲弄。

——夏 菁

在〈百老匯夜景〉裏，夏菁描述美國五光十色的都市文明，而以這樣的問答終篇：

（有人問我：你感到快樂嗎？
我說：是。那末，他說，
你為什麼皺眉呢？）

這種旁敲側擊的烘托手法，最能表現夏菁的機智。下面的這首近作〈題邊〉，是寫給他的男孩子的：其中的「你」，當係針對他的孩子，「她」，是作者的太太杏涓，而「我」，當然是作者自己。短短三段，從對孩子的憐惜到對太太的調侃，對自己淡淡的嘲弄，寓中年人之感慨於諧戲之筆，溫厚之情，遙承陶潛和社甫的古風，很是感人：

顋邊——給 Tom

你顋邊有蘋果的顏色：
稚氣的青，初熟的紅，
風吹散長髮，
飄若牡馬的紅鬃
一種馳騁原野的衝動。

她的鬢際，幽邃不如昨日；
幾株白樺，幾葉垂柳。
風來時，瑟瑟柔音，
新秋的林間
思念早春草上的新草。

而我的前額，

已有陰陽割昏曉的投影
赭色山脈，棕色森林，
破過風，瞰過海
仰起是白雲的靄靄。

我覺得夏菁的短詩每優於長詩。下面的〈寂寞四行〉出自他的詩集《少年遊》，不但意象和意念的融合無間，語言和節奏的緊密安排，都十分成功，而且虛實相生，很富於玄學派的詩風：

沼澤中棲著七隻白鷺，
一排寂寞的七日。
沒有動靜，也沒有消息。
似我鎩羽的信鴿。

近作〈總有那麼幾天〉末段的句法與神韻，證明夏菁的那枝筆並未繳歸繆思：

總有那麼幾天，

遠代已經有過——
　在後主的西樓，
　在張繼的楓橋，
　當你等著一個人，未來
　當你有著一盞燈，未點

「風波一失所，各在天一隅」，十多年後，回顧當日廈門街古屋茗茶論詩的舊友，或陷身湄公河畔，或捨繆思而追隨賽先生，夏菁何幸，在《少年遊》出版的十二年後，猶能收集散頁零篇的舊製，編輯遠客中美的新詠，推出這本《山》來，實在是令人欣慰的事。在加勒比海藍色的世界裏，夏菁已經俯仰了七載的日月星辰，如今他遷往太平洋畔的薩爾瓦多，不僅靠我們近些，而且潮起潮落，在茫茫的水半球上，畢竟與我們波濤相接了。而對於飄流海外的現代屈原與蘇軾而言，山已不周，地豈蓬萊，一矗三千歲的中國詩柱，幾已被一個新的共工撞折。扶詩柱之將傾，是我們義無可卻的天責。歡迎夏菁歸隊，因爲詩，不但是他和我兩個台北人的文字因緣，更是他和嫘祖所有子孫的生死血緣。詩乃必然，而非偶然，願與夏菁兄長相印證。

——一九七六年重九前夕

聞道長安似弈棋

——《中國文壇近貌》讀後

1.

一九七三年二月至八月，舊金山州立大學比較文學系系主任許芥昱教授回到中國大陸去訪問了半年。此行的主要目的，據說是爲了寫一本《周恩來傳》，但始終未能見到周恩來本人。許氏於一九四〇年進入清華大學外文系，一九四三年，投效遠征軍任對美聯絡官，一九四五年初即奉軍方派遣赴美留學。二十多年後他回到自己的故鄉，當然急於尋訪音訊久隔的文壇師友。他在這方面也不太順利，但在他的堅持之下，總算讓他見到幾位知名的作家。會談的紀錄，收入了他的英文新著《中國文壇近貌》（*The Chinese Literary Scene*）。此書共有兩種版本：美國的「葡萄陳釀版」出版於去年，英國的「企鵝版」則於今年問世。我讀到的是「企鵝版」。

《中國文壇近貌》厚達二六七頁，共分四章。第一章是文革前後的文學批評，第二章是樣板戲，第三章是工農兵小說，第四章是民謠。卷首除作者的短序外，還有長達二十六頁的一篇緒論，描述大陸文藝的現況並追溯中共文藝的發展。最令我感到關切的，是早期新文學幾位名家的下落。許氏身為文學教授，又親自晤見了他們，這種第一手的內行報導，該是十分可貴的。台灣的讀者，尤其是親歷過三、四十年代文藝氣候的一輩，關切之情，想必同樣濃厚。

最動人的一段，該是許芥昱會見他舊日老師沈從文的經過。當時許氏住在北京飯店，沈從文的寓所和辦公室都近在咫尺，只消短程步行便可到達，但是兩人的會見，卻是在許氏寫了兩封信，向中共當局再三提出要求，並且等待了一個月之後的事。沈從文到旅館裏去看許氏。七十一歲的老作家已經滿頭白髮，面色紅潤，戴一副玳瑁鑲邊的眼鏡。沈從文這些年來一直在研究古代文物，見面之後，就滔滔不斷地述說他考證的漢墓出土的絲織品，戰國的漆器，唐宋的古鏡，說他二十年來出版的考古文章已達二十四萬言，共為三卷，又說研究的經費十分充裕，但是得力的助手難尋，在目前教育的制度下，只怕後繼乏人。

這時，許氏忍不住問他：「可是您自己的寫作呢？」沈從文說，一九六二年他和幾位作家去江西的「革命聖地」井岡山，準備花三年的工夫合寫一部小說，但是住了三個多月，只寫了幾首詩，以後他就再無作品。許氏說，他從前寫過那麼多小說，為什麼不寫下去呢？他說：「現在要的是另一種小說了，我交不了貨。」

許氏激昂地說：「您當然寫得出來。當年是您教我寫作的，我還記得三十年前在昆明，我去您校外的寓所看您時那一天您講過的每一句話……您教我千萬不能喪失創作的衝動，您說：『別的東西再難得，都可以失而復得，但是創作的衝動就像生命本身一樣，一旦失去，就永遠不能恢復了。』這就是您的情形嗎？」沈從文的回答是：「（他們？）要我寫作，前後不止一次。一九六二年那一次只是一個例子，可是時代變了，我已經沒有合乎要求的生活經驗好寫了。」

接著，在許氏的請求下，沈從文回顧了自己的一生。他說他生於一九〇二年十一月廿九日，一九二二年在北京和丁玲、胡也頻一起開始寫作，一九二七年至一九三〇年在上海教文藝創作。他說他在武漢大學教了一年，青島大學教了兩年，在兩邊閒一多都是他的文學院長，江青則是青島大學的圖書館員；又說一九三三年他回北京去編《大公報》的文藝副刊，抗戰時期他任教於西南聯大，許芥昱正是他的學生。一九四五年四月，許氏出國赴美，沈從文回到北京，在北大和輔仁教書。「解放」後，輔仁改爲人民大學，續聘沈從文爲教授，但沈從文辭了教職，於一九五〇年與十一位教授改業考古。

許氏怕老師又重拾考古的話題，便問起他同輩的名作家來。沈從文說：「你是說丁玲她們嗎？她很好，她在黑龍江。我上次看見她，是在一九六四年，她來這兒參加一個文化工作者的會議。」

「在黑龍江哪兒呢？」

「我不知道，總之是在東北某地，不過我見她的時候，她精神挺好，身體也挺好的。她這一類人都過得很好，你不用擔心。」書中形容沈從文說到此處，那種斬釘截鐵的語氣，令許氏想起，他向袁可嘉問起田間和艾青的下落，袁可嘉同樣的微笑答道：「你不必為他們煩心，他們都好好兒的。」

許氏要沈從文寓所的地址，說自己身為及門弟子，理應親踵師門，向老師闔府請安。沈從文卻說：「從前的師生關係，現在已經沒有意義了。現在你是客人，該我來看你，你要我住址也沒用。你要是想再見我，可以向接待的同志們申請，你認識樓下的劉同志；他是北大校友，應該很方便的。」

「可是我想看看老師住家的情形。」

沈從文不置可否，只略述他妻兒的情況，又說他家裏也沒有什麼好看的了，因為他早把自己收藏的所有古董，包括玉器和六百多張古紙的樣品，全捐給政府了。他說，把自己的寶貝公之人民是件好事，可惜現在樣樣都鎖起來了，就連他最好的朋友也不能去參觀。最後沈從文表示，只要許氏能獲准參觀，他願充嚮導。他說他伏案的時間太久了，眞想陪許氏走走。許氏問他，缺少運動如何能養生？

「我每天吃四十條蠶。」

「什麼？」

「四十隻蠶蛹。醫生說這東西能降血壓，結果眞有效。才幾個星期，我的血壓就從二百五十降到一百八十。所以我一直吃下去。」

最後的一段是這樣的：「他健步走下台階，向公車站走去，不肯讓我爲他叫一輛計程車；他看來像一個無所遺憾的人。來了一輛無軌電車，我緊握住他的手，他的手仍是柔軟的，但不如我記憶中那麼纖細了。他敏捷地登上了擁擠的電車。目送他離去，我記起一九二二年他決心專業寫作時說過的話：『眞正能幹的去革命；眞正聰明的去做官；只有我們這三個傻子一心想做職業作家。』但是一九六二年他決心放棄寫作時所說的話：『如果我做不了別人的踏腳石，我也不願做別人的絆腳石』，卻隱隱回答了他前面的話。」

詩人方面，許芥昱見到了馮至和臧克家。他沒有見到何其芳和田間，只說何其芳正主持「中國文學研究所」，身體欠佳，一九六四年以後已經絕少寫詩，又說田間最後的一些作品也發表於一九六四年，近年已經沒有人提起他的名字。

馮至也是許芥昱舊日的老師，一九五二年以後他一直主持「外國語言文學研究所」。許氏和馮至談了三個小時，卞之琳和袁可嘉也一直在座。馮至說他近年很少寫詩，偶爾動筆，也只是寥寥幾行，又說他現在寧可寫五言和七言的舊詩。做學生的問起老師在文藝論戰期間的遭遇，和他對中國文學的傳統、現狀，與前途有何看法，做老師的卻叫學生多用點茶，吃些北京馳名的甜點。許氏說馮至回答他問題的時候，笑得爽朗，說得卻沒有那麼暢快。書架上排著中國的經典、古詩、文學批評，更有馬克斯主義的著作多冊紛陳其間，德文的書籍卻很少見。

臧克家的寓所到許氏住的旅館，步行只要十五分鐘，許氏得以拜訪臧克家，卻是他回到北京後兩個月的事。據書中的描寫，兩人暢談了三小時。臧克家說，他雖已過了退休的年齡，身體也頗衰弱，卻毅然去湖北參加建屋種菜的工作，三年下來，身體反倒好了。接著，許氏簡述了一九四六年以後臧克家所做的編輯工作和出版的詩集，說他曾編過《文訊》，《新華月刊》、《詩刊》等刊物，又說他從前對人生感到悲觀，「像一條吃巴豆的蟲」，現在他在詩中描寫的世界卻充滿希望，洋溢歡欣之歌云云。

許芥昱回去了三個月後，見到了他大學時代的同班同學袁可嘉，暢談了十小時。這一段敘述特別吸引我，因爲袁可嘉曾經也是我的同學。據《中國文壇近貌》所載，他生於一九二一年，長我七歲。抗戰初年，我在四川江北悅來場進了南京青年會中學，做初一的新毛頭，袁在同校讀高二，是我們的大隊長，很出風頭。袁可嘉的名氣雖不很響亮，在四十年代的少壯詩人中卻十分活躍。受了英美現代詩人，尤其是艾略特與奧登的影響，這些青年詩人漸漸從新月派的浪漫遺風轉向主知的寫實精神。這種詩風，以西南聯大的師生爲中心人物，原可開花結果，爲中國新詩另闢蹊徑，但在一九四九年以後，不幸即告萎縮。

許芥昱在書中說袁可嘉是紹興人，在寧波讀中學。抗戰初年，他教過書，做過軍中的政治宣傳隊員，流亡到重慶後，進入南開中學讀書。（我想他在青年會中學可能不到一年，便轉去了南開。）兩年後，他便升入西南聯大，和許氏同學，並致力於新詩的創作。抗戰勝利，袁可嘉隨北大復員回到北京，除了寫詩外，更以青年批評家的銳氣活躍於文壇。（當時我在金陵大學外文系讀一年級，在朱光潛主編的《文學雜誌》上屢次讀到他論現代文學的文章，雖不很了解，卻十分羨慕。）北方局勢日緊，文壇人人自危，沈從文把《大公報》的文藝副刊讓給馮至去編。馮至當時是北大外文系主任，也感到文藝的潮流和自己的詩風格格不入，便又讓給袁可嘉去編。

大陸易手，這位艾略特的信徒便隨了一群譯者改譯毛澤東的思想起來，英譯的初稿便花去了整整三年。後來他進入英文《中國文學》的編輯部，專門英譯官方交下來的作品。一九五七年，他又進了「國家科學院」的研究所，從此他算是入了避風港，躲過了政治鬥爭的紛擾。北京淪陷之初，一位美國客座教授曾從袁可嘉學中國文學，後來他竟被控以協助敵方間諜的罪名；至此，他才鬆了一口氣。一九五七年底到一九五九年，在所謂反右運動中，他下放了兩年，和一位「貧下中農」同室而眠，同桌而餐，穿同樣泥汙的衣服，在田裏一同操作到晚上。

一九五九年，袁可嘉從河北鄉下回到北京，參加英國詩人朋斯誕生二百週年紀念會。他譯了一卷朋斯的詩，讚美朋斯爲偉大的農民詩人，「彗星一般閃過十八世紀蘇格蘭的天空。」（這眞是稚嫩天眞的文藝腔，以袁可嘉的修養，換了一個環境，該不會這麼寫的，同理，錢鍾書在五十年代出版的《宋詞選註》，文體也有點拖沓而彆扭，不如他早期下筆那麼凝鍊。）但他在結論裏卻批評朋斯，雖富於同情，仍缺乏階級意識。

袁可嘉翻譯並重估拜倫的詩，也惹起了麻煩；他認爲拜倫雖不免個人英雄主義的傾向，卻有力地反叛了英國的封建傳統。他的對手批判他說，個人主義既爲資本主義的靈魂，拜倫式的英雄當然是徹頭徹尾的個人主義者。然則拜倫的個人主義又怎能和他思想中也許具有的進步因素分開來呢？袁可嘉的答覆是：「你不能用資產階級的個人主義來否定資本主義裏所有革命的傾向。」這場論戰從一九六〇年打到一九六四年，袁可嘉稱對方爲「極左派」，幸好官方沒有出來下一個結論。在那樣的環境下，他一面致力研究西方的民歌，一面則低貶西方的現代詩，認爲現代詩的發展正揭示了半世紀來資本主義文學崩潰的過程。

文革期間，書籍不是鎖起便是毀掉，筆記和手稿都得交上去。從一九六六年到一九七三年，袁可嘉的所謂研究完全停頓，他隨著「國家科學院」人文與社會科學組的兩千多名學者與作家，遷去河南的息縣。從一九七〇年七月到一九七二年七月，這一群人便在那裏建屋而居耕地而食，每天當然還得上政治學習課。袁可嘉的筆記本上，顯示那兩年在創作上又是一片空白。

在今日的中國大陸，私人要研究學術或出版書籍，是不可能的，也就是說，大陸之大，只有袁可嘉和他在外國語文研究所裏的六七位同事能「合法地」研究外國文學。他們不研究不譯介的，大陸的中國人就無法接觸。許芥昱和袁可嘉連談了十小時之久。臨別時，袁可嘉叮嚀他的老同學：「千萬不要引述我講過的話而不說明當時的來龍去脈——哪，譬如『只要你活得下去，便算是勝利』那一句，可不能解釋成不滿中國現狀的表示啊。」

正是五月底，袁可嘉寓所外的巷子裡，槐花紛紛落著。老同學站起來告辭，袁說：「我不送你上街了，想你不會在乎……我原要趁你回北京的期間來旅館看你，並招待你來我家，可是組織把申請給退回來了。上面的批示說，每見一次，都得通過接待人員。我要是陪你出去，就太招人注意了。」

在北京時，許芥昱還見到西南聯大的另一位同學，一位女同學，鄭敏。當年在西南聯大的學生之中，鄭敏和穆旦、杜運燮齊名，並爲衆所注目的青年詩人。鄭敏是女孩子，自然更加動人。她的詩風受了馮至和卞之琳的影響，走的是里爾克那種靜觀冥想的路子。她好靜，也好古典音樂。抗戰勝利後，她去美國留學，先後在布朗大學和伊利諾大學深造。一九五九年回去中國大陸，曾和袁可嘉同事於外國語文研究所。後來她又在北師大教書。許氏回去時，她住在清華大學的宿舍裏，丈夫是清華的科學教授。

許氏一回到北京，就打聽這位同學的下落。終於，旅館裏接待處的「同志」告訴他說，鄭敏已經接上了頭，就會約見他的。他先後去了兩封信，都沒有回音。許氏將去西安的前兩天，逕與袁可嘉闖去她的宿舍。她在家，卻記不起許是誰了。許芥昱說他本來無意不約而訪，不過她也該收到他的兩封信了。她說：「是收到了，不過……不過我在想，實在不需要……」

袁可嘉在一旁幫腔，說許氏曾經把她的詩譯成英文，收進他在一九七〇年出版的《二十世紀中國詩歌》之中，所以要見她一談。當時室內正播著布拉姆斯的音樂，她的答語囁嚅難解。她把音量旋小，帶客人到隔壁房裏坐定。許氏說：「除了你早期作品之外，我更想知道你近年寫了些什麼。」

「我什麼也沒有寫。」

「你放棄寫詩了嗎？你失去興趣了？」

「也不盡然，只是這些年來教書太忙。好多班，好多學生。大半都要特別照顧。」

許氏見兩間屋裏藏書不多，問道：「西洋文學的現況，你一直在留意嗎？」

「沒多少空來讀書。為自己班上準備講義，已經夠忙的了。」

她顯然無意讓許氏引上談文論藝的話題。許氏取出他譯的《二十世紀中國詩歌》，並指出她的作品。她匆匆一瞥，便把書放下，不肯翻閱，只說：「我的東西不值得翻……我想你應該去訪問別的作家。」許氏悵然，提起在美國西岸還有位西南聯大的同班同學，常談到她，知道許氏要回去，還託他向她致意。鄭敏聽了，也不動容，對西南聯大舊事，一若無可回憶。

2.

前文描述了許芥昱會見沈從文、馮至、臧克家、袁可嘉、鄭敏等五位作家的經過。這幾段，在篇幅上只占到此書的六分之一。許氏訪問並譯介的其他作家，還包括郭沫若、鄒荻帆、賀敬之、浩然、李瑛等多位，其中許多名字是台灣的讀者感到陌生的，而不少作品也只是普羅八股，並不值得研究。我不厭其詳譯述了沈從文等廿多年的遭遇，是因為許氏的報導不但是親身經歷，而且態度尚稱平實、客觀，對於關心中國新文學的人說來，實在是不可多得的資料。以下我要略述自己的感想。

沈從文是五四以來幾位最傑出的小說家之一。許芥昱以受業弟子的身分惋惜這位名師竟然封起了彩筆，斷絕了繆思的緣分，自是人情之常。這種惋惜之情，在海外中年以上的中國人之間，是十分普遍的。沈從文出身於湘西的民間，熟悉中下層人民的生活，「對於農人與兵士，懷了不可言說的溫愛，這點感情在我一切作品中，隨處都可以看出。」（見《邊城》的題記）眞正了解農與兵的沈從文，偏偏不走工農兵的普羅路線，反而加入了自由主義作家與學者的陣容，當然要成爲左派作家的公敵。不甘緘默的沈從文，對於三十年代的「一些理論家、批評家、聰明出版家，以及習慣於說謊造謠的文壇消息家」，也不時還以顏色。他的代表作《邊城》裏，既無階級鬥爭，也沒有所謂代溝，因此雖有湘西農村之現實，卻無普羅文學之意識。中共的文學批評對沈從文一類的作家是這樣形容的：「新月社是一個代表中國買辦資產階級的思想和利益的反動文學團體，它的主持人是胡適、徐志摩、梁實秋、沈從文等。」（見劉綬松所著《中國新文學史初稿》上卷二四一頁，一九五六年北京版）。

在這樣的背景下，沈從文放下他那枝「反動」的筆，逃避到「封建」的出土文物裏去，毋寧是一個聰明的抉擇。如果環境許可，視創作的衝動如生命的沈從文，是絕對不會輕易放棄文學的。不幸他已經沒有了「合乎要求的生活經驗」，再要寫下去，就眞要成爲他所擔心的所謂「絆腳石」了。

許氏的訪問記中，有一點令我難釋於懷。那便是學生回國，不能執弟子之禮趨謁師門，反而要令老師去拜訪學生。沈從文亦竟淡然處之，讀來令人感傷。打擊知識分子的地位，最有效的方式，莫過於先低貶師道的尊嚴。也許是八萬萬中國人，只許有一位「導師」作之君作之師吧，所以遠如孔子，也必須徹底打倒。然則一個沈從文，又算是什麼呢？另有一點令人難以釋疑的，是沈從文對他的舊日弟子憶述自己的文學生涯時，提到的四個人，依次是丁玲，胡也頻，聞一多，江青。丁與胡是他在北京開始投稿時的潦倒文友，聞是他教書時的文學院長兼中文系主任，在他早期生活中固然十分重要，但是最後的一位竟提到江青而不及胡適與徐志摩，卻令人不解。略諳新文學史的人，該都知道胡與徐對沈均有知遇之恩，介紹沈去中國公學教書的，是胡適，在《晨報》副刊上提掖沈的，是徐志摩。是因為胡、徐都成了「反動」作家而使沈忌諱他和新月的淵源呢，還是許芥昱因故略去不提，不得而知。難道讀書人知遇之恩，也像師生之誼一樣，在社會主義的「新生事物」之前失去了往日的意義嗎？

至於臧克家，撇開政治立場不談，以詩論詩，該是五四以來最有分量的詩人之一。早期他確有一些作品，包括短篇的抒情詩和中篇的敘事詩，稱得上是精鍊之作。他出身於新月之門，但是在體裁上打破了拘謹而單調的豆腐乾體，在題材上更拓寬了視野，乃成為三十年代的重要作家。論者喜歡把他和艾青相提並論，其實艾青中文很差，也太歐化，不如臧遠甚。可哀的是，臧克家的佳作多為「舊社會」的產品，到了「新社會」裏，所謂「形勢大好」之後，他反而退步了，甚至到了難以辨認的程度。一九五七年，齊放的百花忽然都成了毒草，丁玲等作家一一被芟，臧克家卻主編起《詩刊》來。文革之後，《詩刊》遲遲不見復刊，直到今年一月，才在「偉大領袖毛主席和黨中央的親切關懷下」重新出刊。臧克家在「編者的話」中說：「《詩刊》要實現它所擔負的任務，必須以馬克思主義、列寧主義、毛澤東思想為指導，認眞貫徹執行黨的基本路線，貫徹執行毛主席的無產階級革命文藝路線。」根據該刊第六十二頁的統計，文革以來，「從一九七二年到一九七五年十月，中央和地方出版社出版的詩集共二三七本。其中一九七二年六十四本，一九七三年六十五本，一九七四年七十三本，一九七五年一月至十月三十五本。這些詩集的作者，大多是工農兵。」至於這些詩集的內容，則是「熱情歌頌了文化大革命，歌頌了層出不窮的社會主義新生事物，歌頌了毛主席的革命路線，批判了資產階級和修正主義，塑造了無產階級專政條件下繼續革命的工農兵英雄形象。」換句話說，只有一個狹窄的主題：歌頌中共的統治。二百三十七本詩集等於一首。臧克家自己發表的一首詩如下：

「毛主席」巨手指道路。
青天也能上得去！
舊的淘去新的來，
二十六年風和雨。
成就燦爛金山高，

勝利戰線一條條。
東風又報春消息，
奮戰熱潮壓海潮。

如果這就是所謂民族的形式或是所謂歡悅的歌聲，那只能說是一種退步。這樣的作品，和古代的「奉和聖制」之作，在本質上不知有什麼不同？

除了臧克家還能用這麼粗鄙的方式偶或寫他的應制詩之外，早期的作家幾乎是全部封筆了。從沈從文、馮至、袁可嘉、鄭敏等例子看來，中年以上的作家就像一群被人廢了一身武功的豪俠，洞察、想像、表現的魔力完全失去，繆思的天賦完全任其浪費。在所謂「新社會」裏，他們又像勤奮致富的人，一夢醒來，手上的錢都貶了値，無人一顧，像一把冥鈔。前半生的成就非但不能予他們以自豪，反而可以解釋爲種種缺陷或罪行，成爲恐懼和煩惱之源。許芥昱的出現，點醒了他們的回憶，帶來了他們夭亡的夢，令他們悔恨，或者蠢蠢不安。

「他看來像一個無所遺憾的人」，是許芥昱送別他沈老師時的一瞥印象。然則他原先的預感裏，畢竟是準備見到一位心有遺憾的老人了。熟讀英美現代詩的許教授，是不會不知道文學中的曖昧語法（ambiguity）的。前面的這句話，可以解釋爲「他看來像是無所遺憾，實際上卻是心有憾焉」。本書的許多篇訪問記，文筆在含蓄之中有很多暗示，絃外之音得向字裏行間去細細體會。許氏以旅美的自由之身，來記述身不由己連接見「貴賓」也要「組織」

批准的舊日師友，除含蓄之外，恐怕也別無他途了。許氏在大學時代也是一位抒情詩人，他的文字在平實冷靜之間蘊著一股似淡而實濃的懷舊之情，寫沈從文的自抑和鄭敏的自棄那幾段，淡淡著墨，卻分外感人。他的英文乾淨而地道。在這方面，本書自有其文學上的價值，不盡是報導與譯介。

本書的緒論長逾萬言，對於中共文藝的發展與現狀，均有扼要的報導，頗有參考的價值。許芥昱在大陸的六個月期間，把他在北京、西安、洛陽、青島、武漢、鄭州、長沙、廣州等地的書店裏見到的文藝書籍列了一張表，共得五十七種，其中半數以上都是描寫工農兵理想形象的小說選或詩選。作者全是新人，而同一名字絕少出現在兩本書上。至於一九六〇年以前就已成名的那些作者的書，則已全部絕跡。文藝書刊的出版和發行均爲官營，不談「人民文學出版社」和「新華書店」，且以專銷海外的「外語出版社」爲例，已經不再供應一九七二年以前的出版品了。如果有些圖書館還藏有文革以前的作品，那也只有黨方信得過的極少數人才看得到。在今日的大陸，四十歲以上的一代，幾乎沒有人樂於寫作。稅版已成非分之想，甚至有些書在出版時不署作者的名字，只算是集體創作，而即使有作者的名字，那位作者也不願別人把他當作作家。所謂「個人英雄主義」的傾向，該是難以擔當的罪名吧。

在卷首的短序裏，許芥昱一面坦承今日中國大陸的文藝是透明的政治宣傳，一面又企圖爲它辯解，說它畢竟是新社會新價值的產品，不宜用知識分子自由的標準去衡量。他說：「利用文學來宣揚道統並鞏固理想的政治制度，據說是始於孔子；新中國的文學繼承的正是這個傳統，只是更求徹底而已。」這恐怕是很難自圓之說。

孔子刪詩之說，疑者甚衆，難以成立，但儒家推行詩教，以《詩經》爲範本，則是定論。「詩：可以興，可以觀，可以群，可以怨。」正是《論語》所載孔子的詩觀。即使在兩千多年後，這種詩觀仍是圓通可取的。興和怨，照顧到個人的感情，觀和群，則強調社會的意義——合而論之，則言志和載道，浪漫和寫實，似乎都兼顧到了。朱熹《詩經集註》一開卷便說明：「諸侯采之以貢於天子，天子受之而列於樂官，於以考其俗尚之美惡而知其政治之得失焉」這種作法，多少具有尋求客觀眞相的企圖，和純由主觀出發的政治宣傳是頗有距離的。前文所引中共《詩刊》編者所強調的文藝任務，如「執行黨的基本路線」等等，是從主觀意念出發，並不能達到孔子所謂「可以觀」的功用。大致說來，今日中共的文藝只「可以群」，不「可以觀」，至於興和怨，更不在允許之列。

「有周不顯，帝命不時。文王陟降，在帝左右。」這樣子的詩句，在《詩經》裏占的分量並不很重。但是翻開前述《詩刊》，九十多頁的篇幅，每頁卻平均要歌頌幾次「毛主席」。「殷之未喪師，克配上帝。宜鑒于殷，駿命不易。」對於敵人，周室的態度是敦厚得多，自謙得多了。而中共，即使對於自己的所謂走資派，也沒有這樣的風度。

至於「可以怨」的作品，在儒家詩教這範本裏，卻占了很重的分量。諸如〈碩鼠〉、〈伐檀〉、〈兔爰〉、〈葛藟〉、〈柏舟〉、〈何草不黃〉等等詩篇，對於政府、社會、戰爭、都有不平之鳴。〈碩鼠〉和〈伐檀〉是農人的哀歌，〈何草不黃〉是征人的怨曲，這些正是周朝的工農兵文藝，眞正發自工農兵心底的聲音，但是中共目前的工農兵文藝之中，這種作品是不可思議的。至於知識分子的不平之鳴，如〈邶風・柏舟〉所發者，就更無機會發表了。

「人民文學出版社」一九五八年北京版的《中國文學史》三十一頁，有這麼一段：「周代民歌，幾千年來，就像一顆巨大的明星，永遠閃耀著絢麗的光輝。而在今天我國大躍進形勢中產生的成千上萬首民歌——新時代的國風，較之三千年前出現的國風要更加光輝絢麗。」這只是一廂情願的想法罷了。如果工農兵文藝只能歌頌社會現狀，鼓吹革命的理想主義，也就是說，只「可以群」的話，則這種作品只能稱爲「頌」，不能叫做「風」吧。在同書同章中，又說明〈七月〉、〈式微〉等等詩篇如何表現了勞動農民對統治階級的不滿之情。問題就在這裏：如果《詩經》純然是儒家用來宣揚正統並鞏固政權的工具，則三百篇中何以不把這些怨誹之作悉數刪去？這些詩篇，加上許多「野有蔓草」之類的男女相悅的「個人主義」之作，都被保留在三百篇中，這正說明儒家的政教合一之中，「政治掛帥」的程度仍是有限的。反觀中共文藝的尺度就緊得多了：今日大陸上，胡適、徐志摩、沈從文、朱光潛等的書被禁，自是意料中事，但是連艾青、田間、丁玲、胡風，甚至周揚等等嫡系左翼作家的作品也全都絕跡於坊間，則是絕對的排他性之明證。魯迅是唯一的例外，但根據《敢有歌吟動地哀》主編吳晀的親身經驗，得知魯迅的作品在大陸也不能窺見全貌。

說中共的文藝是儒家文藝傳統的繼承與加強，是說不通的。「我本楚狂人，鳳歌笑孔丘。」「儒術於我何有哉，孔丘盜跖俱塵埃。」古代的詩人敢這麼說，大陸的作家對目前的道統敢這麼說麼?許芥昱是比較文學的教授，而比較文學在本質上肯定文學的彈性和多元性，是不可能去支持一種批古鬥今唯我獨尊的文學的。許教授的新書以「中國文壇近貌」爲名，而於近三十年來台灣的文學一字不提，令人感到遺憾。他生活在自由的海外，也曾兩度去過台灣。他在美國西岸教書，他的北邊是詩人葉珊，南邊是小說家白先勇，對於台灣的現代文學該是難以避免的。許教授自己在書中曾說，文革期間，中國大陸的文學一片死寂，前後達七年之久。我們樂於指證，就在那七年之中，幸而中國還有一個島弦歌不絕，文學的創作相當蓬勃。一位比較文學的教授，如果只肯注目於荒蕪而竟無視於青葱，就未免太偏了。退一步說，近年在台港出版的文藝書中，也有好多部表現的是大陸社會的親身經歷。《尹縣長》和《敢有歌吟動地哀》是兩個有名的例子。這裏面的經驗，和浩然書中的似乎很不相同。漏掉了這種經驗，《中國文壇近貌》裏的近貌，恐怕就難以稱爲全貌了。

——一九七六年七七紀念

離台千日

——《青青邊愁》純文學版後記

離開台灣，那永恆而多雨的家島，一回頭竟已是千日悠悠了。自從廿七年前在基隆登陸，踏上那芬芳的沃土以來，曾多次告別她的海岸，但沒有一次像這麼長久。另一方面，香港三年雖為新居，亦屬重遊。早在廿八年前，大陸劇變，我正是大二的學生，從廈門遷來香港，在銅鑼灣道住了將近一年。港大進不去，失學更失業，那一年的流亡生活是十分苦悶的。在繽紛的港報上，古赤縣終於遍地赤土，乃隨母親東航台灣。載我們進基隆港的海船，便是從香港啓錨的。

廿七年一彈指間，再來香港，伴我的卻是妻子和四個女兒。哀哀母親，生我劬勞，早已火化，入土於俯瞰碧潭的山上了。昔日的失學青年，變成了今日的大學教授，早生華髮，人生如夢。在過海的渡輪上，凝望著波上千矗的蜃樓水市，這些，常是我反芻的感想。設若廿七年前不曾東渡，留在香港，則中環簇簇的摩天樓上，哪一層寫字樓哪一扇臨海的窗裏，該已消磨了我的半生？設若當時我引頸北望，青山一髮重歸鄉國之茫茫，則反反覆覆熱熱冷冷的大小運動裏，曾吶過怎樣的喊搖過什麼樣的旗，文革的劫灰裏，我是哪一隻焦了的鳳凰哪一張黑了的臉？設若，設若……彼岸此岸的渡船。

可幸我的選擇是向東，向鄭成功的故壘吳鳳的舊鄉，向不周山外長青的蓬萊。一路通千路，再回頭我已是另一個人，緣結成網，縱此身東飄西蕩，此心固長在網裏，牽一絲而全網都撼動。亞熱帶，哎，藍得無奈的海波為它滾一條美麗的白花邊，那東南的半壁洞天，託過我最忙碌最激昂最最快樂的半生，長街短巷，一草一木，萬般皆有情。那一片沃土，下面，埋葬我母親的慈骨，上面，肩相摩踵相接建國的行列奔赴著我所有的朋友，識與不識，一千六百萬自由的意志是一個意志，築成海上的長城，弦歌不絕。那一片土地上，我曾經為人子弟與弟子，做過朋友、情人、新郎、丈夫、父親、老師、尉官，和作家。四個女兒生下來，頭朝下，腳跟握在護士的手裏，倒吸的第一口氣，便是那上面的空氣。

台灣對我，是鼓勵，是安慰。香港，卻是陌生的挑戰。往難處走，三年前，我的選擇是挑戰。這挑戰是四重的。第一重是粵語的世界，國語反成了少數，對自己的同胞說英文，又不倫不類。來此三年，四個女孩子早已「粵化」，只有我和我存的本地方言，仍然「水皮」得很。好在聽的時候，我可以懂到八成或更多。上課或演講，我說我的國語，學生說他們的粵語，雙方把耳朵豎直一點，南腔北調，也就依稀可通了。

第二重挑戰是對立而分歧的政治環境。來港前夕，夏志清在信裏早已預言，說我定然受不了左報左刊的攻擊，情緒不會愉快。我回信說，沒有關係，我對被罵一事不無訓練，耳皮早磨厚了。果然來後不久，我的直言不悅左耳，一陣排炮自左轟來，作者站在暗處，多用筆名，顯得人多勢眾的樣子。老實說，那樣的炮聲並不震耳，我笑一笑，且當歡迎的禮炮聽吧。四十年前，胡適、徐志摩、梁實秋、林語堂等人的經驗，也許就是這樣吧？這些作家的名字，在左派的新文學史上，固然都被塗黑了，但是當日左聯那許多名作家，曾經是活躍的前進的，現在又在哪裏呢？丁玲、胡風、田漢、吳晗，甚至周揚自己，又在哪裏呢？即使我搖身一變，變成了左派作家，十年後、三十年後，我又身在何方？我的作品命運又如何？只為了聽一個人自言自語，就要把整個民族改造成有耳無口的收聽器，這種作風，無論如何是不能接受的。想起遠如孔子近如「最親密的戰友」無不遭批，則我身上的這一點灰塵，拂去便罷，其中細節原不值得向國內喋喋報導。

第三重挑戰是不利文藝的重商社會。香港本身生產極少，端賴工商立埠，本質上不是一個人文社會，加以對中文不夠重視，中學教育又偏重英文，因此一般中文程度難以提高。純正的文學期刊不多，報紙的副刊又方塊割裂，自由投稿的機會很少，新人的出現率十分之低。投稿如此，出書更難。林以亮、劉以鬯、徐訏、思果、也斯等作家反而在台北出書。至於本地寫作多年頗有文名的詩人，如戴天、西西、鍾玲玲等，迄今竟未結集出版。這樣的環境實在是很難自成一個文學傳統的。今年從美國回港在中大英文系任教的鄭臻，就說過當日他忍受不了這種環境，才去台灣讀書的。但他又表示，十年後的香港文壇，比起他當日所知，已較有活力了。

鄭臻說得不錯。香港文藝運動的活力，首賴熱情而勇敢的廣東青年。中文大學和香港大學兩校的學生會，聯合舉辦了好幾屆的「青年文學獎」，應徵的稿件分為詩、散文、小説、戲劇、報告文學、文學批評六類，優勝的作品更印行專輯，對香港大專和中學的文學創作風氣鼓勵很大。兩校的「文社」也經常舉辦演講會和文藝營之類的活動，以補正規文藝教育之不足。一九七六年夏天，「全港學界徵文比賽」和「突破雜誌社徵文比賽」，規模也頗大。另外一個大規模的文藝活動，是每年十一月舉辦的「香港校際朗誦節」，參加的中、小學生在千人以上，語言分為國語、粵語、英語，朗誦的選材則分為古典詩詞、古文、新詩、現代散文等等。這種種活動我不免都要參加，不是擔任主講，就是擔任評判。

黃國彬、陸健鴻等主編的《詩風》月刊，已經有五年多的歷史，對香港現代詩的運動頗有貢獻。何福仁、江游等主編的《羅盤》詩雙月刊才出版了兩期，創作和評論亦見氣象。這兩份詩刊，加上綜合性的《大拇指》和《香港時報》的副刊，成為支持現代詩最力的幾份刊物。我除了在稿件上或精神上支持他們之外，有些作品也發表在《明報月刊》和《星島副刊》上。近兩年來，更為《今日世界》每月寫一篇專欄。

第四個挑戰是轉系改行。在台灣教了十幾年的外文系，來中文大學後，不但改在中文系教書，更擔任了中文系的行政工作。這對我來說，是不大不小的「職業震撼」，頗須要一番適應的。我開的課先後包括「中國新詩」、「中國現代文學」、「比較文學」，和中文碩士班的「新文學研究」；今秋將再開一門「高級翻譯」。五四以後三十年間的新文學，我在大陸的少年時代原已濡染有年，去台灣之後遂少接觸，而仍能接觸的少數作家，如徐志摩，朱自清，郁達夫等等，正好是台灣現代文學欲加超越的對象。現在輪到自己來教這門課，不免耐下心來從頭讀起。坦白地說，早期的那些名作家，尤其是詩人和散文家，真能當大師之稱的沒有幾位。同樣是備課，我從他們那裏能學到的東西，遠不如以前教過的「英詩」，「現代詩」和「英國文學史」。但是不成功的作品甚至劣作，仍然可以用作「反面教材」。在文學課上，教學生如何評斷劣作，其價值，不下於教他們如何欣賞佳作。

《青青邊愁》是我的第六本散文集，裏面的文章，除了〈廬山面目縱橫看〉和〈山中十日，世上千年〉兩篇之外，全是來港三年間的作品。第一輯八篇都是抒情散文，除前兩篇曾在台港兩地的報紙副刊上同時發表外，其他六篇都載於《今日世界》，尤其是最後的三篇，當時限於篇幅，可惜未能放手揮筆。有一位朋友看過〈花鳥〉，對我說：「這不大像你的作品。」其實，該怎樣寫才像我自己的作品呢？我應該定下型來，專寫雄奇磊落壯懷激烈的宏文嗎？我的筆有興趣向四方探索，有時也不妨寫些閒逸小品，或是靜觀自得的工筆畫。

第二輯是小品雜文，大半得自《今日世界》的專欄，也因字數所限，未得暢所欲言。例如〈茱萸之謎〉，我手頭的材料原可寫成萬字長文，當俟有暇加以擴充。〈哀中文之式微〉在《今日世界》發表後，曾於今夏在政大西語系出版的《桂冠》上轉載。〈民歌的常與變〉載於《中央副刊》，是楊弦那張唱片引起的民歌論戰文章之一。事隔年餘，台灣青年歌手們掀起的新民歌運動，近日更見活力，至少比起被動地接受美國搖滾樂來，是自覺得多了。

第三輯七篇全是文學批評，所評者有現代詩和早期新文學的詩和散文。評論戴望舒、聞一多、郭沫若、朱自清四家的文章，都是我在中文大學講授新文學的副產品。我用過的教本上，評點各家作品的得失，每頁都有密密麻麻的紅筆眉批，稍加整理，可以發表的論評還有很多篇。坊間有關新文學的批評很少，有分量的尤難一見。新文學史倒是有好多部，可是往往政治掛帥，偏於一黨之言，不然便是流水帳式的一堆史料，除了作家的生平和書目之外，對於作品本身，反而蜻蜓點水，走馬看花，少見深入的分析和犀利的評價。早期新文學的批評，必須超越這種「普羅八股」和「泛述草評」的困局，才能建立學術的嚴謹。這塊新地顯然有待耕耘。

第四輯五篇全是書評。被評的五本書或為詩，或為小說，或為翻譯，或為英文著作，性質完全不同。〈廬山面目縱橫看〉的文題，是借自蘇軾的名句，以喻我國古典文學之英譯，往往難窺真相：縱看乃指原文，橫看則為譯文了。〈山河歲月話漁樵〉兩年前在《書評書目》發表時，是「討胡」之師的首役。當時對此才高於德的垂暮老人惻惻然心存不忍，未將書評投給大報副刊，不料竟觸怒了該書的出版社，事後不但國恨移作私嫌，且在該社的宣傳刊物上刪去我文中的大貶，突出我文中的小褒，把這篇書評加以歪曲的運用。其實在民族的大節之下，一家出版社的榮辱得失不過是綠豆芝麻的細節。那家出版社無論什麼人——即使是我的父親——辦的，那本書我仍是要評的。那家出版社也出版過不少好書，這個汙點拭去便是，國人的公論應該虛心接受，不應閃爍逃避。〈聞道長安似弈棋〉去年七月在《聯副》發表之後，不久就收到《中國文學近貌》作者許芥昱先生的來信。受評人措詞溫厚，風度良好，除了對我文中的某些問題略有解釋之外，表示無意公開答辯。許先生和我見過兩次面，我們也有一些共享的朋友，算得上是舊交了。我的書評夾譯夾敘，轉述多於評析，末段所論或稍苛求，但所評實以工農兵文藝政策為主，想許先生當能了解。

至於來港後所寫的詩，迄今不過四十首，還不夠出書的分量，也許要再過兩年才能成集。上個月回去台北，不少朋友都表示關切，說我的作品近來似乎很少了。我的回答是，比在台北時確是少了一點，但比起旅美期間仍豐盛得多。有些文章，例如

〈評戴望舒的詩〉和〈新詩的評價〉等，只在香港的刊物發表而不見於國內的報章雜誌；其實這本散文集已達三百十多頁，卻是我六本散文集中最厚的一部。

——一九七七年八月於香港

余光中作品⑮

青青邊愁

著　　者：余　光　中
責任編輯：鍾　欣　純
發 行 人：蔡　文　甫
發 行 所：九歌出版社有限公司
臺北市八德路 3 段 12 巷 57 弄 40 號
電話／ 02-25776564 ・傳眞／ 02-25789205
郵政劃撥／ 0112295-1
九歌文學網： www.chiuko.com.tw
登 記 證：行政院新聞局局版臺業字第 1738 號
法律顧問：龍躍天律師・蕭雄淋律師・董安丹律師
初　　版： 2010（民國 99）年 3 月 10 日
本書曾於 1977 年 12 月由純文學出版社印行

定　價： 300 元

ISBN 978-957-444-636-0　　Printed in Taiwan
書號： LC015

（缺頁、破損或裝訂錯誤，請寄回本公司更換）

國家圖書館出版品預行編目資料

青青邊愁／余光中著.— 初版.
—臺北市：九歌，民 99.03
面；　公分.　—（余光中作品集；15）
ISBN　978-957-444-636-0　　（平裝）

855　　　　　　　　　　　　98018177